Alpha Rebelle

Tome 6
Aloha Shifters : Les Perles du désir

Anna Lowe

Contents

Chapitre 1

Cynthia était assise dans le fauteuil à bascule du porche ouest, tripotant ses perles. Une abeille bourdonna et un oiseau siffla sur un arbre non loin. Une autre journée parfaite à Maui, en apparence. Une autre journée houleuse dans son âme.

Elle se tourna pour scruter les montagnes, parce qu'il devait certainement y avoir des nuages sombres qui se faufilaient sur les collines. Pourtant, il n'y avait rien... pas même une couronne de brouillard sur les sommets. Juste un soleil pur et doré, animant les couleurs de Maui. Alors pourquoi avait-elle cette horrible impression ?

Elle tritura ses mains et regarda vers le nord. Joey, son fils, était parti à Koa Point, le domaine voisin. Une pointe de peur la traversa, cependant elle la chassa. Joey était tout aussi en sécurité là-bas qu'il l'aurait été sur la plantation de Koakea, leur foyer. Les deux endroits étaient habités par des métamorphes aguerris qui mettraient leurs vies en jeu pour Joey si nécessaire, et il n'y avait aucune raison de croire qu'il était en danger. La paranoïa classique d'une mère, supposa-t-elle.

Pourtant, elle avait du mal à chasser cette impression que quelque chose se tramait. Que le destin bougeait les pièces de son échiquier, préparant sa prochaine attaque. Le jour où elle avait tout perdu, trois ans plus tôt, avait commencé tout aussi paisiblement que celui-ci. Des ennemis avaient alors surgi de nulle part et des hurlements avaient empli l'air.

« Prends Joey ! Cours ! Cours ! »

Elle ferma les yeux, cependant ça n'empêcha pas la voix de son défunt mari de résonner dans ses oreilles.

— Je peux me battre, avait-elle insisté.

— Tu dois protéger Joey. Maintenant, va !

Elle enroula ses bras autour de son ventre comme elle avait serré son fils contre elle ce jour-là, et même si elle bougeait à peine, elle avait l'impression de voler à nouveau. Ses longs cheveux noirs fouettant l'air derrière elle alors qu'elle courait pieds nus sur l'herbe. Elle pouvait entendre le crépitement du feu de dragon. Elle pouvait sentir sa chaleur létale qui l'atteignait. L'air grondait sous le battement des ailes de dragons alors qu'une bataille faisait rage au-dessus de sa tête et que les cris paniqués de Joey lui transperçaient le cœur.

Ses yeux s'ouvrirent vivement, et elle chercha sa respiration, se forçant à se calmer. Tout ça faisait partie du passé. Joey était en sécurité. Ensemble, ils avaient trouvé un refuge sous un faux nom à Maui, où le destin les avait présentés à un groupe de métamorphes durs à cuire incroyablement loyaux... des hommes qui avaient tout autant eu besoin qu'elle d'un nouveau départ. Ensemble, ils avaient transformé un refuge temporaire en foyer réconfortant à long terme, créant un nouveau *weyr*. Les loups diraient que c'est une meute, mais quoi qu'il en soit, ils étaient un groupe hétéroclite.

Ce qui, au moins, lui donna le sourire, même s'il était doux-amer. Qu'aurait dit sa mère de tout ça ? Cynthia, l'héritière d'un puissant clan de dragons, vivant parmi les ours, les loups, les lions et une poignée de dragons de rang inférieur ?

Il n'y a rien d'inférieur chez eux, mère. Si seulement vous saviez.

Un soupir lui échappa et elle repoussa les souvenirs dans un coin de son esprit. Elle devait à Joey d'aller de l'avant, pas de regarder en arrière. Si seulement elle n'avait pas autant de regrets.

Elle se surprit en train de se balancer, et cogna un pied au sol pour s'en empêcher. Elle était bien trop jeune pour tanguer et ressasser le passé... même durant un jour de congé comme aujourd'hui.

En temps normal, la plantation bourdonnerait d'activité. Hailey et Sophie seraient dans les champs à récolter une autre rangée de café après des décennies de négligence. Dell, le lion métamorphe, serait en train de faire des bruits dans le bac à sable avec sa fille Quinn et le fils de Cynthia. En d'autres mots, il agirait comme le troisième enfant, même s'il était un adulte. De leur côté, les chiens de Chase, au nombre de cinq, bon Dieu, seraient en train de renifler dans les buissons. Jenna serait en plein ponçage de la dernière planche de surf de sa propre création, alors que Connor aiderait Tim à arranger le domaine. Même si aucun d'eux n'était propriétaire de cet espace de quatre hectares, ils pouvaient y vivre sans payer, tant qu'ils entretenaient les lieux.

Mais c'était dimanche, et tout le monde s'était accordé pour garder ce jour libre. Ce qui était génial, même si Cynthia ne parvenait pas à se détendre.

Un léger vrombissement résonna au loin sur la route, et elle tourna la tête, écoutant intensément. Mais le son se tut, ne laissant derrière lui que le bruissement des buissons et le murmure de l'océan.

— Bon sang, marmonna-t-elle, se détournant.

Elle avait eu l'habitude de pouvoir identifier le son d'une Triumph Thruxton à plus d'un kilomètre. Ces derniers temps, chaque moto lui faisait tourner la tête d'espoir.

Elle se leva brutalement et marcha vers la maison, cherchant quelque chose pour l'occuper. Mais le petit salon était propre comme un sou neuf, et le lave-vaisselle tournait déjà dans la cuisine. Elle jeta un regard en direction du tableau blanc où elle postait les devoirs de chacun de la semaine. À une époque, ce tableau des tâches avait été un sujet de dispute entre les hommes de Koakea et elle. Maintenant, tout le monde donnait un coup de main sans protester... sauf Dell, qui se moquait encore d'elle, même s'il faisait semblant. Ils étaient tous devenus plus disciplinés, et de son côté elle avait appris un peu à se détendre.

Elle se renfrogna, regardant vers la mer, derrière les rideaux qui flottaient. Pourquoi n'arrivait-elle pas à se détendre, à cet instant précis ? Elle avait à peine fait quelques pas dans la maison, et pourtant son pouls s'emballait et ses nerfs vibraient.

Quoi ? voulait-elle crier. *Qu'est-ce qu'il y a ?*

Quelque chose... murmura sa dragonne intérieure.

La sensation était vague, mais si insistante que ça la tuait. Devrait-elle appeler Connor, le co-alpha de leur meute, et lui demander d'alerter tout le monde ? Ou était-ce juste une histoire de stress ?

Elle cogna du poing contre sa cuisse. Bordel, elle n'était pas du genre nerveux et inconstant, pourtant.

Bon… d'accord. Elle pouvait admettre qu'elle était un peu sensible.

« Un peu ? » auraient ricané les autres.

Un peu, mince. Cependant elle se limitait à s'inquiéter des vrais problèmes, pas les imaginaires, et elle n'avait certainement pas tendance à faire des crises de panique.

Alors, pourquoi ses doigts tripotaient-ils sans cesse son collier de perles ? Pourquoi son corps alternait-il entre le chaud et le froid ?

Je sais pourquoi, chuchota sa dragonne.

Cyntha se renfrogna. D'accord, elle avait fait quelques rêves érotiques la veille, et alors ? Elle n'avait même pas trente-cinq ans, et elle avait vécu bien trop longtemps sans la compagnie d'un homme.

Pas n'importe quel homme, gronda la dragonne d'une voix sulfureuse. *Mon compagnon.*

Elle ferma les yeux alors que les émotions tourbillonnaient et se percutaient en elle. La luxure. La culpabilité. La loyauté. Le désir. Le problème était que chacune de ces émotions était liée à deux hommes différents.

Tu sais de qui je parle, gronda sa dragonne. *Notre compagnon.*

C'était un terme qui pouvait être interprété de plusieurs façons. Il s'appliquait à l'homme bien plus vieux qu'elle que ses parents avaient choisi pour l'équivalent dragon de son mariage. Barnaby, le père de son fils. Mais même si elle avait appris à le respecter et l'apprécier, ses sentiments ne s'étaient jamais étendus au-delà de ça. Le brave homme avait accepté ce fait dès le départ, et elle n'oublierait jamais qu'il avait été prêt à commettre l'ultime sacrifice pour Joey.

Donc, oui, Barnaby avait été son compagnon en un sens, mais jamais le compagnon de son cœur, de son corps et de son âme.

Je parle de notre compagnon prédestiné, murmura sa dragonne. *Cal.*

Une vague brûlante tourmenta son corps, et elle empoigna la rambarde qui menait à l'étage. Elle ne l'avait pas vu ni entendu, ni évidemment touché depuis douze longues années. Elle n'avait non plus jamais cessé de penser à lui. Mais dernièrement, ses fantasmes étaient devenus hors de contrôle. Tous les soirs, elle rêvait qu'elle roulait à fond sur une autoroute bordée d'arbres dans les Adirondacks, à l'arrière de sa Triumph, entourée de toutes les couleurs aussi ardentes que la passion qui brûlait encore dans son cœur. Elle rêvait d'enrouler ses bras autour de lui alors qu'ils étaient étendus dans le lit, transpirants et satisfaits après avoir fait l'amour. Elle rêvait de regarder dans ses yeux sombres et mystérieux si emplis d'amour qu'ils lui faisaient mal.

— Cal, murmura-t-elle dans le silence.

Elle ferma les yeux, revoyant tout, revivant les sons et les odeurs. Si intensément qu'elle imagina le craquement du gravier sur les pneus de la moto dans l'allée. Elle sentit même le parfum du cuir et du bois de santal flotter dans l'air.

Pendant quelques minutes paisibles, elle s'autorisa à prétendre que tout était vrai. Qu'elle n'avait jamais été forcée de se séparer de son grand amour. Que tout s'était passé comme la jeune femme de vingt-quatre ans qu'elle avait été l'avait si désespérément désiré.

Soudain, une voix calme interrompit ses pensées, la tirant de sa rêverie.

— Cynthia?

Elle ne se tourna pas avant que la brûlure du rouge de ses joues disparaisse. En tant que co-alpha de cette meute de métamorphes, elle n'était pas censée agir comme une chatte en chaleur... ou une veuve solitaire qui en pinçait toujours pour son premier amour.

— Oui?

Elle se tourna quand elle se fut enfin ressaisie, nouant ses mains sur sa taille comme la dame prude que sa mère avait élevée.

Anjali était sur le proche, jetant un œil à l'intérieur sans vraiment entrer, ce qui était étrange. Le rez-de-chaussée était un espace commun, et tout le monde circulait comme il voulait. Seuls les quartiers de Cynthia, à l'étage, étaient privés. Alors pourquoi Anjali, d'habitude si calme et confiante, paraissait-elle soudain si nerveuse ?

Cette dernière regarda derrière alors que Dell montait les marches. Il avait redressé les épaules et son sourire habituel avait disparu, ainsi que l'étincelle de ses yeux. Un autre pas lourd résonna sur la terrasse : Tim, le métamorphe ours, les avait rejoints.

Cynthia se releva. Quelque chose se tramait, clairement. Mais quoi ?

Une lueur de panique lui fit penser à Joey, cependant quand elle chercha avec son esprit, elle capta des rires et de la joie alors qu'il jouait encore chez le voisin. Son fils était donc en sécurité, Dieu merci.

— Qu'est-ce qu'il y a ?

— Quelqu'un demande à te voir, répondit Anjali.

Dell lança un regard inquiet à sa compagne.

— J'allais le chasser, mais Anjali pense que...

Il ne termina pas sa phrase et Cynthia se renfrogna. Que pensait-elle ?

— Tu sais que je ne ramènerais jamais un étranger, s'expliqua-t-elle. Mais je crois que...

— Je crois qu'il n'augure rien de bon, gronda Connor de l'extérieur.

« Il » ? Qui ça, « il » ? Cynthia passa le seuil de la porte, surprise d'y retrouver tout le monde. Hailey et Tim, les ours métamorphes, attendaient dans l'escalier, l'air féroce. Jenna et Sophie étaient dans l'herbe, jetant des regards de soutien à Anjali. Les femmes semblaient en faveur du visiteur, qui qu'il soit, alors que les compagnons étaient tous nerveux. Ce qui incluait Chase et Connor, qui se tenaient dans l'allée, encadrant un troisième homme. Ensemble, ils lui bloquaient les bras dans le dos, comme un criminel pris en plein acte odieux.

Anjali se décala, et Cynthia marcha jusqu'au bord du porche, baissant les yeux. Le visiteur leva silencieusement les siens vers elle, et...

C'était une bonne chose qu'elle ait été à proximité d'une des colonnes, car elle put s'y rattraper.

Il y avait vraiment une Triumph Thruxton dans l'allée, et l'homme qui était arrivé était tout droit sorti d'un de ses rêves. Il était plus âgé. Plus fatigué. Plus sage... comme elle, sans aucun doute. Beau comme jamais, avec son allure de canaille qui repoussait la plupart des gens. Il était plus dur à cuire que lors de leur première rencontre, comme si l'armure invisible qu'il portait s'était renforcée avec les années passées.

S'était-il langui d'elle autant qu'elle s'était languie de lui ? Avait-il versé même le quart des larmes qu'elle avait versées ? Ou la méprisait-elle pour ce qu'elle avait été forcée de faire, comme elle se méprisait elle-même parfois ?

Cal Zydler. Motard. Métamorphe.

Compagnon ! cria sa dragonne.

— Cal, murmura-t-elle malgré elle.

Ses yeux gris charbonneux ne dévoilèrent rien, et sa voix profonde et inflexible non plus.

— Cynthia.

Son chuchotement était si grave qu'il aurait pu être un murmure dans le vent.

Chapitre 2

Cal prit l'inspiration la plus longue et la plus profonde de sa vie et la retint. Qui avait besoin d'air, de nourriture ou d'eau quand il pouvait s'abreuver de Cynthia ? Son cœur tambourinait dans sa poitrine et sa gorge devint aussi sèche que les routes du désert qu'il avait traversées sans but après leur rupture, toutes ces années auparavant.

« Je t'aime plus que tout, mais je ne peux pas t'avoir », l'avait-elle suppliée pour qu'il comprenne.

Il avait été sur le point de la jeter par-dessus son épaule, de sauter sur la Triumph et de filer quelque part où personne ne les aurait trouvés. Mais, non. Dès qu'ils s'étaient rencontrés, il avait su que son cœur était destiné à être brisé. Et même en mille morceaux. Pulvérisé...

Il interrompit ses pensées. C'était Cynthia qui avait du vocabulaire sophistiqué. Totu ce qu'il avait, lui, c'était un trou dans la poitrine, là où s'était trouvé son cœur.

« Pitié, ne rends pas les choses plus difficiles », avait-elle imploré tout en sanglotant. Ensuite elle avait fait de son mieux pour expliquer pourquoi elle devait épouser un dragon métamorphe qu'elle ne connaissait même pas et qui avait dix fois son âge.

L'honneur de la famille... La tradition... La lignée...

Ces choses n'avaient aucun sens pour un loup solitaire comme lui. Un loup solitaire qui avait eu la chance de tomber, et violemment, amoureux d'une femme comme elle.

Il avait passé les deux premières années loin d'elle, à l'agonie, et les dix suivantes dans un état désensibilisé et indifférent. Tellement qu'il était sûr d'avoir perdu sa capacité à ressentir quoi que ce soit. Mais revoir Cynthia ramenait tout à la surface. L'envie. La solitude. Le besoin de la tenir et de ne jamais lâcher.

Donc, peut-être que c'était une bonne chose qu'il soit retenu par ces deux types. Un loup et un dragon métamorphes, s'il se fiait à son nez. Sinon, il aurait pu courir vers elle et l'étreindre, donnant à son loup intérieur une raison d'espérer.

Pourquoi ne pas espérer ? protesta son loup. *Elle est célibataire à nouveau, non ?*

Cal serra les dents. Le jour où Cynthia l'avait rejeté était le jour où il était mort à l'intérieur, et il était impossible de ressortir de son enfer personnel.

Une mouette ricana au-dessus de leurs têtes et Cal plissa les yeux, suivant son vol. Il était midi et le soleil était haut dans le ciel. Pas un souffle de vent, pas une ombre dans laquelle se cacher.

Son loup intérieur poussa un long hurlement mélancolique.

Je ne veux pas me cacher. Je veux revendiquer ma compagne.

Ouais, eh bien. Ainsi va la vie, hein ? Il resta parfaitement immobile, s'assurant que sa tempête intérieure ne se voyait pas.

Le type à sa gauche, le dragon, lui tordit le bras, le faisant grimacer. Peu importait l'identité de ce connard, il se montrait très protecteur envers Cynthia. Ainsi que les autres hommes ; le métamorphe loup nerveux, le lion rayonnant et l'ours costaud non loin de là. Chacun paraissait prêt à lui arracher la tête, ce qui était une bonne chose. Cynthia avait besoin de toute la protection possible. Certains arboraient des tatouages des forces spéciales ou des plaques militaires autour du cou, ce qui voulait dire qu'elle était entourée d'une force défensive formidable.

Les femmes s'étaient montrées plus sympathiques, même si méfiantes. Malgré tout, c'était elles qui avaient convaincu les hommes de le laisser entrer. Bien sûr, elles avaient cette « intuition féminine » et elles l'avaient transpercé de leurs regards tandis qu'ils décidaient s'ils devaient le jeter dehors. Elles étaient des métamorphes aussi, et il était clair qu'il ne fallait pas les prendre plus à la légère que les hommes.

Bien évidemment, Cynthia était entourée d'une combinaison saine de muscles et de cerveaux. Mais est-ce que ce serait suffisant ? Cynthia était-elle consciente du danger imminent qui se rapprochait ?

— Cal qui ? siffla le dragon métamorphe autoritaire.

— Cal Zydler, murmura Cynthia.

Ses lèvres se relevèrent dans le sourire le plus petit possible. Elle ne l'avait pas appelé Calvin, Dieu merci. Il se fichait qu'elle révèle son nom de famille, parce que, qui s'en souciait ?

Son loup intérieur soupira.

Les dragons.

Cynthia devait avoir au moins onze deuxièmes prénoms et trois noms de famille, comme il l'avait appris. Tous choisis avec soin pour refléter leur illustre arbre généalogique. Un arbre qui devait être fait d'or, putain, vu comment ses parents en avaient parlé la seule fois où il les avait rencontrés. Ils avaient expliqué avec sévérité pourquoi il était impossible qu'il devienne son compagnon. Merde, même l'aimer de loin était un crime, selon eux.

Il grimaça. Ils étaient même allés jusqu'à l'acheter. Comme s'il était plus intéressé par leur argent que par sa compagne.

— Connor, Chase, chuchota Cynthia vers les hommes qui lui bloquaient les bras. Laissez-le.

Aucun ne fit mine d'obtempérer, jusqu'à ce qu'elle ajoute :

— S'il vous plaît.

Les gros métamorphes échangèrent un coup d'œil avant de finalement le libérer de leur poigne. Ils le transpercèrent néanmoins de regards meurtriers et restèrent prêts à attaquer s'il ne faisait que tressaillir.

Cal secoua les bras, et il put dire avec exactitude quand Cynthia remarqua les brûlures, parce qu'elle grimaça.

« Seigneur, qu'est-il arrivé ? » semblait-elle dire.

Un tas de merdes, voulait-il répondre.

Il l'observa attentivement. Méprisait-elle ce qu'elle avait devant elle, ou pouvait-elle voir au-delà des cicatrices pour le discerner, lui ? La Cynthia qu'il avait connue plus de dix ans plus tôt avait eu cette capacité, cependant le destin n'avait pas été tendre avec eux. Bien sûr, elle était aussi sublime que jamais ; peut-être plus encore, avec ses traits nobles et ciselés et la forme parfaite de ses lèvres. Ces yeux sombres et farouches. Cette posture fière qui criait pratiquement qu'elle était de la royauté. Bordel, même ses longs cheveux noirs brillants étaient remontés et arrangés pour ressembler à une couronne.

Pourtant, malgré tout ce sang bleu, Cynthia n'avait jamais suinté d'une once de snobisme. Ses yeux avaient toujours étincelé de curiosité, et elle écoutait, elle écoutait *vraiment* chaque personne qu'elle rencontrait, des vagabonds qui en avaient vu toutes les couleurs comme lui, jusqu'aux bons vieux humains dans la rue.

Mais là, la tristesse s'abattait sur ses épaules comme une ombre qu'elle ne pouvait pas chasser. Elle tripota ses perles nerveusement avant de se redresser et de lui faire signe du haut des marches.

Il monta d'un pas lourd, dissimulant son côté gauche qui boitait un peu. Les autres se décalèrent, tout juste, restant sur leurs gardes. Cal se prépara alors qu'il tendit la main vers elle, se montrant aussi professionnel que possible. Mais un champ de force crépitant frappa son corps dès que leurs mains entrèrent en contact, et il faillit chanceler.

Bon sang, femme. Ce que tu me fais...

Il avait l'habitude de le dire dans le bon sens, comme après l'amour, quand ils s'enfonçaient tout transpirants dans les draps... si l'excitation du moment leur avait permis d'aller aussi loin que le lit. Là, ce sentiment ne faisait que mettre en avant le fait que tout avait changé.

Cynthia frémit légèrement, et ses lèvres s'entrouvrirent suffisamment pour qu'il en ait mal partout.

— Ravi de te revoir, dit-il.

Le problème était que la revoir allait le tuer, et il le savait.

— De même, répondit-elle, si doucement qu'il ne put dire ce qu'elle voulait vraiment dire.

Il se força ensuite à lâcher :

— J'ai appris pour Barnaby, je suis désolé. C'était un homme bien.

Il le pensait. Barnaby s'était avéré être trop bon pour être détesté, même s'il avait essayé. Même s'il ne révélerait jamais à Cynthia comment il avait appris à bien connaître son défunt mari.

Le regard de Cynthia brilla et il le lui rendit. Ne savait-elle pas que c'était le mieux qu'il pouvait faire pour reconnaître qu'elle avait dû coucher avec un autre ?

Apparemment pas, parce qu'elle avança la mâchoire comme quand elle était en colère, et se contenta de cracher en retour :

— Oui, il l'était.

Il désirait tellement lui raconter la vérité. La vraie vérité et rien d'autre. Mais bordel, il avait juré de garder le secret pour toujours. Pas besoin d'être de sang royal pour savoir qu'un serment était un serment.

Des bruits de pas retentirent derrière lui, et avant que quiconque puisse réagir, un petit garçon passa en vitesse, se jetant dans les bras de Cynthia.

— Maman ! Maman ! Regarde le coquillage que j'ai trouvé !

Cal observa le petit, avant de river les yeux au sol. Bon sang. Joey, il connaissait son nom. Ce rouquin était le portrait craché de son père. Ce qui voulait dire que le vieux Barnaby serait toujours là pour le hanter.

Cynthia s'agenouilla pour prendre le coquillage dans ses deux mains.

— Il est très beau, poussin.

Sa voix vacilla et... une seconde. Était-ce une larme qui luttait pour s'échapper de son œil droit ?

Elle la chassa rapidement, puis étreignit fort et longuement son fils.

Le petit rit.

— Ce n'est qu'un coquillage, maman.

Pourtant, elle continua. Presque une minute entière passa avant qu'elle déglutisse et recule.

— Oui, mais il est très beau, et il vient de la personne que j'aime plus que tout au monde.

Cal plissa les lèvres. Si ça, ce n'était pas une allusion, quoi d'autre ?

Cynthia se redressa et renvoya le garçon vers la maison, avant de lisser les plis de son chemisier. Quand elle reporta son attention sur Cal, son regard était doux et vulnérable, et il aurait pu jurer avoir vu ses yeux briller. Mais un instant plus tard, elle se raidit, et son visage devint froid à nouveau.

Cal secoua la tête. Il avait eu tellement raison, toutes ces années auparavant. Que cette étudiante perdue et sans expérience qu'il avait rencontrée au bord de la route deviendrait une alpha sacrément puissante un jour. Ce n'étaient pas ses ongles parfaits et ses cheveux soyeux qui le suggéraient... juste son cran d'acier. La discipline de fer. La capacité à prendre des décisions sans pitié si nécessaire.

— Joey, c'est ça? murmura-t-il. Il ressemble beaucoup à Barnaby.

Cynthia plissa les yeux.

— Comment connais-tu le nom de mon fils?

Cal avait envie de ricaner. Si seulement elle savait.

Dès qu'elle leva la voix, les métamorphes à ses côtés se rapprochèrent, et ils serrèrent les poings. Cal n'aurait pas été gêné d'en défier un ou deux. Mais quatre mâles en colère, plus quatre femmes qui avaient l'air tout aussi capables de lui arracher les yeux? Peut-être pas.

Il haussa les épaules.

— Je sais beaucoup de choses.

Ouais, ça la ferait gamberger un peu. Elle l'examina lentement de haut en bas.

— Tu ressembles à ta mère quand tu fais ça, ne put-il s'empêcher de murmurer.

Elle releva vivement la tête et son loup grogna à son côté humain.

Arrête de l'énerver.

Il dissimula un sourire amer. Avant, il avait eu l'habitude de l'énerver pour s'amuser. Juste un peu, seulement quand son éducation aristocratique refaisait surface. Tout comme quand il faisait exprès de se pencher dans les virages ou de slalomer sur la ligne continue d'une route, simplement pour la faire crier. La taquiner avait fait partie de leur jeu de séduction.

Ce n'est plus un jeu, s'attrista son loup.

— Qu'est-ce qui t'amène à Maui? demanda-t-elle en l'observant de près.

— Toi.

Elle leva les sourcils.

Le métamorphe ours derrière lui poussant un grondement grave d'avertissement, cependant Cal l'ignora. Les circonstances pouvaient le forcer à garder ses secrets, il ne mentirait jamais à Cynthia. En plus, il était trop focalisé sur la ligne fine et sombre de ses sourcils. Les creux de ses pommettes. Les petits plis aux coins de ses yeux. Seigneur, qu'elle était belle. Mais elle avait l'air... fatiguée. Vide.

Un peu comme lui, supposa-t-il.

Elle posa les yeux vers la Triumph. Oui, c'était la même qu'à l'époque, qu'il avait fait envoyer depuis le continent. Et oui, l'écharpe qu'elle lui avait donnée était toujours attachée au guidon. Mais un des hommes se rapprocha, bloquant le champ de vision de Cynthia.

Elle fronça les sourcils et racla sa gorge.

— Et qu'est-ce que tu as fait exactement ces dernières années ?

— Tu veux vraiment savoir ?

Elle fit la moue. Était-elle réellement aussi surprise que lui de découvrir qu'il avait encore ce côté arrogant et malicieux ?

— Oui.

Ce simple mot sec était prononcé comme un ordre, pas une question.

En dépit du bon sens, il répondit :

— Je tuais des dragons.

Elle resta bouche bée et écarquilla les yeux. Une expression spontanée dont il aurait apprécié se délecter quelques secondes, tout comme à l'époque. Mais le lion et le dragon le saisirent à nouveau par les bras et le forcèrent à reculer.

— Ça suffit. Tu dégages d'ici, connard !

— Non ! cria Cynthia.

Tout le monde s'immobilisa et la dévisagea.

— Je veux dire...

Elle bredouilla, confuse peut-être par le pur besoin que son ton avait dévoilé.

— Je veux dire...

Les hommes se regardèrent comme s'ils n'avaient jamais vu leur cheffe si déroutée. Soudain, le grand dragon métamorphe parla d'un ton ferme.

— Emmenez-le à Silas.

Il se pencha vers lui et laissa une lueur meurtrière et destructrice traverser son regard.

— Un tueur de dragons ? On va voir ça.

Chapitre 3

Cal ne s'embêta pas à traîner les pieds quand les deux métamorphes l'entraînèrent. Une partie de lui était encore dans les nuages après avoir capté ce qui était passé dans les yeux de Cynthia. L'amour. L'espoir. Le désir... pour lui.

Bien évidemment, tout ça était bien au fond, derrière une décennie de regrets... et même pire, de méfiance. Mais l'amour était toujours là. Suffisamment pour le faire espérer.

Ce qui était une mauvaise chose, cependant son stupide loup n'arrivait pas à enregistrer certaines informations dans sa tête dure et amoureuse.

Elle m'aime encore !

Eh bien, évidemment. Ils étaient destinés l'un à l'autre. Néanmoins, les choses ne suivaient pas toujours le plan du destin, en particulier quand des traditions tordues de clans de nobles dragons intervenaient.

Il prit une profonde inspiration et se força à se reconcentrer sur ce qui l'entourait. Maui, hein ? Même en fuite, Cynthia était parvenue à finir dans un lieu plutôt génial.

— Tu sais pourquoi je ne te tue pas sur le champ ? gronda le dragon grande gueule alors qu'il le pressait.

— Ce doit être à cause de mon charme naturel, répliqua-t-il.

Le métamorphe lion lui tordit le bras et Cal grimaça avant de continuer.

— Ou parce que vous mourez de curiosité.

— Mourir, hein ?

Le dragon enroula une main épaisse autour du cou de Cal.

— Ne me donne pas d'idées.

Cal ricana. À l'époque où il avait rencontré Cynthia, les dragons lui en mettaient plein la vue. Même un puissant loup métamoprhe devait respecter une créature avec des ailes, des serres et la capacité de souffler le feu. Cependant, ils avaient leurs points faibles aussi. Son bras droit avait beau être couvert de cicatrices de brûlure, celui qui lui avait fait ça était mort.

Il se tordit une fois, plus pour tester les métamorphes qui le retenaient que pour réellement se libérer. Un test qu'ils réussirent haut la main, ce qui était une bonne chose. Cynthia avait besoin d'une vraie protection, pas juste d'un tas d'amateurs en marcel.

— Vous êtes obligés d'être aussi durs avec lui, Connor ? se plaignit la femme qui les suivait.

Une dragonne, déduisit-il, à en juger par son odeur. Une odeur avec beaucoup d'air salé et d'océan. Il renifla à nouveau, puis regarda en arrière.

— Waouh. Un dragon des mers ?

Elle sourit, cependant son compagnon tira sur le bras de Cal assez fort pour faire s'entrechoquer ses dents.

— Qu'est-ce que ça peut te faire ?

Si Cal avait été libre, il aurait levé les mains pour montrer qu'il ne lui voulait aucun mal. Pas à ces dragons-là… Ni aux lions, ours et loups parmi lesquels ils vivaient. Bon sang, même si cette étrange petite meute avait eu un koala métamorphe, ça ne l'aurait pas dérangé. Plus il y en avait et plus ils étaient féroces, mieux c'était, parce qu'ils protégeaient Cynthia. Ça, il l'avait vu au premier coup d'œil.

Apparemment, la rumeur qui disait qu'elle s'était terrée avec des vétérans des forces spéciales était vrai. Peut-être avait-elle une chance face à l'océan de merdes qui était sur le point de les engloutir.

— Connor… avertit la dragonne des mers.

— Jenna… répondit son compagnon exactement sur le même ton.

Pourtant, un moment plus tard, le dragon relâcha sa prise sur le cou de Cal.

— Je ne lui fais pas confiance.

— Tu ne fais confiance à personne, soupira-t-elle.

— Je ne comprends pas pourquoi Anjali et toi avez insisté pour le laisser entrer.

— Disons que c'était une intuition.

Cal aurait adoré se tourner et examiner l'expression de Jenna, cependant Connor lui déchirerait probablement le bras s'il essayait. En savait-elle plus qu'elle ne le laissait entendre ? Il s'était révélé incapable de déchiffrer les regards qu'elle avait échangés avec l'autre femme, Anjali, quand il avait demandé à voir Cynthia. Ils l'avaient presque chassé, cependant Anjali l'avait intensément examiné et murmuré deux mots.

« Et si… ? »

Les femmes n'avaient rien dit d'autre après ça, néanmoins il pouvait les sentir discuter mentalement, comme pouvaient le faire tous les métamorphes qui étaient proches.

Et si, en effet. Les femmes parlaient entre elles, pas vrai ? Cynthia leur avait-elle raconté leur longue et triste histoire durant une soirée animée entre filles ? Avait-elle parlé du loup solitaire qui était sorti de nulle part et lui avait fait tourner la tête ?

Il en doutait. Ce n'était pas son genre. Elle ne lâchait aucun indice. Elle était une dragonne, après tout, et la seule chose que les dragons amassaient plus que les trésors, c'était les secrets.

— On verra ce que Silas pense de ton intuition, marmonna Connor.

Mis à part le bruit de leurs pas lourds et le bruissement occasionnel des branches battues par le vent sur leur chemin, les quelques minutes suivantes passèrent en silence. Cal regarda autour de lui, essayant d'assimiler son environnement. L'autoroute maritime qu'il avait empruntée jusqu'ici était quelque part à sa droite, dessinant un long virage qui s'éloignait de cette énorme propriété. Le littoral devait être sur sa gauche à en juger le murmure des vagues qui roulaient. Ce qui laissait une longue et épaisse bande de terre entre la côte et la route. La cachette parfaite pour des métamorphes.

Un carré de forêt laissait place à un autre, et il eut l'impression de traverser la limite invisible du domaine, parce que tout changea. Les fourrés étaient moins denses, les bois plus ordonnés… ressemblant plus à une propriété privée qu'à une ferme envahie par les mauvaises herbes. Ils dépassèrent même une clairière où une pelouse proprement tondue bordait un héliport, sur lequel était posé un hélicoptère marron avec des rayures rouges et jaunes.

Il se raidit et tourna vivement la tête sur la gauche. Quelqu'un les espionnait depuis les buissons. Un couple de tigres ?

Il retint un sifflement. Peut-être que Cynthia avait une armée encore plus grande à sa disposition qu'il ne l'avait cru.

Ils finirent par émerger sur un carré de jardin bien entretenu. Des traces de pas convergeaient de chaque direction, menant vers un bâtiment ouvert avec un toit de chaume où se trouvaient plusieurs hommes costauds, avec des bras épais croisés sur leurs torses. Il y avait aussi des femmes, et chacune avait l'air tout aussi capable de défendre le domaine que les hommes. Une rangée de torches *tiki* marquaient le chemin principal qui menait au lieu de réunion, et même s'il était midi pile, il pouvait imaginer leur feu crépitant et tourbillonnant la nuit.

Dans l'ensemble, c'était un spectacle impressionnant. Chaque muscle subtilement contracté, chaque posture assurée lui disaient que ce n'était pas une meute qu'il fallait prendre à la rigolade.

Soudain, un chat calicot serpenta entre les jambes de ces hommes froids et sans compromis, et Cal dut dissimuler un sourire quand l'un ou l'autre baissait le regard avec un air doux et indulgent.

Donc ils étaient durs à cuire, mais ils avaient du cœur. Un autre bon signe, du moins en ce qui concernait Cynthia. Pourtant, ça ne changeait pas le fait qu'ils étaient une dizaine, et qu'il était tout seul.

En d'autres termes, un nouveau ratio tout pourri. Son loup soupira.

Connor et le lion métamorphe le conduisirent directement vers le grand homme brun au sommet de la chaîne de pouvoir de ceux qui attendaient dans la pièce.

— Laissez-moi deviner. Silas Llewellyn, lança Cal sur un ton nonchalant.

Les yeux sombres de l'homme vacillèrent, cependant il répondit doucement.

— Et qui à qui ai-je l'honneur ?

Avant qu'il puisse répondre, Connor le secoua.

— Un tueur de dragons… du moins c'est ce qu'il prétend.

Cal garda la tête haute alors que le regard noir de Silas le balayait, assimilant chaque détail.

Ouais, regarde-moi, dragon, voulait-il lancer. *Et n'attends pas de moi que je sois impressionné.*

Même s'il l'était, pour être honnête. Pas tellement par sa richesse, son pouvoir ou sa réputation. Oui, il avait fait ses devoirs avant de venir à Maui. Non, il était impressionné par le solide mur de loyauté et de respect que Silas inspirait autour de lui. Jusqu'à présent, il n'avait été qu'un nom pour Cal, un autre sur une longue liste de clans de dragons snobinards. Mais maintenant…

— Libérez-le, ordonna-t-il.

Cal fit la moue. La logique voudrait qu'il y ait des dragons corrects dans le monde, autres que Cynthia. C'était juste qu'il n'en avait pas beaucoup rencontré.

Celui qui le retenait se renfrogna, et le lion protesta sans détour.

— Silas, vieux. Tu as entendu ce que Connor a dit ?

Cal réfléchit, à nouveau impressionné. Les soldats qui pensaient par eux-mêmes et qui remettaient en question des ordres fous, même s'ils respectaient leur chef ? Le monde aurait bien eu besoin de plus de gens comme ça.

Silas hocha sérieusement la tête et les autres obéirent, même s'ils ne reculèrent pas. Ils restèrent là, hérissés, prêts à bondir si Cal tentait quoi que ce soit.

— Un tueur de dragons ? Le genre dont on entend parler partout ?

Silas tourna la tête vers lui et l'étudia sous différents angles.

— Qui frappe avant de disparaître sans laisser de traces ?

Cal sourit. C'était amusant comme une réputation pouvait être une bonne chose, parfois.

Il haussa les épaules, la jouant détaché.

— Je suis l'un d'entre eux, oui.

Tout le monde resta bouche bée, et même Silas, qui était calme et posé, marqua un temps d'arrêt. Typique des dragons... essayant de tout cacher, et pourtant en révélant trop.

— L'un d'entre eux ?

— Un dragon qui prend des vies innocentes ? lança la grande rouquine sur la droite, blasée.

— Aucun des dragons que je tue n'a une once d'innocence.

— Et de quels dragons parle-t-on ? demanda Silas.

Cal grimaça.

— Croyez-moi. Je suis spécialisé dans les méchants.

— Ça dépend de votre définition d'un méchant, répliqua la rouquine en croisant les bras.

Ses yeux étaient aussi verts que l'émeraude accrochée à son collier, et son visage était de marbre.

Cal agita la mâchoire.

— Les dragons qui kidnappent des femmes sur lesquelles ils ne devraient pas poser leurs sales griffes ? Ou les hypocrites qui montrent au monde à quel point ils sont riches et généreux, alors qu'ils gagnent un paquet de thunes grâce à la drogue à côté ? Les dragons qui tuent un homme devant son fils tout en riant ? Est-ce que ceux-là rentrent dans votre définition ?

Il ne voulait pas lancer de regards meurtriers, mais, putain. Il gardait en général ces souvenirs bien enfermés dans un coin, cependant mentionner chacun de ces connards faisait tout ressurgir.

— Croyez-moi. Ils le méritaient tous.

Les secondes suivantes défilèrent dans un silence total, et Cal prit quelques inspirations. Revoir Cynthia l'avait affecté plus qu'il ne l'avait cru.

— Et Bartholomew James ? demanda Silas.

Maintenant, ce fut à Cal de marquer un temps d'arrêt. James avait été un proche associé du mari de Cynthia, Barnaby.

— Bordel, non. Son seul crime, c'est d'avoir été un snob. Vous savez, comme tous les dragons métamorphes.

Connor le fusilla du regard.

— On n'est pas tous des snobs.

Cal lui jeta un regard en coin. Ça, il pouvait lui accorder. Alors que Silas avait un air mesuré et aristocratique, tout chez Connor criait « rebelle ». Il se demandait quelle était son histoire.

Cynthia n'est pas snob, dit son loup intérieur d'un ton rêveur. *Elle est spéciale.*

Oui, elle l'était. Comme Silas Llewellyn, s'il était honnête. Par réputation, et de ce qu'il en transparaissait, il était un des rares dragons qui s'avérait être plus classe que snob. Le genre avec du cœur et des principes qui les faisaient regarder au-delà de leur fortune de temps à autre.

— Une seconde, intervint le lion métamorphe. Comment exactement un loup peut-il tuer un dragon ?

Cal lança son plus beau sourire énigmatique.

— Ça, c'est un secret.

Silas se renfrogna.

— La manière ne me concerne pas. C'est le pourquoi qui m'intéresse, et la possibilité qu'il pourrait y avoir plus d'un tueur de dragons là dehors.

Cal ricana.

— Les dragons ont plus de disputes que n'importe quels autres métamorphes. Donc, est-ce si surprenant que l'un d'entre eux se soit tourné vers un tueur à gages ?

Silas plissa les yeux.

— C'est ce que vous êtes ? Un tueur à gages ?

Cal grimaça. Pour qui le prenait-il ?

— Non, j'ai ma propre vendetta.

— C'est-à-dire ?

— Ce ne sont pas vos affaires.

Le lion métamorphe poussa un grondement guttural, et une odeur de soufre flotta autour de Connor... un signe évident qu'il était proche de prendre sa forme de dragon. Mais un geste discret de Silas les fit reculer à nouveau.

Cal décida qu'il l'aimait bien. Pour un dragon, du moins. Et la meute mixte qu'il dirigeait était... intéressante. Très intéressante, c'était peu de le dire.

Un autre silence passa avant que Silas reprenne la parole.

— Et que voulez-vous de Mme Brown ?

Cal ne comprit pas tout de suite de qui il parlait. Soudain, il éclata de rire.

— Cynthia ? *Brown* ?

Silas lui lança un regard vif, et tout le monde se renfrogna de confusion.

Cal secoua la tête, incrédule.

— Une dragonne aussi chic que Cynthia qui s'appelle *Brown* ? Je sais qu'elle se cache, mais qui va croire ça ? Vous et moi savons très bien qu'elle est une Ba...

Silas l'interrompit avec un grognement et Cal le dévisagea. Tous les autres aussi, et il comprit enfin que même si leur chef et lui savaient exactement qui était Cynthia, les autres pouvaient l'ignorer.

Il vit Silas avec un tout nouveau respect. C'était donc le niveau de sécurité qu'il essayait d'offrir à Cynthia. Eh bien, tant mieux.

Cal se racla la gorge et revint au sujet principal. Que voulait-il de Cynthia ? Il désigna la propriété voisine.

— Pourquoi ne pas l'interroger directement ?

Sa voix était rauque, bon sang, et il se demandait bien ce qu'elle pourrait répondre si Silas lui posait la question. Admettrait-elle qu'à une époque, elle avait aimé un modeste loup comme lui ?

Elle nous aime encore, gronda son animal intérieur. *Tu verras.*

— Quoi qu'il en soit, continua Cal, Cynthia n'est pas ma cible, et elle ne le sera jamais. Son fils non plus... ni vous, pour ce que ça vaut.

Silas semblait prêt à le croire sur parole, cependant Connor ricana.

— Et on est censé juste l'accepter ?

Cal leva les yeux au ciel.

— Les dragons tuent tout le temps. Mais quand un autre métamorphe le fait, vous pétez tous un câble.

— Je ne tue que quand j'y suis obligé, et seulement les mauvais, grogna Connor.

— Tout comme moi, connard. Tout comme moi.

Quand Connor se hérissa, Jenna posa une main sur son bras et se tourna vers Cal.

— Pourquoi vous vous mêlez des affaires de dragon pour commencer ?

Cal s'énerva subitement. Pas à cause des paroles de Jenna, mais de tous ces visages incrédules.

— Parce que j'ai juré de protéger Cynthia. J'ai juré de traquer les dragons qui ont tué sa famille.

Sa voix devenait de plus en plus forte à chaque mot.

— Parce que je mourrais pour elle, d'accord ?

Le silence qui suivit fut assourdissant, et Cal se maudit. Bon sang, pourquoi était-il allé si loin, avouant tout ça ?

Mais, putain... c'était la vérité. Il mourrait pour elle. En fait, il l'avait déjà fait, du moins dans son cœur.

Alors, pourquoi a-t-il battu si fort quand tu l'as vue ? fit remarquer son loup. *On l'aime encore, et elle aussi.*

Cal se renfrogna. L'espoir. L'émotion la plus dangereuse de toutes.

Un moment gênant passa durant lequel tout le monde l'observa. Certains avec suspicion, alors que d'autres semblaient le voir sous un nouveau jour. Commençaient-ils à comprendre qu'ils n'avaient pas le monopole de l'amour et de l'honneur ? Qu'un type comme lui pouvait aussi avoir ces qualités ?

Quand Silas reprit la parole, ce fut d'une voix plus douce et calme.

— Et Cynthia est en danger parce que... ?

Cal se racla à nouveau la gorge.

— Moira rassemble ses forces.

Plusieurs grommelèrent à la mention de ce nom, et il ne pouvait pas les blâmer. Cette dragonne était le fléau du monde métamorphe.

Vaniteuse... arrogante... cupide... lista son loup intérieur.

Ne me lance pas là-dessus, soupira-t-il.

— Nous sommes au courant, répondit Silas, peu impressionné.

Les dragons. Ils pensaient toujours tout savoir.

Cal feignit un bâillement.

— OK, donc vous devez être au courant pour Kravik et le gang avec qui il s'est installé en Amérique du Nord.

À la façon dont Silas plissa les yeux, il devait exactement être au courant pour tous les problèmes que ces dragons du vieux continent avaient ramené avec eux.

— Le clan Lombardi ? Comment le savez-vous ?

— Je sais beaucoup de choses.

— Croyez-moi, je les piste de près de mon côté.

Cal rit franchement, touchant ses cicatrices. Il avait fait bien plus que pister ces enfoirés. Il les chassait, un à un. Mais de nouveaux arrivants avaient rapidement pris leurs places, pressés de suivre leur nouveau chef.

Kravik, grommela son loup.

Les brûlures de Cal le démangeaient. Il l'avait affronté une fois, mais ce connard de Kravik s'était échappé avant qu'il ne puisse établir un plan d'attaque.

— Je ne sais pas ce qui est pire, déclara Cal. L'idée que ces enfoirés déclenchent une guerre ouverte entre métamorphes contre Moira, ou alors qu'ils s'allient avec elle dans une sorte de marché.

Le visage de Silas s'assombrit.

— Moira ne respectera jamais un marché.

— Je le sais et vous aussi, mais est-ce que lui, le sait ? Il faut considérer la question.

Silas avait l'air morose.

— Je n'aime pas ça.

Le métamorphe lion à ses côtés fit la grimace.

— Qu'est-ce qu'il y a à aimer là-dedans ?

Silas regardant longuement et durement Cal, avant de se tourner vers les autres.

— Mesdames, messieurs, annonça-t-il en observant lentement autour de lui. J'aimerais discuter en privé avec M. Zydler, s'il vous plaît.

Les autres parurent surpris, cependant ils partirent l'un après l'autre… hors de portée d'oreille, mais pas très loin non plus. Tous, sauf ce métamorphe lion têtu qui resta sur place, les bras croisés.

— Monsieur O'Roarke, murmura Silas

Le lion secoua la tête comme pour dire qu'il n'irait nulle part. Cal aurait pu jurer voir sa barbe s'épaissir et s'allonger, montrant qu'il était sur le point de se transformer.

— Dell, l'avertit Silas. On veut tous protéger Cynthia.

— Et Joey, ajouta-t-il, ne cédant pas d'un pouce.

— Et Joey, approuva-t-il. Mais si tu la respectes, tu dois respecter qu'elle ait aussi certains... secrets.

Cal voulait rire. Oh, elle avait des secrets, oui.

Dell n'avait pas l'air impressionné, cependant Silas poursuivit.

— Je promets de répéter tout ce que tu as besoin de savoir. Mais d'ici là...

Il leva les sourcils dans un ordre pas si subtil.

Dell contracta la mâchoire, puis transperça Cal d'un regard meurtrier.

— Je surveillerai de loin. Compris ?

Cal leva les yeux au ciel. Les lions. Toujours à agir comme les rois d'une putain de jungle.

Dell finit par battre en retraite et Silas se pencha.

Cal garda un visage neutre quand le dragon commence à parler d'une voix basse et sérieuse, même si c'était dur parfois. Il en savait plus sur Cynthia qu'il ne l'avait cru. Ils échangèrent ensuite les rôles et Cal lui raconta exactement ce que Kravik et son clan européen avaient trafiqué.

Plus il dévoilait des informations, plus il s'interrogeait. Était-il fou de faire confiance à un dragon avec des renseignements pour lesquels il avait failli mourir ? Mais, bordel. Cynthia faisait confiance à Silas. Il le pouvait, lui aussi. Il le devait s'il voulait que le dragon alpha lui rende la pareille.

Leur conversation privée ne dura pas plus que trois ou quatre minutes, plus la longue minute silencieuse pednant laquelle silas le jaugea. Le dragon finit par reprendre la parole :

— Monsieur Zydler, je vous offre le choix. Partez maintenant, en paix. Tournez le dos à toute cette histoire pendant que vous le pouvez encore et laissez-nous faire.

Cal ricana, mais Silas secoua la tête.

— Vous avez découvert énormément de choses, cependant il en reste beaucoup que vous ignorez.

Il y en a beaucoup que tu ignores aussi, connard, gronda presque Cal.

— Ou... continua Silas.

Cal ne put s'empêcher de se pencher.

— Ou ?

— Restez, et travaillez avec nous pour protéger Cynthia et son fils.

Cal s'esclaffa.

— Je n'ai pas besoin de vous pour ça.

Silas inclina la tête.

— Si vous vous souciez vraiment d'elle... et je sens que c'est vraiment le cas... vous reconnaîtrez que c'est mieux si nous unissons nos efforts. Si ce problème est aussi sérieux que je le pense, nous devons utiliser chaque ressource à notre disposition.

Son sang de rebelle ne fit qu'un tour.

— Je ne suis pas votre ressource, et je ne suis pas à votre disposition.

— Alors, vous choisissez la première option ? Vous partez ?

Cal se renfrogna. Il avait juré de protéger Cynthia, et rien ne le ferait partir. Mais rester... ou pire, coopérer, était hors de question. Il ne jouait pas en équipe, déjà.

Tu aurais pu, grommela son loup.

Il fit la grimace. S'il était né dans une meute à peu près stable, avec un dirigeant correct, on l'aurait cherché pour qu'il devienne alpha le temps venu. Mais sa mère était passée de meute en meute pendant toute son enfance. Juste quand il finissait de se battre pour trouver sa place dans l'une d'elles, elle en rejoignait une autre, et tout ce processus pénible recommençait. À seize ans, il en avait eu déjà marre des meutes et avait pris la route. Être seul était tellement plus simple. Tellement plus facile.

Tellement plus solitaire, répliqua son loup.

Oui, en effet. Mais ensuite il avait rencontré Cynthia et s'était découvert un nouvel objectif dans la vie. L'aimer. La courtiser. La faire rire. Elle avait été absorbée par les études à l'époque ; à Yale, rien que ça. Elle avait insisté pour qu'il lui donne de l'espace, mais tous les week-ends, il avait fait le trajet jusqu'à cette ville universitaire de prétentieux pour la récupérer, passant les quarante-huit heures suivantes à offrir à sa compagne destinée tout ce qui manquait à sa cage dorée. La liberté. Le rire. L'amour. Son cœur se réchauffa en pensant à toutes ces fois où ils s'étaient terrés quelque part ensemble pour faire l'amour passionnément.

Soudain, il se souvint que Silas était à deux pas de lui.

Arrête ça, jura-t-il à son loup.

Arrête quoi ? demanda la bête bien trop innocemment.

Clara se racla la gorge et se força à se reconcentrer sur le sujet. Option A : partir, ce qui était hors de question. Mais l'option B était pire. Rester signifiait se battre encore plus. Souffrir encore plus. Et avoir le cœur brisé, encore plus. Il devait s'en aller s'il voulait conserver sa santé mentale.

Je ne quitterai jamais ma compagne, déclara son loup.

Cal serra les poings sur ses flancs. Il y avait une troisième option, évidemment. Il pouvait rester dans le coin et faire tout ce qu'il voulait. Mais Silas avait raison sur le fait d'unir leurs forces. En fait, il avait raison sur plusieurs points. C'était juste que le côté rebelle de Cal était trop habitué à défier les ordres.

Mais au final, la réponse était évidente, et il le savait.

Cal se renfrogna.

— Très bien. Mais je ne suis pas à tes ordres, dragon.

Silas leva les mains.

— Tu devras respecter nos règles, mais à part ça, tu es libre de tes mouvements et tu fais ce que tu estimes le mieux. Chaque jour, tu me feras un rapport.

— Un rapport ? répéta-t-il en se renfrognant.

Silas soupira.

— Disons, une réunion, alors. Tu es peut-être né alpha, mais je suis aux commandes, ici. Compris ?

Cal avait envie de rire. Né alpha ? Haha. Il était un solitaire, et il aimait que ça reste ainsi.

Et la prophétie ? gronda son loup.

Il avait envie de rire.

Prophétie, mon cul.

Ce n'était pas parce qu'une vieille femme prétendait avoir eu une vision à sa naissance qu'il devait y croire. Lui, devenant un guerrier qui accomplissait de grandes choses ? Un guerrier qui pouvait neutraliser un grand mal et annoncer une nouvelle ère de paix dans le monde métamorphe ?

Son cœur tambourina plus fort, néanmoins il repoussa cette idée et fusilla Silas du regard. Son choix était fait, et ils le savaient tous les deux.

À contrecœur, il tendit une main.

— C'est entendu. J'espère simplement que vous avez raison.

Silas serra sa main tout en jetant un regard inquiet vers le ciel, comme s'il s'attendait à ce qu'une dizaine de dragons ennemis déboulent à l'horizon à tout moment.

— J'espère avoir tort, murmura-t-il. Pour le bien de Cynthia.

Chapitre 4

Cynthia se tripotait les mains alors qu'elle bougeait d'une pièce à l'autre. Le soleil s'était couché depuis un moment, et son cœur martelait sa poitrine. Ses mains étaient moites. Elle s'était languie de Cal pendant si longtemps, et maintenant...

Des heures s'étaient écoulées depuis son arrivée, pourtant elle avait l'impression que ça faisait quelques minutes. Elle était toujours en train d'osciller entre l'excitation et la mortification. Le destin avait ramené son compagnon prédestiné, mais il était trop tard.

La culpabilité la saisit en pensant à son défunt mari. Si seulement Barnaby avait été un salaud égoïste et avide. Elle aurait pu le détester et aller de l'avant. Mais il avait été un vrai gentleman qui l'avait aimée, honorée et avait fait preuve d'une extrême gentillesse. Le partenaire idéal en fait, si elle avait été d'une autre génération.

Et l'amour ? insista sa dragonne sur le même ton qu'elle avait utilisé à une époque pour s'opposer à ses parents. *Être compagnons signifie s'aimer... profondément, follement, passionnément.*

Les regrets lui rongeaient l'âme, néanmoins elle les repoussa. Rien ne la ferait effacer le passé, parce que cela effacerait l'existence même de Joey, et son fils était ce qu'elle avait de plus précieux. Non pas la vie confortable qu'elle avait perdue ou les trésors enfermés hors de portée. Pas même l'estime d'elle-même quelle avait sacrifié en épousant un homme qu'elle n'aimait pas.

Elle tripota ses perles et leur présence fraîche et réconfortante amena un sourire doux-amer sur ses lèvres. Elles étaient les seules survivantes de deux vastes fortunes : celle de ses parents, dont elle devait hériter, et celle de son mariage. Aujourd'hui, elle ne possédait même pas les assiettes dans lesquelles elle mangeait. C'était drôle de voir les rouages du destin.

Pas si drôle que ça ! s'exclama sa dragonne.

Elle fit la grimace. Aucune fortune ne pouvait acheter sa liberté, et encore moins son bonheur. Cal lui avait appris ça.

Des bruits de pas résonnèrent sur les escaliers du porche, la poussant à se redresser rapidement. Ce n'était pas bon que les autres la voient dans un tel état. Pas quand elle avait travaillé si dur pour s'établir comme co-alpha de cette meute.

— Cynthia ? appela doucement Hailey.

— Entre.

Cynthia inspirant profondément alors que les effluves de café Kona fraîchement moulu flottaient dans la maison, précédent Hailey d'un pas. Elle ferait tout pour effacer de son esprit le parfum de son compagnon… enfin, de Cal.

La blonde lui tendit un mug.

— Tu veux un café avant d'y aller ?

Cynthia observa le ciel. Bon sang. Elle avait presque oublié que c'était mercredi, le soir où elle sortait. Pas pour s'amuser, non, Dieu merci, mais pour voler. S'entraîner. Apprendre. Non pas qu'elle avait besoin d'apprendre à voler, bien évidemment, mais à se battre…

Elle se renfrogna. En tant que fille d'une famille fortunée de dragons métamophes, elle avait reçu une éducation stricte en ce qui concernait les traditions et les leçons sur le monde des dragons. Mais le combat était réservé aux mâles, alors que les femelles gardaient un rôle plus traditionnel. Elles pouvaient prendre la tête des affaires familiales ou diriger quand il s'agissait de diplomatie, mais jamais, jamais de combat. Ça n'avait jamais été nécessaire. Mais à présent…

Cynthia frissonna et regarda la lune montante. Ces dernières années avaient marqué l'entrée d'un changement de la garde dans le monde de dragons métamorphes, et plus rien n'était comme avant. Moira bâtissait un empire, et la rumeur disait qu'un groupe puissant de dragons européens déployaient leur sphère d'influence également. Cynthia ne pouvait pas se permettre de rester là et d'espérer que Silas, Connor et les autres métamorphes de Koakea la protègent... elle, et surtout, Joey. Il était temps d'apprendre à se battre. Donc, depuis un mois, elle affûtait ses capacités au combat avec ses camarades dragons.

Bon sang, oui, dit-elle alors qu'elle prenait la tasse fumante.

— Merci.

Elle avait bien besoin d'un café.

Soudain, elle leva presque une main à ses lèvres. Que penserait sa mère si elle entendait de tels mots dans la bouche de sa fille unique ? Et pire, que dirait sa mère au sujet de l'entraînement et des combats ?

« Une dame ne ferait pas ça ! » s'exclamerait-elle.

Cynthia se renfrogna devant son café. Non, en effet. Mais elle ferait tout pour protéger son fils.

Tout, approuva sa dragonne dans un grognement.

Tout à coup, elle se rappela la présence de Hailey... et ses propres manières. Venait-elle d'accepter un café avec un simple petit remerciement ? Hailey n'était pas une domestique, et elle n'était pas seulement une membre de la meute. Comme toutes les femmes de Koakea, Hailey était devenue une amie.

— C'est délicieux, lui dit-elle avec un sourire. Tu devrais ouvrir une boutique.

Hailey rit et ses joues rougirent de fierté.

— La boutique la plus petite du monde, à en juger la taille de ma parcelle. Mais l'an prochain...

Ses yeux brillaient comme à chaque fois qu'elle pensait à son rêve.

Cynthia but son café en plusieurs gorgées reconnaissantes et discuta pendant une minute ou deux. Puis elle briefa Hailey, qui garderait un œil sur Joey en son absence.

« C'est comme un entraînement », avait un jour plaisanté Hailey, insinuant que Tim et elle songeaient à fonder leur propre famille.

Alors que Cynthia parlait, elle se rappela à nouveau la chance qu'elle avait d'avoir Hailey et les autres. Elle n'avait jamais pensé pouvoir confier Joey à qui que ce soit, mais ces derniers temps, elle le faisait tout le temps. Ses camarades de meute étaient des gens sur qui elle pouvait compter quoi qu'il arrive, ce qui avait été parfaitement limpide à la réaction qu'ils avaient eue à l'arrivée de Cal. Tout le monde avait été en alerte, prêt à le mettre en pièces s'il montrait la moindre mauvaise intention. Dans le même temps, les femmes avaient été déterminées à lui donner sa chance. Avaient-elles senti qu'il était l'élu ?

Elle grimaça. Peu importait la magie qui se jouait entre eux, Cal faisait partie du passé, et elle ne pouvait pas revenir en arrière.

Peut-être pas, fredonna sa dragonne. *Mais recommencer...*

Elle ricana. Elle ne recommencerait rien. Elle avait accepté l'idée qu'elle resterait veuve jusqu'à sa mort, et rien de plus.

— Hé, murmura Hailey. Est-ce que ça va ?

Cynthia se força rapidement à sourire. Le genre de sourire qui insistait sur le fait qu'elle allait bien, alors que non.

— Tout est parfait. Merci pour le café... et de garder un œil sur Joey.

Hailey sourit.

— De rien.

Cynthia n'eut alors d'autre choix que traverser la terrasse et le jardin, et de rejoindre un affleurement rocheux derrière la grange. Un endroit parfait pour décoller et atterrir.

En général, sa dragonne insistait pour s'échapper vers le ciel. Mais pendant tout le trajet, elle traîna des pieds et se fit du souci. Au sujet de laisser Joey, pour commencer. Au sujet de Cal. Parce que Silas, mince, avait accepté de laisser le métamorphe loup rester.

« Il y a peut-être plus de choses en cours que nous le pensons », avait-il expliqué en passant un peu plus tôt. « Et je crois qu'il peut nous aider à vaincre l'ennemi. »

Cynthia se renfrogna sous la soirée odorante. Un ennemi invisible qui pourrait prévoir une attaque sur la belle Maui n'importe quand.

— Cal, murmura-t-elle dans la nuit.

Pourquoi, pourquoi, pourquoi ? De tous les gens que le destin aurait pu envoyer pour protéger Joey, pourquoi lui ? Elle avait déjà toute une unité des forces spéciales à ses côtés, sans parler de leurs compagnes, tout aussi féroces et protectrices. Avait-elle vraiment besoin de Cal ?

Bien sûr que nous avons besoin de lui, insista sa dragonne. *Tout comme il a besoin de nous.*

Son pas vacilla, cependant elle persista, se déshabillant tout en marchant. Une ombre passa au-dessus de sa tête, pratiquement silencieuse, toutefois une voix résonna clairement dans son esprit.

Prête à voler ?

C'était Jenna, aussi exubérante que d'habitude. Cynthia leva les yeux avec mélancolie. Ah, être née fille de surfeur, sans attache et libre comme l'air.

— J'arrive dans une minute, répondit-elle doucement.

Elle tendit les bras, se transformant tout en marchant. Elle écarta les doigts en grand, laissant les replis de peau entre chacun s'étendre jusqu'à devenir une paire d'ailes tannées. Les odeurs devinrent plus vives et plus détaillées alors qu'elle se transformait, et ses yeux de dragons perçants captèrent le moindre mouvement dans l'obscurité. Quand elle sauta de la saillie rocheuse, elle manqua presque de relâcher un hurlement tonitruant dans la nuit. Un clan de dragon aussi ancien que le sien avait tous les droits de beugler leur présence au monde, ou du moins c'était ce qu'on lui avait appris. Mais elle s'était forcée à tousser et chasser ce hurlement instinctif. La chance avait tourné, et elle ne pouvait pas s'annoncer ainsi comme une reine.

Juste une princesse, soupira sa dragonne.

Elle contracta ses jambes, agita la queue et se déploya dans les airs, se rappelant de ne pas trop jouer les snobs. Sa famille avait quitté l'Europe des générations plus tôt, donc le côté « princesse » était un peu excessif, au mieux. Et même si c'était facile de se sentir supérieure quand elle était dans les airs, ce n'était pas comme ça que ça fonctionnait. Cal, Connor et d'autres lui avaient appris que l'honneur et la dignité n'étaient pas des qualités réservées exclusivement aux clans nobles. La naissance était un accident, et les métamorphes nés dans des circonstances ordinaires, voire même défavorables, pouvaient se montrer plus nobles que ceux nés dans le privilège et le pouvoir.

Avec quelques battements puissants de ses ailes, elle fila vers la lune. Quoi qu'elle laisse derrière elle, ce serait l'image de quelqu'un qui s'était battu avec de la sueur, du sang et des larmes pour mériter sa vie.

Sa dragonne ricana.

Eh bien, on a bien assuré côté larmes.

Elle vola plus vite, essayant de dépasser ces mauvais souvenirs. Ouvrant la gueule, elle cracha du feu dans la nuit noire d'encre. Juste un mince filet pour ne pas être remarquée par des humains qui pourraient être de sortie.

Au loin, une autre explosion de feu illumina le ciel, et elle se raidit. Mais ce n'était que Kilauea, le volcan qui couvait sur la Grande Île. Le mastodonte était actif ces derniers mois, et l'énorme nuage de fumée qu'il renvoyait vers le haut était aussi clair qu'un phare marqué par des petits éclats de feu.

Du feu. Comme la passion qui brûlait entre Cal et nous, se morfondit sa dragonne.

Soudain, *zoum !* Jenna plongea en bombe, frôlant le bout de l'aile de Cynthia, chassant ces pensées de son esprit. Il était temps de s'entraîner, pas de se sentir désolée pour elle.

Elle fila après Jenna, dessinant des loopings et se tordant dans l'air à chaque fois que sa comparse dragonne esquivait ou roulait sur elle-même. C'était exaltant. Libérateur. Elle se sentait plus forte.

Et pas du tout comme une dame, s'amusa sa dragonne.

Jenna se tortilla pour mordiller le bout de son aile, mais Cynthia vira à droite.

Bien, résonna la voix de Connor dans son esprit.

Le grand dragon vert-brun les surplombait sur un côté, examinant chacun de ses mouvements comme un coach de boxe. Il les aidait à s'entraîner depuis que Tessa les avait lâchées, sous de vagues prétextes.

Jenna avait fait un clin d'œil à Cynthia quand elle l'avait appris. Elle avait dit la croire enceinte, mais pas prête à l'annoncer.

Si c'était vrai, c'était une grande nouvelle. Tessa et Kai, les dragons de Koa Point, espéraient fonder une famille depuis très longtemps. Mais vu que la transformation pouvait blesser un bébé à naître, Tessa serait confiée à sa forme humaine pendant encore quelques mois.

Cynthia espérait que Jenna avait visé juste. Elle s'entraîna encore plus fort, alimentée plus que jamais par le désir de protéger sa meute.

Ce mouvement que tu viens de faire fonctionne bien, dit Connor. *Mais il y a une astuce encore meilleure que tu devrais apprendre. Jenna, viens et suis-moi, que je puisse lui montrer, d'accord ?*

Avec plaisir, gloussa cette dernière, montant vers lui.

Cynthia fit la moue. Jenna et Connor faisaient d'excellents formateurs, cependant le couple avait le don de transformer chaque mouvement en danse sensuelle. Malgré tout, elle les observa de près.

Comme ça, dit Connor quand Jenna mordilla son aile.

Au lieu de s'écarter vivement d'elle, il replia son aile fermement et roula, atterrissant juste sous Jenna. Il déploya ensuite ses ailes et remonta, crachant du feu vers son ventre. Juste une petite étincelle, simplement pour chatouiller sa compagne. En combat réel, il libérerait un enfer qui causerait des dommages conséquents.

Et si ça n'achève pas ton ennemi, tu fais ça, ajouta-t-il en fonçant vers le cou de Jenna.

Mais au lieu de l'attaquer, il cala son museau contre elle, et ils lâchèrent tous deux des toux de dragons qui étaient l'équivalent de rires. Cynthia soupira et se détourna pour s'entraîner. Une fois que Connor et Jenna se faisaient les yeux doux, il était difficile de réattirer leur attention sur vous.

Sans surprise, après quelques manœuvres en demi-teinte, Jenna se racla la gorge et fit un grand mouvement sur sa droite.

Euh, je crois que j'ai laissé la bouilloire branchée.

On ferait mieux d'aller vérifier, approuva Connor sur ses talons.

Cynthia les regarda partir. En quelques minutes, le couple serait de retour dans sa tanière rocheuse, perdu dans les affres de la passion. Mais qui était-elle pour gâcher le bonheur d'amoureux qui ne tenaient plus en place ?

C'était nous, à une autre époque, déplora sa dragonne, rejouant les images du passé.

Comme celle d'une jeune version d'elle-même, poussant des petits cris et empoignant la taille de Cal alors qu'il faisait vrombir sa moto le long d'une route de Nouvelle-Angleterre recouverte de feuilles d'automne. Le vent fouettant son écharpe rose et la chaleur corporelle de son compagnon la faisant se nicher contre son cou.

Elle balaya le sol du regard, cherchant inconsciemment des empreintes de loup. Puis elle descendit en piqué vers le toit de sa maison, exactement comme son père le faisait quand elle était petite. Ce souvenir-là la fit sourire ; elle se revoyait au lit, comptant les jours jusqu'à ce qu'elle devienne un grand dragon, elle aussi.

Elle poussa un soupir doux-amer. Le destin ne laissait pas toujours les choses se dérouler comme elles le devraient.

Mais je suis un grand dragon, insista sa bête intérieure, admirant les ailes dorées qui s'étendaient de chaque côté.

Cynthia ne s'embêta pas à répondre. Quelle grandeur pouvait avoir une dragonne qui se cachait sur un domaine privé, dépendante du soutien de ses amis ?

Soudain, elle se ressaisit. En tant que mère, sa priorité n'était pas de faire démonstration de son pouvoir. C'était de garder son fils heureux, en bonne santé et en sécurité.

Elle tourna autour de la maison de la plantation une nouvelle fois et partit vers le nord, remontant les montagnes dentelées de West Maui. Elle finit par glisser vers l'océan, se rappelant de ce que dirait le nouveau membre de leur nouvelle meute mixte.

« Le monde est rempli d'amour et de beauté. »

Cynthia répéta les paroles de Sophie alors qu'elle dessinait une boucle pour rentrer. L'amour et la beauté. Pour le bien de Joey, elle devait s'en souvenir. Et, bon sang. Maui rendait les choses faciles, avec son horizon spectaculaire, ses palmiers qui tanguaient et ses longues bandes de sable doré.

Alors qu'elle était sur le chemin du retour, prête à aller au lit, un mouvement attira son attention vers une pointe rocheuse. Quand elle discerna un loup solitaire, son cœur bondit dans sa poitrine. Ce n'était pas Chase ni Sophie ou Boone et Nina, les loups de Koa Point.

Cal ! appela sa dragonne.

Dans son excitation, elle manqua de voler droit sur lui, cependant elle préféra l'observer de loin, à la place. La direction du vent était en sa faveur, et il ne l'avait pas encore repérée. Ce qui voulait dire qu'il ne l'avait probablement pas vue voler, ce que déplora une partie d'elle. Quand ils s'étaient rencontrés, ils s'étaient amusés la nuit à prendre leurs différentes formes animales. Elle montait dans les airs pendant qu'il courait au sol. Ils finissaient par se retrouver en haut d'une colline pour se tourner autour quelques fois, avant de repartir et de se taquiner encore. La soirée se terminait sous forme humaine, l'amusement prenant un tour plus sensuel.

Elle inspira profondément, détestant avoir l'air d'une vieille fille dans son fauteuil à bascule. Le genre qui soupirait et disait : « Ah, c'était le bon temps ».

Cal leva le nez également, et c'était aussi comme à l'époque. Mais au lieu de hurler de bonheur, il poussa un long cri déchirant. Pour des oreilles humaines, c'était presque impossible de les différencier, néanmoins elle avait appris à les distinguer, et elle en était malade. Son hurlement était solitaire et vide de tout espoir. Résigné et creux au lieu d'être fier et optimiste, comme avant. En était-elle la cause ?

Elle laissa échapper une petite bouffée d'air chaud, se rappelant que Cal n'avait pas respecté sa promesse de lui rester fidèle jusqu'à la fin de ses jours, quoi qu'il arrive. Dès qu'elle avait été forcée de le quitter, il avait filé pour vivre avec la première louve qui lui était passée sous le nez. Une traînée qui s'appelait Sheila ou un truc du genre, de ce qu'elle avait entendu.

Elle battit l'air de ses ailes, mettant de la distance entre Cal et elle, ou entre le passé et elle, peu importe. Il était temps de rentrer auprès de son fils et de sa nouvelle meute dans laquelle elle avait travaillé si dur pour devenir co-alpha. Ce n'était pas important que son âme pleure ou que son cœur lui donne l'impression d'avoir été poignardé encore et encore. Tout ça faisait partie de son ancienne vie, et elle avait enfin réussi à repartir de zéro.

Elle glissa en de lents cercles, se murmurant tout le long :

Un nouveau départ... Un nouveau départ.

C'est ça, soupira sa dragonne. *Continue à faire semblant.*

S'alignant pour l'atterrissage, elle vérifia le vent une dernière fois. Puis, elle referma le bout de ses ailes, baissa la queue, et avança les serres. Un instant plus tard, elle atterrit en dérapant, non loin de son point de décollage. Elle ouvrit ensuite grand les ailes pour les secouer avant de reprendre forme humaine. Quand elle enfila ses vêtements, chaque couche lui parut être un élément d'une armure qu'elle remettait en place. La Cynthia décontractée, mais distante, co-alpha de sa meute. Une personne qui ne pouvait être vue en train de se morfondre.

On ne se morfond pas, insista sa dragonne. *On essaie de trouver un moyen d'arranger les choses avec Cal.*

— Eh bien, ça ne fonctionnera pas, murmura-t-elle, marchant à grands pas vers la maison.

Elle dépassa la grange, dont la porte était entrouverte. Quelqu'un avait laissé la lumière allumée.

— C'est quoi ça, encore ? marmonna-t-elle, contente d'avoir une autre chose sur laquelle s'agacer.

Elle entra et marcha vers l'établi pour éteindre la lampe, mais avant qu'elle y parvienne, quelque chose scintilla, captant son regard. Elle se coupa dans son élan alors que la lumière de la lune se reflétait sur du chrome... la Triumph cabossée de Cal.

Son pouls manqua un battement. Le simple fait de regarder les lignes classiques de la Thruxton réveillait tellement de choses. Combien de fois avait-elle roulé à l'arrière de cette moto ? Les bras refermés autour de la taille de Cal, ses joues chaudes contre son dos...

Tant de bons moments, murmura sa dragonne.

Rouler avec Cal avait toujours été une échappatoire au monde rigide et convenable dans lequel elle avait grandi. Ils avaient dépassé les limites de vitesse et causé tellement de bruit. Ils avaient emprunté des routes interdites pour atteindre les sommets de collines où ils pouvaient s'étendre et compter les étoiles. Avec Cal, tout semblait possible... même leur amour impossible.

Elle se rappela ensuite Cal filant hors de sa vie sur cette moto et ses épaules se raidirent. C'était la dernière fois qu'elle l'avait vu, une semaine avant la cérémonie où elle avait été forcée de se lier au dragon métamorphe que ses parents avaient choisi pour elle. Cal était-il parti directement chez Sheila après ça ?

Elle pencha la tête, luttant contre la boule dans sa gorge. Une chouette hulula dehors, lui disant...

Me disant quoi ?! avait-elle envie de hurler.

Devait-elle ravaler sa fierté et saisir cette opportunité pour aimer Cal à nouveau, ou devait-elle défendre les murs qu'elle avait construits autour de son cœur ?

Saisis ta chance, murmura sa dragonne.

Elle s'immobilisa soudain, repérant l'écharpe rose enroulée autour du guidon. Celle qu'elle lui avait donnée la toute première nuit de leur rencontre. Elle était tout abîmée à présent, et plus marron que rose. Les bouts étaient élimés et il y avait des éclaboussures de boue. Mais elle était toujours là. Pourquoi ne s'était-il pas débarrassé de ce vieux truc ?

Parce qu'il nous aime encore, répondit sa dragonne. *Il nous a toujours aimées.*

Les genoux de Cynthia vacillèrent. Elle ne s'était jamais sentie si honteuse et n'avait jamais autant regretté d'avoir été forcée de faire ça. Et peut-être que Cal ne l'avait pas abandonnée, même si elle s'était abandonnée elle-même ?

Et Sheila ? voulait-elle protester.

On sait que Cal est parti avec elle, mais on est sûres de rien, fit remarquer sa dragonne. *Pose-lui la question. Tu verras.*

Elle tripota son collier, essayant de retrouver du réconfort dans la surface lisse et familière de ses perles. Elle frotta plus fort celle du milieu. Quelque chose clochait avec celle-là ; elle devenait pâle, d'un bleu poli. Ou alors, c'était un effet de lumière ?

Des bruits de pas légers résonnèrent derrière elle, et elle se retourna.

— Cal, souffla-t-elle, les yeux rivés sur le loup à l'entrée de la grange.

Il était tout aussi sombre et fringant que jamais. Tout aussi grand et nerveux, et tout aussi rebelle. En résumé, exactement le loup métamorphe dont elle était tombée amoureuse, jusqu'à la petite cicatrice sur sa lèvre. Le seul vrai changement, c'était les cicatrices de brûlure... et le nuage de tristesse qu'il transportait avec lui.

Le loup passa d'elle à la Triumph, et elle sentit qu'il se rappelait aussi. Tous les bons moments, tous les espoirs... et tous les regrets. Ils se dévisagèrent quelques minutes, les yeux brillants, en dévoilant plus que le pourraient des mots.

J'aimerais...

Je veux...

Tu m'as tellement manqué que j'en ai mal.

Mais juste au moment où elle était certaine qu'il se transformerait pour parler, le loup se secoua fermement et repartit en silence dans la nuit.

Cynthia ouvrit et ferma la bouche, cherchant ses mots. Mais franchement, qui y avait-il à dire ?

Pourquoi pas : « Tu me manques toujours, Cal » ? murmura sa dragonne. *« Je t'aime encore. Pourras-tu un jour me pardonner ? »*

Elle n'arrivait même pas à laisser passer un mot entre ses lèvres trop fières, toutefois elle courut pour le regarder fuir au loin en silence. Elle se retrouva à empoigner la porte coulissante de la grange, se retenant de le poursuivre. C'était fini, et pour de bon.

Ça n'a jamais été fini ! s'exclama sa dragonne.

Le loup lui jeta un dernier regard triste avant de continuer. Son chemin l'emmena à travers un rayon de lune, et elle l'observa se faufiler de l'obscurité à la lumière avant de disparaître pour bon.

Cynthia se laissa tomber contre les portes de la grange, abattue, seule et plus perdue que jamais.

Chapitre 5

Cal choisit un bout de bois de fer, se rassit sur la souche d'arbre qui lui servait de tabouret, et se remit à tailler. Un instant plus tard, il s'essuya le front et observa autour de lui, retenant un soupir. Deuxième jour à Maui. Le premier avait été assez difficile, cependant aujourd'hui allait tout autant secouer. Tout le monde le regardait comme s'il était un traître, et chaque fois que Cynthia passait, il avait l'impression que son corps était en feu.

Il n'aurait pas dû venir. Pourquoi se torturer ainsi ?

Les paroles de Silas firent écho dans son esprit.

« Partez maintenant, en paix. Ou restez, et travaillez avec nous pour protéger Cynthia et son fils. »

Il fit craquer sa mâchoire. Il était à Maui pour voir comment les choses allaient se passer, bon sang. Peu importait qu'il en souffre.

Timber, l'ours métamorphe, sciait des planches de contreplaqué non loin de là. Chase, le loup, coupait du bois. Du moins, c'était ce qu'ils prétendaient faire tout en gardant un œil sur lui. Sans Silas pour leur ordonner de le laisser tranquille, ils l'auraient probablement chassé d'ici sur-le-champ. Actuellement, la suspicion flottait dans l'air comme un brouillard invisible, néanmoins Cal se contenta de soupirer. Toute sa vie, on l'avait dévisager comme le grand méchant loup qui était né du mauvais côté de la barrière. Un peu rustre, un peu débraillé. Le genre de gars qui faisait trop rapidement penser aux gens qu'il représentait un danger.

Eh bien, qu'ils pensent ce qu'ils veulent. Il était là pour protéger Cynthia, et rien de plus.

Il fouilla la pile de bois jusqu'à finalement trouver une longue branche droite qui pourrait mieux convenir que la première. Il testa son poids, son équilibre et sa résistance. Oui, ça pourrait le faire. Se rasseyant, il étendit le bâton sur ses genoux et commença à tailler une pointe. Sa bouche prit un pli maussade alors qu'il imaginait ce qu'il avait prévu d'en faire. Combien de temps passerait avant qu'il soit forcé de s'en servir ? Il leva un œil vers le ciel, souhaitant qu'on lui envoie un signe. Parviendrait-il enfin à débarrasser le monde du mal qui poursuivait Cynthia depuis si longtemps ?

Sophie, la louve, le salua amicalement alors qu'elle passait. Anjali était avec elle, tenant un bébé blond dans ses bras qui ressemblait beaucoup à Dell.

— Salut, Cal. Tu as passé une bonne nuit ? demanda Anjali.

Il put sentir les hommes se raidir. C'était comme la veille : les femmes de Koakea étaient prêtes à lui donner une chance, alors que les hommes étaient prêts à le mettre en miettes.

— Je ne pouvais pas demander plus, murmura-t-il.

Tim et Chase échangèrent des regards, ce qui ne le dérangeait pas. Il n'était pas là pour se faire des amis. Il avait juste besoin qu'ils le laissent tranquille et remplissent leur part du marché dans la protection de Cynthia. Et de ce qu'il voyait, ils se débrouillaient sacrément bien. Il avait rôdé dans tout le périmètre de la propriété tôt le matin même, suivi tout du long par ce lion métamorphe trop zélé, et avait confirmé sa première impression sur la solidité de leurs défenses. Les métamorphes avaient toujours quelqu'un pour faire le guet, et il n'y avait pas un seul amateur parmi eux.

Pourtant, personne ne baissait sa garde, même dans un endroit comme celui-ci. Il regarda vers l'océan. Cette délimitation terre-mer était à la fois une bénédiction et une plaie. D'un côté, elle formait sa propre ligne de défense, avec cette bordure de récifs et ses vagues. De l'autre, la mer pouvait servir de piste à une attaque-surprise. Ainsi que les montagnes, à l'intérieur des terres. Il ne fallait pas grand-chose pour imaginer une escouade de dragons fondant et sortant de nulle part, à la Pearl Harbor.

Il examina les arêtes irrégulières, notant mentalement les affleurements rocheux qui pourraient correspondre à ce dont il avait besoin. Plus tard dans la journée, il irait voir de plus près. Explorer était la première étape. Établir des défenses supplémentaires. Les armer était la seconde, et qui savait combien de temps il avait encore ?

Il se pencha sur le bois et tailla plus vite.

Dell rit en passant.

— Ne me dis pas que tu comptes abattre des dragons à mains nues.

Cal ne s'embêta pas à lever les yeux quand les pas du métamorphe lion s'arrêtèrent soudain.

— Tu es cinglé ? On ne tue pas des dragons avec des fléchettes.

Cal continua, et Dell finit par repartir en marmonnant.

— Je crois vraiment qu'il est dingue.

Cal ricana. Non, il n'était pas dingue. Pas trop, du moins.

— Salut, Joey, lança Dell.

Cal leva vivement la tête. Il n'avait pas vraiment vu le fils de Cynthia, la veille. Mais voilà qu'il était là, un petit rouquin avec des yeux verts brillants. Le portrait craché de Barnaby.

Arrête ça, ordonna-t-il à son loup intérieur qui commençait à grogner. *C'est juste le gamin, pas Barnaby.*

L'homme qui nous a volé notre compagne, grommela-t-il.

Il serra les dents, se maîtrisant. Il avait méprisé Barnaby, allant jusqu'à jouer avec l'idée de le tuer. Il y était presque arrivé une fois, se faufilant dans son bureau pour le prendre par surprise. Un an après avoir été forcé de quitter Cynthia, quand tout avait semblé si clair.

Tuer Barnaby. Trouver Cynthia, avait insisté son loup. *Fuir jusqu'au bout du monde où on pourra enfin vivre en paix.*

Mais Barnaby, ce maudit Barnaby, avait simplement retourné son énorme fauteuil en cuir, lui parlant nonchalamment.

— Monsieur Zydler. Je m'attendais à votre visite.

La mâchoire lui en était presque tombée, cependant Cal avait fait de son mieux pour feindre la nonchalance.

— Ça veut dire que vous vous attendiez à mourir aussi.

Étrangement, Barnaby n'avait pas semblé être troublé par la notion. Après avoir regardé Cal une fois, il avait désigné un fauteuil.

— Asseyez-vous. S'il vous plaît.

Sa voix avait été lasse, et ses yeux peinés.

Cal avait obéi, surtout par curiosité. Il pouvait l'écouter et le tuer plus tard. Ça lui convenait aussi.

Au début, Barnaby était juste resté assis là, observant silencieusement les livres entassés dans les étagères qui montaient du sol au plafond. La plupart avaient été des ouvrages anciens et reliés de cuir, donnant un parfum de librairie au bureau. Des livres sur les métamorphes, la science, l'histoire... la totale. Cal avait repéré une section entière dévouée à la Rome antique, et son loup avait ricané. Pas un seul livre sur la réparation de moteur, pas un seul outil en vue. Les dragons n'étaient-ils pas concernés par les problèmes du vrai monde ?

Barnaby avait fini par reprendre la parole. Lentement au début, puis de plus en plus vite et passionnément. Plus il en avait révélé, plus Cal en était resté stupéfait, et plus ses a priori s'étaient écroulés.

Barnaby n'était pas le con arrogant qu'il avait cru. Il avait été tout aussi réticent que Cynthia à s'unir à elle. Bien sûr, Cal aurait été ravi de le tuer quand même. Mais Barnaby avait ensuite marmonné quelques mots qui avaient tout changé.

— J'ai besoin de votre aide.

Cal avait ricané et désigné son bureau opulent. Barnaby avait été à la tête d'affaires qui valaient des millions. Il avait été propriétaire d'un domaine dans le Connecticut, avec une écurie et des gardes privés. Bordel, il aurait pu engager une armée de mercenaires s'il l'avait voulu.

— Besoin de mon aide pour quoi ?

— Pour protéger la femme que j'aime. Et je l'aime, avait-il ajouté rapidement. Même si pas de la façon dont vous supposez.

Cal aurait pu rire à nouveau, néanmoins Barnaby avait continué, étalant tout. Toutes les complexités du monde des dragons, des détails que Cal n'aurait jamais pu deviner. Tous les conflits et vendettas qui arrivaient petit à petit à leur point critique. Le nœud coulant qu'il avait senti se resserrer autour de ce monde. Une grande et nouvelle force qui s'élevait, au point que même un métamorphe avec autant de relations que Barnaby devait se méfier.

— Croyez-moi, j'adorerais traquer Drax et le combattre moi-même.

Les doigts de Barnaby s'étaient contractés, et il avait été facile de les imaginer se transformer en serres pour mettre en pièces cet autre dragon impitoyable qui avait l'intention de dominer le monde métamorphe.

— Mais je ne peux, avait-il terminé. Je dois penser à Cynthia maintenant... et à notre petit.

Une onde de choc avait tonné dans tout le corps de Cal. Cynthia, enceinte ? D'un autre homme ?

S'il avait cru un an plus tôt que son monde s'était écroulé, il avait eu tort. Son loup avait hurlé en lui, et il avait failli tomber à genoux. Que Cynthia vive avec Barnaby avait été assez terrible. Mais qu'elle porte son enfant... Les deux seraient liés d'une façon qu'il ne pourrait jamais défaire.

— Oui, notre petit.

Un sourire doux-amer avait étiré les lèvres de Barnaby, même si le côté « amer » avait outrepassé le « doux ». Cal s'était demandé pourquoi.

Barnaby s'était ensuite raclé la gorge avant de reprendre :

— Quoi qu'il en soit, nos ennemis se multiplient. Pire, ils se tournent vers des méthodes auxquelles nous, les dragons, ne nous sommes jamais abaissés auparavant.

Pour la première fois, du dédain s'était insinué dans sa voix, avec une pointe d'arrogance de l'ancien monde. Il avait gratté le buvard en cuir sur son bureau de ses ongles qui s'étaient allongés sous le regard de Cal, creusant le tissu doux.

— J'ai besoin de votre aide, avait répété Barnaby, paraissant plus déterminé que jamais. Je ne souillerai pas mon nom de famille en recourant à de tels procédés moi-même, mais je suis prêt à utiliser... disons, des armes non conventionnelles.

Cal en avait eu les yeux exorbités. Avait-il parlé de lui ?

Il avait à peine suivi ce que Barnaby avait dit ensuite ce soir-là. Il avait vraiment perdu Cynthia pour toujours. Mais il l'aimerait pour toujours, ce qui voulait dire qu'il la protégerait.

Ça ne veut pas dire qu'on ne peut pas tuer Barnaby, avait tenté son loup une nouvelle fois.

Mais il avait étouffé ce rêve dans l'œuf. Tuer Barnaby aurait fait du fils de Cynthia un orphelin, et ça aurait été mal, peu importait que son loup lui hurle de se venger.

Cette rencontre inattendue s'était transformée en la soirée la plus étrange de sa vie... une qui l'avait jetée dans une tout autre tourmente. Mais au lieu de se noyer dans les émotions comme il l'avait fait pendant un an, il s'était découvert un nouveau but dans la vie : protéger Cynthia. Elle pouvait ne jamais être au courant du rôle secret qu'il tenait, ce qui lui faisait mal, mais rien d'autre ne comptait tant qu'elle allait bien.

Cal cligna sous la lumière légère et tropicale de Maui, se concentrant sur l'enfant qui l'approchait. Joey. Rien que le voir lui faisait mal au cœur.

Le petit rouquin sautilla dans l'allée, entouré d'un chien hyperactif. Cal fit silencieusement le calcul dans sa tête. Joey devait avoir six ans. Le « petit » dont Barnaby lui avait parlé à leur première rencontre, plus d'une décennie plus tôt, avait été une fausse couche, et Joey n'était né que quelques années plus tard.

— Buzz et moi on joue à la balle ! lança le garçon à Chase, aussi heureux que possible.

Il repéra ensuite Cal et marcha vers lui.

Tout s'immobilisa autour d'eux, comme dans un western lorsqu'un bandit armé entrait dans une ville et que tout le monde dans la rue détalait... y compris le chien qui jeta un œil à Cal, avant de filer, la queue entre les jambes. Tout le monde, en gros, sauf ce gamin innocent qui n'en savait pas assez pour garder ses distances.

En bien, si quelqu'un pensait qu'il était un danger pour lui, ce quelqu'un avait tort. Il lui avait sauvé la vie. Deux fois, en fait, même si ni lui ni sa mère ne le savaient.

— Qu'est-ce que tu fais ? demanda Joey en arrivant devant son bâton pointu.

Cal le dévisagea, émerveillé qu'une telle innocence existe encore dans ce monde. Non seulement il avait une lame de quinze centimètres dans la main, mais il avait aussi confectionné une lance assez robuste. Malgré ça, le petit ne voyait pas ça comme une menace. Ce qui, selon Cal, était à porter au crédit de Cynthia et de ses amis. Le garçon aurait eu tous les droits de grandir dans la peur et les soupçons. Pourtant, ils avaient réussi à laisser Joey être un enfant.

— Waouh, fit ce dernier en étudiant la pointe de la lance. Je peux toucher ?

Cal jeta un regard vers les hommes prêts à le mettre en pièces.

— Pas sûr que ta mère apprécierait.

Il eut le vertige et son estomac se retourna. L'effet que cet enfant avait sur lui était fou. Joey était l'héritage vivant de l'homme que Cal avait essayé, en vain, de haïr. Le symbole du destin lui riant au visage. Et en même temps, cet enfant était la chose la plus précieuse au monde pour Cynthia.

— Tu fabriques quoi ?

— Je m'amuse juste, mentit-il.

Il posa la lance, s'assurant de tourner la pointe dans l'autre sens, puis ramassa une branche fourchue. En quelques secondes, il la tailla pour qu'elle soit adaptée à une main d'enfant. Joey le regarda faire, fasciné. Cal lissa les bords, se disant que les mains du petit n'étaient clairement pas aussi calleuses que les siennes, et sculpta deux fentes au bout du Y. Il désigna ensuite l'étagère de la grange.

— Tu veux bien aller me chercher ce gros élastique ?

Pourquoi sa voix était-elle aussi rauque ? C'était juste un gamin, bordel.

Joey lui obéit en sautillant, et Cal observa chacun de ses mouvements. Il n'y avait pas une once de Cynthia dans cet enfant. Du moins, pas physiquement, pas avec ces cheveux flamboyants et ce large sourire.

— Celui-là ? appela Joey.

Cal se racla la gorge.

— Oui. Ça ira.

Le petit crapahuta avec empressement jusqu'à lui, ce qui lui fit peur. Il ne faudrait pas grand-chose pour qu'un ennemi piège cet enfant et lui fasse faire n'importe quoi. Pas étonnant que les hommes semblaient prêts à bondir.

— Tiens-le-moi, tu veux?

Joey fit ce qu'il lui dit, étirant l'élastique. Cal le coupa avec prudence, exagérant ses mouvements pour montrer qu'il éloignait la lame du petit. La dernière chose dont il avait besoin, c'était que les métamorphes autour de lui se transforment en animaux et l'attaquent. Le petit serait terrifié, déjà.

— OK. Maintenant, on fait ça...

Il attacha un côté de l'élastique à la branche gauche du bâton.

C'était amusant comme un simple mouvement pouvait déterrer les souvenirs de l'esprit d'un homme. Le plus souvent, c'était des mauvais. Mais cette fois, Cal sourit. Son père avait toujours été absent, en revanche son oncle avait toujours été calme, tranquille et patient. Sans raison. Cal eut un flash-back où il se vit accroupi devant les genoux de son oncle, l'observant tailler tout comme Joey avec lui. Cal se surprit même à marmonner les mêmes mots que son oncle avait utilisés à l'époque.

— Maintenant, on étire ce côté par là...

Joey tapa dans ses mains de joie.

— Un lance-pierres!

— Ouaip. Tu veux l'essayer?

Le petit hocha frénétiquement la tête.

— Alors, va te trouver un caillou, répondit-il en montrant un endroit du coude.

Dès que Joey vit son bras, les yeux vifs du petit rouquin s'écarquillèrent.

— Waouh. T'as plein de cicatrices.

Le fait que le cœur de Cal avait commencé à battre plus fort n'avait aucun rapport avec sa remarque, et tout à voir avec le fait que Cynthia arriva juste à ce moment.

— Poussin, ce n'est pas gentil de dire ce genre de choses.

Elle posa doucement une main sur l'épaule de son fils.

Cal leva la tête pour plonger dans ces merveilleux yeux noirs.

Cynthia, voulait-il murmurer. On peut parler ? S'il te plaît.

Mais au lieu de ça, il secoua la tête et dit :

— Ça ne me dérange pas.

— Comment tu les as eus ? demanda Joey, fasciné.

Cal y réfléchit. Il ne pouvait pas vraiment lui dire qu'il avait combattu des dragons. Pas à un enfant qui avait perdu son père dans une attaque de dragons.

— C'est juste une brûlure. Bon, tu as trouvé des munitions pour ton lance-pierres ?

Joey poussa un cri et se mit en action, explorant le sol.

— Joey, chéri... appela Cynthia.

— C'est bon, murmura Cal, plus pour lui que pour elle.

Parce que, bon sang, ses mains tremblaient un peu et sa voix était sur le point de se briser, juste à cause de sa proximité avec elle. C'était une sacrée bonne chose que Joey revienne en courant quelques instants plus tard avec une poignée de cailloux.

— Bon. La première règle, c'est de ne jamais pointer ton lance-pierres vers quelque chose que tu peux casser ou quelqu'un que tu peux blesser. C'est juste pour s'amuser, d'accord ? dit Cal.

Joey hocha la tête et le froncement de sourcils de Cynthia s'apaisa un peu.

— Tu le charges comme ça, et ensuite tu recules comme ça, expliqua Cal avant de lui donner le lance-pierres.

Le petit le prit avec un tel ravissement que les sentiments douloureux et conflictuels dans la poitrine de Cal s'apaisèrent. Il prit une boîte de clous et la posa à quelques pas de là, puis retourna auprès de Joey et lui montra.

— Vois si tu arrives à toucher ça. Mais assure-toi qu'il n'y a personne sur ton chemin.

Joey hocha la tête et recula l'élastique du lance-pierres, se concentrant intensément. Cal l'observa, captivé. Peut-être que cet enfant avait un peu de Cynthia en lui, après tout.

Joey manqua le premier coup d'un kilomètre, mais Cal haussa les épaules.

— Je n'y suis pas arrivé la première fois non plus. Il faut juste t'entraîner.

Il ramassa un caillou et lui demanda de lui rendre le lance-pierres. Il visa, lentement pour que le petit puisse voir.

— Quand tu relâches, fais en sorte d'écarter les doigts pour que le caillou vole droit.

Il lâcha et *boum*! Le caillou rebondit sur la boîte et dégringola vers l'allée.

Joey regarda, émerveillé.

— Waouh. T'es fort.

Cal dissimula un sourire. Si seulement il savait à quel point, ou la taille des cibles qu'il était parvenu à abattre.

Repartant, Cal traîna sa botte sur le gravier, délimitant un large cercle autour de la boîte.

— Essaie encore. Cinq points si tu rentres dans le cercle, dix si tu touches la boîte.

Cynthia inclina la tête, le regardant d'une manière qu'il avait du mal à déchiffrer. Cal se tourna rapidement, se disant de ne pas trop y penser.

Joey renvoya un autre caillou, et Cal hocha la tête.

— Cinq points. Bien joué, mec.

Joey avait l'air aux anges, et les autres hommes sourirent aussi. Comprenaient-ils enfin que Cal n'était pas l'ennemi?

— C'est amusant! lança le garçon.

Cal posa les yeux de l'autre côté de l'allée, vers les pentes douces et vertes. C'était amusant, en effet. Le soleil brillait, et l'air était chargé des senteurs de fleurs tropicales. Personne ne menaçait de le tuer... pour l'instant, du moins. Koakea était un bel endroit, en particulier pour les métamorphes, qui étaient plus proches de mère Nature que la majorité des humains. C'était aussi un endroit agréable où élever un enfant.

Cal jeta un regard à Joey. Le pauvre garçon avait perdu son père, mais il avait une mère aimante et, de ce qu'il savait, plusieurs tontons poules. Il vivait dans un bel endroit tranquille, à l'abri des dangers du monde métamorphe.

Mais un nuage passa devant le soleil, projetant une ombre, et Cal se renfrogna. Peu importe que l'endroit soit accueillant et ensoleillé. Le danger pouvait frapper n'importe où, n'importe quand.

Hailey le rejoignit et s'approcha de Cynthia en lui posant une question.

— Tu pourrais faire un lance-pierres géant. Tout un tas, suggéra Joey en souriant. Et en mettre un peu partout, comme ça si les méchants arrivent, on pourrait les avoir.

Cal se figea un instant, puis se rattrapa avec un petit sourire.

— Je suppose qu'on pourrait.

Il est malin, murmura son loup.

— Comme là-haut ! continua Joey en désignant une falaise.

Les autres s'étaient tournés pour écouter la conversation de Hailey et Cynthia, donc Cal se rapprocha de Joey et leva le menton.

— Il y a un meilleur endroit. Tu vois la saillie, là-bas ? Ce serait une position parfaite pour vos défenses, tu ne crois pas ?

Seigneur, il poussait un peu le bouchon. Mais, bon sang. C'était agréable de faire allusion à ce plan, même si c'était à un enfant

Joey hochait la tête à mille à l'heure.

Bien sûr, il lui faudrait de meilleures munitions, entonna son loup.

Et, en un claquement de doigts, son esprit dériva vers toutes les préparations qu'il devait mettre en place. Plus de lances. Des éléments de l'arme qu'il prévoyait de construire. Plus de...

— Joey, poussin, appela Cynthia.

Cal reposa vivement les yeux vers le sol avant de dévoiler quoi que ce soit.

— Il est temps de faire tes devoirs. Je te promets que tu pourras jouer avec le lance-pierres dès qu'on en aura fini.

À la grande surprise de Cal, Joey ne grogna même pas. Il se contenta de prendre la main de sa mère et de la suivre.

— Qu'est-ce qu'on va faire aujourd'hui ?

— Un peu de maths, un peu d'orthographe...

Cal regarda Cynthia, puis son fils. L'école à domicile, hein. C'était logique. Déjà, parce Cynthia aimait avoir le contrôle dans tout ce qu'elle faisait. Ensuite, parce qu'elle faisait du sacré bon boulot dans tout ce qu'elle entreprenait, et être une « super maman » était bien son genre. Et enfin, elle ne pouvait pas envoyer son fils dans une école normale, où il serait vulnérable face aux ennemis métamorphes.

Sa poitrine se serra. Son enfance n'avait pas été rose, néanmoins il avait été libre. Il regarda Cynthia et Joey, se retrouvant à être triste pour eux. La jeunesse de Cynthia avait été tout aussi restreinte que celle de son garçon. Était-ce pour cela qu'elle s'était délectée de son temps passé avec Cal ?

Si j'ai goûté à la liberté, ça n'a pas duré longtemps, lui rappelaient ses yeux tristes.

Mais elle lança à son fils :

— Après l'orthographe, on lira notre livre.

— Ouais ! L'histoire des dragons !

Cal pencha la tête et capta le regard de Cynthia.
Sérieux ?

Elle se détourna, menant son fils par la main.

— Oui. Allons-y.

— Au revoir ! le salua Joey en agitant la main.

Quand les deux disparurent au coin, Dell se rapprocha pour sortir la boîte de clous de l'allée. Il s'arrêta ensuite près de Cal, avec un air un tantinet moins meurtrier qu'auparavant.

— Elle lui enseigne sérieusement toutes ces conneries ? demanda Cal.

Cynthia lui avait confié une fois qu'elle avait été forcée de mémoriser les histoires de dragons qui remontaient à des milliers d'années. Elle lui avait même récité les lignées de dragons nobles, un soir, après l'amour. Ils avaient rigolé sur le moment, cependant il ne trouvait pas ça drôle maintenant.

Dell soupira.

— Ouaip. Mais, on a réussi à lui faire réduire les heures de cours à quatre heures un jour sur deux, donc c'est un progrès. Pauvre gamin.

Cal fixa le lion métamorphe, qui faisait à peu près sa taille et son poids, même si le chignon de cheveux dorés qu'il avait fait le grandissait de deux bons centimètres.

Il lui lança un sourire.

— Tu es bon avec Joey, je veux bien t'accorder ça.

Ses yeux s'assombrirent.
— Mais au moindre faux mouvement...
Cal leva les mains.
— Pas de faux mouvement de ma part.
Il examina ensuite le ciel et marmonna :
— Mais, oui. Ne baisse pas ta garde.

Chapitre 6

Cynthia vola au-dessus de la plantation, observant le sol en contrebas. Des jours étaient passés depuis qu'elle avait entendu le hurlement troublant de Cal, et elle avait été dehors chaque soir après ça, le cherchant.

Non, une seconde. Elle était sortie chaque soir pour perfectionner sa technique de combat, pas vrai ?

C'est ça, oui, murmura sa dragonne.

Eh bien, ce n'était pas totalement faux. Elle s'était vraiment entraînée. Elle avait même pris Jenna par surprise assez souvent pour que son amie écarquille les yeux et lance :

— Waouh, tu deviens vraiment bonne. Tu dois être plus une naturelle que je le pensais.

Même Connor avait été impressionné.

— Bordel, Cynthia. Tu t'es entraînée en solo en douce ?

Non, pas du tout, cependant elle avait lu au sujet de combats aériens dans un livre qu'elle avait emprunté dans la bibliothèque de Silas, répétant les mouvements dans son esprit. L'arrivée de Cal avait renforcé un instinct inexplicable d'être préparée... quelque chose qu'elle ressentait depuis un moment, mais pas aussi urgemment qu'à présent.

Préparée pour quoi ?

Elle ne cessait de se poser la question.

Mais ni son instinct ni le destin n'avait la réponse ; ils ne faisaient que la laisser inquiète et dans le flou.

Une rafale s'engouffra entre deux montagnes, et sans réfléchir, elle plongea, roula et fila sur un côté. Elle cligna ensuite des yeux, en se rendant compte de ce qu'elle venait de faire.

Waouh. Peut-être que Jenna avait raison. Elle maîtrisait vraiment ces nouveaux mouvements. Elle baissa les yeux vers la maison de la plantation. Quand elle s'imagina un ennemi fondre sur elle, elle ne put s'empêcher de cracher du feu, brièvement. Elle ne laisserait personne faire du mal à son fils.

À une époque, cette personne avec été Drax, le dragon sans pitié qui avait assassiné Barnaby et d'autres membres de l'ordre métamorphe. Silas avait réussi à le tuer, mettant un terme à ce mal, cependant une nouvelle force s'était élevée à la place : sa maîtresse, Moira, qui était devenue encore plus audacieuse dans ses tentatives de diriger le monde métamorphe. Moira en était arrivée jusqu'à comploter plusieurs attaques sur les métamorphes de Koakea, et ça ne semblait être qu'une question de temps avant que les assauts n'empirent.

Au même moment, une toute nouvelle menace se présentait avec l'augmentation de dragons maléfique venant du vieux continent.

Cynthia s'autorisa à cracher un peu plus de feu. Elle ne laisserait personne blesser son fils. Que ce soit Moira, ses hommes de main, ou encore Kravik. Et s'ils essayaient quoi que ce soit...

Pendant les minutes suivantes, elle révisa ses mouvements. Elle repéra une lueur rouge au loin. C'était juste Kilauea, le volcan sur la Grande Île, faisant à nouveau démonstration de la puissance de mère Nature, néanmoins elle ne put s'empêcher d'imaginer un feu de dragon.

Elle reporta son attention sur le paysage en contrebas. Une silhouette sombre bougea à la pointe nord du domaine, et son rythme cardiaque accéléra. Cal était-il en train de traîner à quatre pattes ? Quand elle se rapprocha, elle repéra Tim, qui marchait d'un pas lourd sous forme d'ours. Elle inclina son aile droite et s'éloigna, se sentant bête. Elle n'était plus une amoureuse transie de vingt ans.

Mais dès qu'elle aperçut une autre ombre dans les collines au-dessus de la plantation, son pouls s'emballa et son esprit se réveilla.

Cal ! acclama sa dragonne. *C'est lui.*

Elle partit vers les montagnes, volant bas pour ne pas être vue. Puis elle fit le tour, observant.

C'était Cal et il s'apprêtait à hurler à nouveau. Elle pouvait le voir à sa façon de placer ses pattes massives et de redresser ses épaules. Il prit ensuite une profonde inspiration, leva le museau et hurla.

Ahoooouuuu...

Le son dura. Grave. Triste. Mélancolique. Sa voix ne semblait pas juste triste... elle était tragique. Chaque note qui s'étendait lui déchirait les tripes. Remplie de douleur, de chagrin, de regrets. Tellement qu'elle faillit le rejoindre.

Nous aurions pu avoir une vie ensemble, murmura sa dragonne. *On aurait pu tout avoir.*

La voix de Cal se brisa puis se régula alors que sa plainte continuait.

Ahoouu...

Cynthia inclina la tête. Pourquoi le destin les avait-il rapprochés toutes ces années auparavant, juste pour les séparer ? Et pourquoi les réunir maintenant, alors qu'il était trop tard ?

Les dragons ne pleuraient pas, cependant ses yeux la brûlaient clairement.

Il n'est pas trop tard, insista sa dragonne. *Ce n'est pas possible.*

Ahoouu...

Cal tint une autre longue note, donnant une voix à ses années de souffrance. Mais tout à coup, il tourna vivement la tête vers le sud. Les oreilles dressées et une des pattes levées.

Cynthia cligna des yeux, suivant son regard. Qu'avait-il senti ?

Un instant plus tard, Cal descendit la colline au galop. Cynthia suivit, gardant ses distances. Qu'est-ce qui l'avait fait s'élancer ? Et pourquoi fonçait-il vers le milieu des terres ? Vers sa maison à elle, en fait ?

Au début, elle le regarda faire, curieuse. Soudain, son urgence la saisit aussi et une sensation grandissante de peur la fit se crisper.

Joey ! cria-t-elle alors que Cal courait en ligne droite jusque chez elle.

De précieuses secondes défilèrent avant qu'elle parvienne à se propulser à sa poursuite. Cal avait-il détecté un intrus ? Pire, en avait-il après Joey ? Son cœur tambourina alors qu'elle filait dans les airs, cependant Cal avait assez d'avance pour arriver à la maison avant elle, et il sprinta dans les marches sous forme de loup.

— Hé ! hurla Hailey en bondissant d'une chaise.

La main qu'elle tendit vers lui avait commencé à se transformer en patte d'ours, mais le loup était déjà à l'intérieur.

Alimentée par une explosion d'adrénaline que seule une mère pouvait éprouver, Cynthia fonça après lui. Dès qu'elle toucha l'herbe du jardin, elle se transforma et courut dans la maison. Elle monta l'escalier du porche, puis les marches intérieures, où elle dépassa Hailey.

Cal, arrête ! voulait-elle crier.

Mais sa gorge s'était serrée. Il filait droit vers la chambre de Joey.

— Maman ! pleura-t-il.

Le loup jaillit un instant plus tard et tout ralentit autour de Cynthia. Chaque pas s'empêtra pendant une éternité, comme dans les cauchemars.

— Joey ! appela-t-elle.

Elle tendit le bras, prête à transformer ses ongles en serres pour attaquer l'ennemi, que ce soit un intrus ou Cal lui-même. Mais quand elle passa la porte ouverte de la chambre, elle s'immobilisa.

— Joey ?

Cal était là, toujours sous forme de loup, juste au pied du lit. Pas d'intrus en vue, juste son fils, s'agitant dans les affres d'un mauvais rêve.

— Maman, gémit-il dans son sommeil.

Les couvertures étaient tombées par terre, et Cal se frottait contre lui... pour le réconforter, pas le menacer. Quand le parquet craqua sous le pas incertain de Cynthia, il pivota et montra les dents. Des crocs ivoire énormes luisaient sous le rayon de la lune qui éclairait la pièce sombre. Une goutte de salive coula de ses babines, et les poils le long de son dos hérissèrent.

Durant la majorité du temps qu'elle avait passé avec Cal, il s'était avéré être un amant étonnamment tendre et amusant, même si un peu trop léger sur l'élégance sociale pour que sa famille l'approuve. Elle ne l'avait vu en colère, vraiment en colère, que quelques fois, surtout quand son côté alpha possessif prenait le dessus pour la protéger en présence d'autres hommes. Cependant, elle ne l'avait jamais vu avec un air aussi meurtrier que maintenant.

Approche-toi d'un pas de cet enfant et signe ton arrêt de mort, le défiait son regard.

Elle le dévisagea.

Il faudra me passer sur le corps, continuèrent ses yeux de loup.

Un instant plus tard, ils s'adoucirent, semblant la reconnaître. Ils se durcirent à nouveau quand Hailey apparut à la porte sous forme d'ours.

Cal gronda. Hailey souffla un avertissement de grizzly. Joey s'agita dans son sommeil et Cynthia leva les mains, ne sachant pas qui calmer en premier.

— Tout va bien, leur assura-t-elle avant rejoindre son fils.

Elle s'agenouilla et étreignit son petit corps frêle et transpirant.

— Tout va bien, poussin. Maman est là.

Son cœur était tellement gonflé qu'il allait exploser. Joey avait peur. Cal se languissait de quelque chose qu'il ne pourrait jamais avoir, et elle... c'était une bonne chose qu'elle ait son garçon pour se réconforter. Sinon, elle aurait fondu en larmes devant tous ses espoirs et rêves brisés du passé qui la frappaient à nouveau.

Cal tira la couverture sur Joey et elle l'étala correctement.

— Tout va bien, poussin. Tout va bien.

Mais tout n'allait pas bien, parce que son cœur était à nouveau complètement brisé. Encore plus quand Cal colla son flanc poilu contre elle.

Hailey souffla une question, néanmoins Cynthia secoua la main.

— C'est bon, on va bien.

Si son amie lui avait demandé qui était ce « on », elle aurait eu bien du mal à répondre. Joey et elle ? Cal et elle ? Tous les trois ? Ça ne devrait pas être possible, parce que son fils représentait tout ce qui les avait séparés Cal et elle... et tout ce qui les destinait à le rester pour toujours.

Joey glissa ses bras fins autour de son cou, en pleurs.

— Maman. Les méchants dragons étaient de retour.

Cal se raidit et renifla l'air alors qu'elle le berçait.

— Tout va bien, poussin. C'était juste un rêve. Papa a combattu les méchants dragons, et ils ne reviendront jamais.

Dès qu'elle prononça le mot « papa », Cal s'éloigna, et la présence chaude et puissante qui l'avait rassurée déclina.

— Jamais ? gémit le garçon.

Elle déglutit et jeta un regard à Cal, dont l'air méfiant posait la même question.

C'était un mensonge, cependant elle devait bien le réconforter d'une façon ou d'une autre.

— Nous sommes en sécurité ici avec plein de puissants dragons pour nous protéger. Il y a également des ours, des lions, des tigres... Des loups aussi.

Son regard se faufila vers Cal et leurs yeux se croisèrent. Elle avait parlé des loups de leur meute, bien évidemment. Mais l'image dans son esprit l'incluait aussi, et le serment qu'elle lisait dans ses yeux le confirmait.

Je protégerai ton fils tout comme je te protégerai, disait le gris charbonneux.

Cynthia ferma les yeux et continua à bercer Joey. Cela le calmait, et elle aussi.

Tu es sûre que tout va bien ? demanda Hailey dans son esprit.

Cynthia hocha la tête. C'était clairement un mensonge, mais, bon sang. Son amie ne pouvait rien faire pour l'instant.

Fausse alerte. Merci beaucoup. Ça ira maintenant, répondit-elle.

Le pas hésitant de Hailey suggéra qu'elle soupesait le danger que Cal représentait, et à nouveau, le cœur de Cynthia se réchauffa. Toute sa vie, on lui avait appris que les dragons étaient supérieurs aux autres métamorphes, pourtant peu d'entre eux transpiraient autant du genre de chaleur que Hailey et les autres camarades de meute avaient. Ils étaient si indécemment aimants et loyaux, que Cynthia avait honte de sa propre espèce. Un dragon foncerait-il aux côtés de la progéniture d'une autre espèce au moindre soupçon de problème ?

Elle déglutit et regarda par la fenêtre. C'était une bonne chose que ça n'ait été qu'un cauchemar et pas une vraie menace. Elle enfouit ensuite le visage dans les cheveux de Joey et le tint fermement, murmurant :

— Tout va bien.

Sa dragonne souffla.

Pour l'instant, du moins.

Chapitre 7

Cynthia mit une demi-heure à rendormir Joey. Le temps qu'elle descende les escaliers, Hailey était rentrée chez elle, cependant une forme sombre et menaçante était encore assise sur les marches du porche. Cal regardait le ciel exactement comme le loup solitaire l'avait fait un peu plus tôt, sur la saillie rocheuse.

Cynthia s'appuya sur le cadre de la porte, serrant le poing sur la robe de chambre qu'elle avait enfilée. Que ressentait-elle en le voyant là? De la joie? De la tristesse? Avait-elle l'impression qu'il s'immisçait dans son intimité... ou se sentait-elle réconfortée? Elle cessa d'essayer de se faire une idée. Elle était trop épuisée pour quoi que ce soit, ce qui était probablement une bonne chose.

Cal s'était transformé en humain quelques minutes auparavant seulement, elle pouvait le dire à son odeur intense et boisée. Comme toujours, le silence était son meilleur ami. Il se contenta de hocher la tête et de la caler contre la poutre de la terrasse, l'observant.

— Est-ce que ça va? demanda-t-il doucement.

Elle resserra sa robe de chambre. Ce cher et gentil Cal. À dire quelque chose pour son bien-être à elle, pas le sien. Elle hocha silencieusement la tête.

— Et Joey?

Elle acquiesça à nouveau.

— Il s'est rendormi.

Il hocha le menton, et Cynthia eut mal. C'était un écho des conversations qu'elle avait eues avec Barnaby. Elle descendait les marches après avoir couché son fils et s'asseyait devant son mari, faisant de son mieux pour se résigner à son destin.

Mais maintenant, Barnaby n'était plus là, et en ce qui concernait le destin...

Cynthia scruta Cal, essayant de ne pas penser à ce qu'ils auraient pu avoir.

— Ça lui arrive souvent de faire des cauchemars ? demanda-t-il à voix basse.

Cynthia serra les poings, souhaitant pouvoir cogner les enfoirés qui avaient traumatisé son fils. Elle faillit répondre que oui, cependant maintenant qu'elle y réfléchissait, elle se reprit :

— Plus aussi souvent depuis qu'on habite ici.

Elle nota mentalement de remercier Dell et les autres. Ils avaient fait en sorte que Joey se sente en sécurité dès le premier jour.

— Il est si résistant que c'en est stupéfiant. Ce n'était pas arrivé depuis longtemps.

Elle se renfrogna en y pensant. Était-ce un rêve comme un autre, ou alors une sorte de prémonition ?

Ne sois pas stupide, s'ordonna-t-elle.

Cal s'étira comme s'il allait se relever, et elle sentit son cœur s'emballer dans sa poitrine.

— Tu t'en vas ?

Il haussa les épaules.

— Tu n'as pas besoin de moi, si ?

Il ne disait pas ça d'un ton défiant, juste déterminé, et tous les fantômes de leur passé semblèrent s'agiter en même temps.

— Tu peux rester. Une minute. Enfin, si tu veux, ajouta-t-elle d'une voix saccadée, ne parvenant pas à s'exprimer correctement.

— Et toi, qu'est-ce que tu veux ?

Sa voix grave et neutre ne laissait rien transparaître sur l'option qu'il préférait.

— Reste. S'il te plaît.

Le poids de ses mots la surprit, néanmoins il se contenta de hocher la tête, ne dévoilant rien.

Cynthia se mordilla la lèvre alors qu'un autre moment silencieux s'étira. Pourquoi lui demander de rester si elle n'avait rien à dire ?

Parce qu'il n'a pas besoin d'entendre quoi que ce soit, murmura sa dragonne. *Parce que c'est agréable de l'avoir simplement avec nous.*

C'était vrai, et elle était trop épuisée pour s'en inquiéter. Trop épuisée, en fait, pour penser aux raisons qui la poussèrent vers la cuisine avant de revenir un instant plus tard avec deux verres et une bouteille de vin. Elle s'arrêta, son regard passant d'un fauteuil non loin à la marche du haut sur laquelle était assis Cal.

Ne sois pas si prude, marmonna sa dragonne.

Elle se laissa tomber sur la marche, pas trop près, ni trop loin de lui, avant de lui tendre un des verres à vin.

— Je me suis dit que tu pourrais en avoir besoin aussi.

Le coin de sa bouche se releva.

— Est-ce que ça se voit ?

Elle inclina la tête ;

— Qu'est-ce qui se voit ?

Son sourire s'élargit et il prit le verre.

— Tant mieux.

Elle le servit doucement. Cal était-il aussi épuisé émotionnellement qu'elle par cette soirée, et par ces derniers jours ? Ou était-il juste las des années à errer dans le monde ?

— Un bon petit pinot noir espagnol, précisa-t-elle comme si Cal s'en souciait.

Il accepta le verre avec un hochement de tête évasif. Cynthia sirota son vin, essayant de se décontracter, mais son esprit ne cessait de partir dans tous les sens.

— Arrête de trop réfléchir, murmura Cal, à point nommé.

Elle soupira.

— Si seulement je pouvais.

Il laissa quelques secondes passer avant de désigner l'océan qui miroitait.

— Contente-toi de regarder.

Elle essaya. Vraiment. Mais sans y parvenir.

— Regarde quoi ?

— La façon dont la lumière ondule sur l'eau. Sa manière de scintiller… comme s'il y avait des étoiles qui se mêlaient aux vagues.

Il était un vrai poète, et il ne le savait même pas. Elle soupira et observa la lumière glisser sur des kilomètres d'eau noir d'encre.

— Maintenant, ferme les yeux et écoute les feuilles des arbres.

Ça ne paraissait pas très prometteur, mais étrangement, ça marchait, et elle se retrouva à être à l'écoute du bruit des feuilles bruissant dans le vent, chacune faisant bouger la suivante. Et lentement, très lentement, un filet de paix se tortilla dans son âme, repoussant un peu de sa tourmente.

Elle fit tourner le vin dans son verre et prit une autre gorgée, puis une autre. Elle vida le verre avant de s'en rendre compte, et reprit la bouteille. Elle en proposa à Cal d'abord, mais il secoua la tête. Sa consommation de vin correspondait à la quantité de mots qu'il prononçait : peu à la fois et rares. Elle, de son côté, se resservit et but. Elle eut assez le tournoi pour adoucir un peu la dureté de son épuisement. Quand elle reposa la bouteille, son bras frôla la jambe de Cal, et de petits picotements parcoururent ses terminaisons nerveuses.

— Comment ça va, depuis le temps ? se hasarda-t-elle.

Elle se raidit soudain. Et s'il lui parlait du nombre de relations qu'il avait eues depuis leur séparation ?

Il n'en dit rien, se contentant d'un « Bien », qui pouvait vouloir dire n'importe quoi.

— Où es-tu allé ? essaya-t-elle une minute plus tard.

Il fit un geste vague.

— Ici et là.

Cynthia examina ses mains. Était-il resté dans le nord-est, ou avait-il fait le tour de tout le continent à moto ? Avait-il vécu une série de relations chaotiques, ou était-il resté avec Sheila ?

Quoi qu'il ait fait et où qu'il soit allé, ça lui avait manqué. Son visage était un peu plus que buriné, ses bras bien plus qu'abîmés, et ses yeux plus méfiants que jamais.

— Pourquoi es-tu vraiment là, Cal ? Demanda-t-elle enfin, agitant son verre devant son nez comme si l'océan l'avait renversé.

Cal semblait captivé par l'ombre bordeaux que la lumière de la lune projetait à travers son verre, mais elle voyait clair dans son jeu. Il pensait. Il réfléchissait. Décidait s'il devait ou non montrer son jeu.

Pas vraiment, apparemment, parce que son visage ne changea pas, et sa voix resta parfaitement neutre.

— Je suis ici pour te protéger.

Elle se renfrogna.

— De quoi ?

Il haussa les épaules.

— Je n'en suis pas sûr encore. Rien de bon, ça j'en suis certain.

Ses paroles n'étaient pas le moins du monde réconfortantes, cependant la chaleur de sa jambe contre la sienne l'était. Il était toujours appuyé contre la rambarde, ce qui signifiait qu'elle avait dû empiéter sur son espace. Elle jeta un regard soupçonneux à son verre de vin, puis haussa les épaules. À l'époque, ils avaient été bien plus proches que ça, pas vrai ?

Sa dragonne poussa un soupir rêveur alors que des souvenirs passèrent dans son esprit.

Bien, bien plus proches.

Elle pouvait pratiquement voir ses mains serrer son dos nu et sentir la chaleur de leurs corps monter. Elle pouvait sentir ses jambes épouser parfaitement sa taille, et surtout, son membre dur et chaud glisser en elle.

Cal but bruyamment une grosse gorgée de vin, ce qui réveilla un autre souvenir. Une embardée de sa moto alors qu'il murmurait : « Seigneur, femme. Ne me fais pas ça ».

Cynthia toussa, faisant de son mieux pour repousser ces images sensuelles.

— J'ai toute la protection dont j'ai besoin.

— Vraiment ?

Elle ricana.

— Tu as rencontré Silas, Connor et les autres...

Cal hocha sèchement la tête.

— Oui, et ils sont bons. Très bons.

— Mais ?

Il ne dit pas un mot, donc elle répondit à sa place.

— Mais aucun n'est aussi bon que toi, c'est ça ?

Pendant une fraction de seconde, son regard s'anima et elle put le revoir jeune et suffisant, lâchant avec son accent traînant quelque chose du genre : « C'est toi qui le dis, chérie ».

Sa tension artérielle accéléra et elle se surprit à souhaiter qu'il dise exactement ça. Qu'ils puissent revenir en arrière et soient les mêmes amants insouciants qu'à l'époque.

Mais le visage de Cal redevint indéchiffrable.

— Je dis simplement que plus on est, mieux c'est. Pour le bien de Joey.

Elle fronça les sourcils.

— Tu dis ça juste parce que tu sais que je suis gaga de Joey.

— C'est ton fils.

Cette pensée la fit se crisper à nouveau et lâcher :

— Tu as des enfants ?

Il rit, même s'il n'y avait pas une pointe d'humour dans sa voix.

— Non.

Elle se sentit coupable d'éprouver du soulagement... et coupable de ce qu'il devait ressentir parce qu'elle avait eu un fils avec un autre. S'il l'aimait autant qu'elle l'aimait, l'apprendre avait dû l'affecter profondément.

Il nous aime. Crois-moi, il nous aime, jura sa dragonne.

La résolution inébranlable dans les yeux de Cal le confirma, et elle se sentit encore plus mal. Sans réfléchir, elle prit sa joue en coupe.

— Je suis désolée. Tellement désolée.

Sa gorge était si sèche que sa voix en était brisée.

— Pour quoi ?

— Pour tout.

Quand il la regarda, la respiration de Cynthia frémit, parce que tout recommençait. Cette sensation chaude et trouble qui la prenait dès qu'il était proche.

Compagnon, murmura sa dragonne.

Les yeux de Cal brillaient, et elle aurait pu jurer avoir entendu son loup chuchoter la même chose.

Compagne.

Elle se retrouva à caresser son menton rugueux et barbu comme avant. À se rapprocher. À étudier la ligne où le rose de ses lèvres rencontrait le bronze buriné de ses joues.

Cal posa son verre derrière elle et passa un bras sur son épaule. Sa main resta doucement sur sa nuque, comme pour la guider plus près pour un baiser.

— Demande-moi encore, dit-il dans un murmure rauque.

Elle respirait à peine.

— Demander quoi ?

Il bougea légèrement, ramenant un genou entre les siens alors qu'ils s'asseyaient l'un en face de l'autre sur la dernière marche.

— Demande-moi ce que j'ai fait.

Cynthia se retint de sa main libre sur le proche, parce qu'elle commençait à trembler et n'allait pas y arriver. Quand elle reprit la parole, ses mots étaient précipités, presque effrayés.

— Qu'est-ce que tu as fait ?

Les yeux de Cal brillaient comme lorsqu'il était passionné.

— Je me suis langui de toi. J'ai rêvé de toi. J'ai souhaité pouvoir revenir en arrière et revivre tout ça.

Elle aurait pu se plier en deux et pleurer comme elle l'avait fait de nombreuses fois toutes ces années. Avoir bu deux verres aurait aidé à faire couler les larmes, cependant elle lutta tout de même contre la sensation.

— Demande-moi ce que j'ai fait toutes ces années, murmura-t-elle.

Cal afficha un petit sourire triste.

— Qu'est-ce que tu as fait ?

— Je me suis languie de toi. J'ai rêvé de toi. Non... de nous. J'ai souhaité pouvoir revenir en arrière et tout revivre.

Les mots lui échappèrent à toute vitesse, et elle se retrouva paralysée sur place. Waouh. Venait-elle vraiment de dire ça ?

Oui, et elle l'avait pensé. Ce qu'elle prouva en se glissant plus près et en murmurant :

— Cal...

Si un sourire avait pu être un cocktail, le sien aurait été deux tiers de tristesse pour un tiers de regrets, versé sur assez de glace pour atténuer la douleur.

— Cynthia...

Son côté humain forma le mot, pourtant elle pouvait sentir son loup hurler en dessous.

Elle ferma les yeux et se pencha, laissant son instinct guider ses lèvres. Juste quand elle craignait d'avoir mal interprété, leurs lèvres se rencontrèrent. Les siennes étaient douces au milieu et sèches sur les côtés, comme toujours. Un peu gercées suite à tout ce temps passé sur sa moto. Il sentait le cuir, le bois de santal et juste assez de loup pour faire arrêter son cœur.

Plus, supplia sa dragonne. *Pitié, plus.*

Il joua des lèvres sur les siennes, douces et rêveuses.

Plus, gémit-elle presque, ouvrant sa bouche contre la sienne.

Et, *zoum !* C'était comme toutes ces autres fois, sur la Triumph, quand il poussait le moteur plus loin et était propulsé dans le virage d'une route de campagne. Ses oreilles vrombissaient, et si elle ne s'était pas accrochée à lui, elle aurait pu tomber du porche comme elle avait failli basculer de l'arrière de sa moto quelques fois. Elle émit des petits gémissements, comme si elle le goûtait pour la première fois depuis une décennie, se demandant si ce n'était pas un rêve. Mais Cal ne l'avait jamais tenue aussi fermement dans aucun de ses rêves, et il ne l'avait jamais embrassée avec autant de besoin.

— Cal...

Elle passa les mains sur son torse et ses épaules, se rappelant l'époque où elle avait pu en profiter.

On peut recommencer, insista sa dragonne.

Vraiment ? Elle était douloureusement consciente de l'alcool qui coulait dans ses veines, sans parler de la vague d'émotions qui avait réveillé tout ça au départ. Pourtant, elle embrassa Cal assez fort pour lutter contre ces pensées. Il avança plus près son genou, écartant le sien pour qu'elle le laisse entrer. Elle se retrouva à empoigner l'intérieur de son T-shirt tout en secouant la tête intérieurement. Mais c'était difficile de se soucier de tout ça avec cette passion de métamorphe refoulée qui s'embrasait en elle, et elle commença à guider la main de Cal vers son cœur.

Une chauve-souris survola le toit, projetant une ombre sur eux, et Cal leva les yeux. Sa poitrine se gonflait et ses iris brillaient.

— Cynthia...

Il recula, et la moto hors de contrôle qu'ils chevauchaient en roule libre freina brusquement. Cynthia avait envie de se pencher et donner un dernier coup désespéré d'accélérateur.

Attends ! voulait-elle crier. *S'il te plaît, laisse-moi échapper à la réalité un peu plus longtemps.*

Cal couvrit ses mains des siennes, puis les retira doucement de ses joues pour les remettre sur ses cuisses, les ancrant là.

— Peut-être que tu devrais vérifier comment va Joey, murmura-t-il en levant la tête, comme s'il avait entendu quelque chose.

C'était les branches du flamboyant bleu qui éraflaient le toit, et Cal le savait très bien. Pourtant, Cynthia se força à hocher la tête et se ressaisit. Elle était l'alpha de sa meute, bon sang, ce qui signifiait qu'elle devait faire preuve de discipline à tout moment. Elle n'avait pas à embrasser Cal, en particulier dans l'état d'esprit dans lequel elle se trouvait. C'était totalement irresponsable. Irrationnel. Puéril, même.

Mais c'est si bon, se plaignit sa dragonne.

Cal se leva lentement, ses genoux craquant comme si son loup résistait. Il l'aida à se remettre debout aussi puis la lâcha avec réticence. Un instant plus tard, il tendit à nouveau les mains, avant de finalement les caler et les laisser dans ses poches.

— Je ferais mieux d'y aller.

— Moi aussi, admit-elle, même s'il lui fallut toutes ses forces.

Il descendit les marches du porche et s'arrêta là où les ombres dissimulaient son expression.

— Bonne nuit, Cynthia.

Sa voix était un grondement grave, un son qu'elle rejouerait dans ses rêves, si elle avait la chance de réussir à s'endormir.

Elle ramassa les verres et la bouteille, puis se redressa, essayant de se rappeler ce que sa mère lui avait appris sur la fierté et les manières. Une tâche impossible, étant donné la passion animale qui faisait rage en elle.

Elle finit par prononcer deux des plus douloureux mots qu'elle ait jamais eu à dire.

— Bonne nuit.

Lentement, Cal se tourna pour partir, et elle le regarda s'en aller, certaine qu'elle passerait la majorité de la nuit à se toucher. Mais Joey marmonna nerveusement dans son sommeil et elle finit par se blottir contre lui.

— Dragons... Méchants dragons... geignit-il.

Cynthia le tint près d'elle et observa le ciel dehors, par la fenêtre. Ses rêves étaient-ils des échos du passé ou des visions de l'avenir ? L'ombre d'une mouette glissa devant la vitre et les paroles de Cal résonnèrent dans son esprit.

Je suis ici pour te protéger.

De quoi ?

Je n'en suis pas sûr encore. Rien de bon, ça, j'en suis certain.

Elle resta étendue, crispée pendant la majorité de la nuit, sûre de ne jamais parvenir à s'endormir. Mais elle avait dû sombrer à un moment donné, parce qu'elle se retrouva à se lever avec le soleil. Après quelques minutes, elle marcha silencieusement jusqu'au balcon, arrivant juste à temps pour voir Cal descendre l'allée sur sa moto.

Où allait-il ? Qu'est-ce qu'il trafiquait ?

Quand il disparut vers l'horizon, les yeux de Cynthia errèrent vers les collines à l'intérieur des terres, et ses oreilles s'étirèrent à la recherche du vrombissement léger de la Thruxton, bien après qu'elle soit partie au loin. Elle serra ses bras autour d'elle, prétendant qu'il s'agissait de ceux de Cal alors qu'elle murmurait au vent :

— Merci, mon compagnon.

Chapitre 8

Cal empoigna le guidon alors que la Triumph faisait un bruit de ferraille sur le sentier broussailleux. Des heures s'étaient écoulées et le soleil était haut dans le ciel, faisant transpirer son front. Ses oreilles résonnaient du son des grincements et du gravier s'éparpillant. C'était en partie dû à la surface irrégulière et aux pentes escarpées. Il avait passé la matinée dehors, déposant du matériel à des endroits cachés et stratégiques au-dessus de la plantation.

Mais le chemin difficile n'était qu'une des raisons de la tension dans son corps. L'autre, c'était la façon dont le baiser de Cynthia brûlait encore ses lèvres.

Une bonne brûlure, chantonna son loup.

Il supposa que c'était vrai. Pour la première fois en douze ans, il se rappelait ce que ça faisait d'être en vie. De regarder l'avenir avec espoir et non désespoir. Mais ce baiser avait aussi fait remonter beaucoup de douleur et de peur. L'espoir, c'était terrifiant. Ainsi que les rêves, à cause de la peine qui suivait quand ils s'écrasaient et brûlaient.

La moto renvoyait assez de poussière pour qu'il garde les lèvres serrées, ce qui était une bonne chose. Cela l'empêchait de les ouvrir et les refermer pour revivre chaque nanoseconde de ce baiser.

Donc, il n'avait pas accompli grand-chose en ce qui concernait le traitement de ce moment-là. En revanche, il avait bien progressé dans l'installation du matériel. Une position défensive était prête à être utilisée, et deux autres étaient en cours. Il observa le ciel, se demandant combien de temps il lui restait avant que les ennemis de Cynthia débarquent, obscurcissant le bleu clair de Maui.

Je vote pour jamais, marmonna son loup.

Ce serait bien, cependant il doutait que Cynthia soit si chanceuse. Ses ennemis se rapprochaient, oui, qu'il se fie à ses tripes ou aux rapports des informateurs de Silas. La question n'était pas de savoir si le danger arrivait, mais plutôt quand il arriverait.

Il observa les collines encore une fois. Il avait déjà effectué deux trajets entre ici et la plantation, et il avait envie d'en faire un de plus. Mais autant d'activité dans une seule zone attirerait certainement l'attention, donc il lui faudrait attendre un jour ou deux.

Son loup soupira.

Connaissant notre chance, ça arrivera avant.

Cal ralentit à une intersection, descendit de sa moto et poussa du pied un peu de terre sur les marques de pneus qu'il avait laissées. Il remonta ensuite et reprit la route principale. Quelques minutes plus tard, il roulait sur l'asphalte, le vent fouettant ses cheveux et les souvenirs filant dans son esprit. C'était bien trop facile d'imaginer Cynthia s'accrocher à lui alors qu'il slalomait le long de cette route maritime idyllique, et son corps se réchauffa. Mais quand il tourna dans l'allée discrète de la plantation, son dos se raidit et ses paumes devinrent moites à la perspective de la revoir.

Tim le laissa passer le portail, levant ses sourcils épais d'un air interrogateur, se demandant certainement ce qu'avait bien pu trafiquer l'indésirable du coin.

Cal roula sans un mot, reconnaissant que Silas lui ait donné carte blanche pour se déplacer comme il le souhaitait, sinon il aurait eu un paquet d'explications à donner.

En haut de la crête, il s'arrêta pour observer la plantation. La majorité était noyée sous les hautes herbes et parsemée de reliques du passé. Un tracteur rouillé, une cabane écroulée... Apparemment, l'endroit avait été abandonné pendant des années. Les carrés de terre que Cynthia et les autres avaient bataillé pour remettre en état se démarquaient. L'un était une parcelle d'un carré parfait bordé d'une rangée nette de caféiers dont Hailey s'occupait. Un autre était un ovale d'herbe tondue autour de la maison principale, complété de fleurs en pot et des bougainvilliers grimpants. Et puis, il y avait le sentier tortueux qui descendait vers la plage privée aussi petite qu'un mouchoir de poche. Au-delà...

Il retint son souffle. Au-delà, il y avait la meilleure partie : l'océan. Des kilomètres et des kilomètres à perte de vue, s'étendant à l'infini. En tant que loup métamorphe, il se sentait surtout chez lui dans la forêt. Mais l'océan était plutôt merveilleux également. L'air salé acidulé, l'impression d'espace...

Je pourrais m'habituer à vivre ici, chuchota son loup.

Mais ses yeux glissèrent ensuite sur la silhouette qui arpentait le porche de la maison de la plantation. Pouvait-il, cependant ? Même si l'idée l'attirait, un simple baiser ne pouvait pas défaire une décennie de dégâts.

Avec réticence, il décampa et roula vers la grange, sentant les yeux de Cynthia sur lui tout le temps. Une fois garé, il passa les doigts dans ses cheveux, essayant de se ressaisir. Il sortit sous le soleil, déterminé à rester nonchalant. Mais dès qu'il repéra Cynthia, il s'arrêta. Pourquoi faisait-elle les cent pas ? Que se passait-il ?

Au lieu de marcher avec arrogance, de prétendre qu'il se fichait de tout, il finit par se précipiter vers elle, s'arrêtant d'un coup au pied de l'escalier. Cynthia lui lança un petit sourire tout en murmurant dans son téléphone.

— Combien de temps ? demanda-t-elle en mordillant un ongle parfaitement manucuré. Tu ne peux pas venir plus tôt ?

Cal plissa les yeux. Qui venait ? Pourquoi ?

— Et Chase ?

Un long silence suivit alors qu'elle attendait une réponse.

— Personne ne peut prendre ta place ?

Cal se demanda qui était de l'autre côté de la ligne. Tim arriva et attendit silencieusement à côté de lui, l'air tout aussi inquiet. Cynthia finit par raccrocher et baissa les yeux.

— Qu'est-ce qu'il y a ? demanda Tim.

Elle couvrit ses yeux d'une main, les frottant fort.

— Rien, vraiment.

Cal aurait pu ricaner. C'était son code pour dire qu'il y avait un énorme problème, pour lequel elle ne pouvait pas demander de l'aide à cause de sa satanée fierté.

Il agita les mains, souhaitant pouvoir lui dire que ça ne coûtait rien de demander. Mais c'était Cynthia, toujours à essayer de résoudre seule ses problèmes. La toute première fois qu'il l'avait rencontrée, elle avait été au bord de la route avec sa voiture en panne, insistant sur le fait que tout allait bien alors que c'était loin d'être le cas.

Elle montra le sud.

— Dell a emmené Joey en ville ce matin, mais le Lucky Devil a besoin de quelqu'un pour remplacer une absence, donc il ne peut pas le ramener.

Cal attendit. Quel était ce gros problème ?

— Anjali ne peut pas le faire ? suggéra Tim.

Elle secoua la tête.

— Anjali a pris la voiture pour aller à Kahukui, et elle ne reviendra pas avant un moment.

— Et Chase et Sophie ?

Cynthia fit à nouveau les cent pas.

— Ils travaillent aussi, et l'autre voiture est à l'atelier de Hunter.

Cal regarda Cynthia, puis Tim, et ensuite Cal à nouveau.

— Joey ne peut pas attendre un peu ?

Cynthia tourna les talons et bon sang, qu'elle avait l'air outrée !

— Je ne laisserai pas mon fils traîner dans un bar.

Tim jeta un regard à Cal comme pour lui dire de ne jamais se mettre entre une maman et ses petits... surtout si la maman était un dragon.

— Je croyais que le Lucky Devil était un restaurant, tenta-t-il avec prudence.

— Un restaurant avec un bar. Et des *réguliers*, répliqua-t-elle avec dédain.

Il ne put s'empêcher d'éclater de rire.

— On dirait ta mère.

Tim le dévisagea avec un air qui disait : « Tu connais sa mère ? »

Cal leva les yeux au ciel. Il avait rencontré la majorité de cette putain de famille, et ils étaient un plus gros problème que celui-là.

Cynthia posa les mains sur les hanches.

— Certainement pas.

— Si.

Ses épaules s'affaissèrent.

— Seigneur, tu as raison. C'est vrai.

Cal fut saisi du besoin de tendre les bras et de l'étreindre. Lui dire que même si elle n'était pas parfaite, il l'aimait.

Je t'aime, fredonna son loup.

Cal ordonna à la bête de se taire, mais c'était trop tard. Cynthia leva les yeux, le dévisageant.

Tu m'aimes ? murmura-t-elle dans son esprit.

Bien sûr que je t'aime.

Il soupira et renvoya les mots dans son esprit. Il agita ensuite les mains.

— Et donc... Joey ?

Elle rosit et se remit à arpenter le porche.

— Je n'ai juste pas envie qu'il traîne avec... avec...

Cal patienta, observant le rose sur ses joues se transformer en rouge écarlate. Cynthia n'était pas une snob au fond d'elle-même, mais son éducation ressortait parfois. C'était assez amusant de la voir lutter avec ces deux facettes d'elle-même, cependant.

— Avec ces mauvaises influences, d'accord ?

Elle croisa les bras, néanmoins c'était plus une étreinte qu'un geste de défiance.

Cal aurait adoré la taquiner avec ça. Des mauvaises influences... comme lui ? Mais elle était si stressée qu'il céda.

— Ce n'est pas un souci. Je vais t'emmener.

Le soulagement détendit ses traits. Soudain, elle blêmit à nouveau.

— Attends. Tu veux dire, sur la moto ? Avec toi ?

Il prit une profonde inspiration, imaginant ce qu'elle pensait. Avait-il vraiment osé s'approcher d'elle à nouveau ?

Absolument, dit son loup en remuant la queue. *Comme à l'époque.*

Cal ricana. Il n'y avait rien comme à l'époque, pas avec toutes les casseroles que Cynthia et lui avaient accumulées entre temps toutes ces années.

— Bien sûr. Pourquoi pas ? Je ne vais pas te laisser rentrer seule.

Il dut lutter pour empêcher sa voix de trembler.

— Comment allez-vous revenir à moto avec Joey ? fit remarquer Tim.

— On ira récupérer les clefs de voiture de Chase avant de revenir.

Tu vois ? insista son loup. *Facile.*

Mais il n'y avait rien de facile à rouler en moto avec Cynthia. Pas avec la faille qui s'était agrandie entre eux ces douze dernières années. Le baiser de la veille pouvait se faire oublier, parce qu'ils avaient été tous les deux éreintés. Non seulement ça, mais la lune avait brillé directement sur eux, leur faisant perdre le contrôle de leur côté métamorphe. C'était une situation totalement différente.

Tim hocha la tête.

— Oh, d'accord. Donc tu laisseras Chase ramener ta moto après ?

Cal secoua la tête. Personne ne conduisait sa bécane à part lui.

— On échangera plus tard.

Peu importe, grommela son loup, impatient d'y aller.

Cynthia le dévisageait si intensément que ses yeux commencèrent à briller.

Oui, il savait ce qu'elle ressentait. Elle mourait d'envie de se rapprocher de lui, tout comme lui. Mais elle était aussi terrifiée. Garder leurs distances était plus sûr qu'errer sur le champ de mines du passé, et le ressentiment était plus facile que le pardon. Avait-il vraiment ce qu'il fallait ? Et elle ?

Quand Cynthia reprit finalement la parole, sa voix était si basse que Cal la manqua presque.

— Très bien.

Un instant plus tard, elle ajouta :

— Si ça ne te dérange pas.

Cal sourit. Il la reconnaissait bien là.

Sa réponse fut un marmonnement, parce qu'il essayait d'étouffer ses propres espoirs.

— Ça ne me dérange pas du tout.

∞∞∞

Quelques minutes plus tard, ils filaient sur l'autoroute maritime, même si Cal dut se pincer pour vérifier que ce n'était pas un rêve. Mais c'étaient vraiment les bras de Cynthia autour de sa taille, et c'était vraiment son menton, posé sur son épaule.

Pendant le premier kilomètre, elle tenta de garder ses distances entre leurs corps, exactement comme le jour où sa voiture était tombée en panne au bord de la route, dans les Adirondacks. Mais essayer de ne pas le toucher était peine perdue, et ils le savaient tous les deux. Déjà, l'angle du siège la faisait glisser contre lui. Et les vieilles habitudes étaient difficiles à briser, même s'ils prétendaient ne pas se soucier de l'intimité qu'ils avaient partagée autrefois.

Cynthia finit par céder à l'inévitable, et ses bras devinrent plus à l'aise autour de sa taille. Cal souhaita que le trajet jusqu'en ville dure plus longtemps pour pouvoir profiter encore de cette glorieuse sensation. Il ne pouvait pas voir les longues mèches soyeuses de ses cheveux noirs fouettées par le vent, cependant il pouvait sentir leurs mouvements. Et toute cette excitation. Cynthia le sentait aussi. Il le savait. Et bon sang, c'était presque comme s'il y avait un troisième passager avec lui : le destin.

Un millier de senteurs lui bombardaient les narines alors que la moto vrombissait sur la route : certaines exotiques, et d'autres familières. Le parfum de rose et de saule de Cynthia se mêlait à celui des fleurs roses géantes qui poussaient au bord de la chaussée. Un oiseau vert passa, plus vif que tout autre animal qu'il avait vu. La Triumph dépassa deux types dans une Toyota cabossée avec des planches de surf à l'arrière. C'était comme si Maui essayait de le réconforter en disant : « Hé, tu es à Hawaï maintenant, relax, mec ».

Soudain, Cynthia désigna le parc de la plage sur la droite, le prenant au dépourvu.

— Arrête-toi.

Cal regarda, se demandant pourquoi elle s'était raidie. Il s'exécuta néanmoins et se gara sur le parking, avant de se tourner avec curiosité.

Le visage de Cynthia était creusé de rides d'inquiétude, et ses yeux étaient baissés quand elle murmura :

— Il faut qu'on parle.

Les surfeurs entrèrent avec la Toyota dans le parking juste au moment où prononça ces mots, et pendant un moment, Cal eut l'envie folle de prétendre qu'il n'avait pas entendu. Parler, ça faisait peur, parce que les mots étaient liés aux émotions, et derrière eux se dressait une montagne menaçante de douleur.

Pourtant, Cynthia lui fit signe d'avancer la moto un peu plus loin, et de s'arrêter sous un de ces palmiers dignes de cartes postales. Le genre qui abritait toujours des amoureux heureux sous ses feuilles agitées, pas un couple qui s'était déchiré avant de se retrouver, renvoyés l'un vers l'autre par une tempête qu'on appelait le destin.

— Il faut qu'on parle, répéta-t-elle.

Brièvement, Cal songea à lui rappeler pour Joey. Mais ce serait un coup bas, et Cynthia avait raison. Ils en avaient besoin. Donc, quand elle descendit d'un côté de la moto, il descendit de l'autre. L'engin se retrouva entre eux, représentant le mur qui s'était dressé au fil des années.

Les lèvres de Cynthia tremblèrent et une larme coula sur ses joues. Il prit son visage en coupe, la chassant avec le pouce.

— Je suis si perdue, dit-elle en mordillant sa lèvre et croisant lentement son regard. Pourquoi ?

Il inclina la tête. Pourquoi quoi ?

— Tu as dit que tu m'aimais.

Cal hocha vivement la tête.

— Bien sûr que je t'aime.

Mince. Il avait voulu parler au passé. « Je t'aimais ».

Une dizaine d'émotions passèrent dans les yeux de Cynthia, toutes mélangées et entrant en collision, comme chez lui.

— Je peux comprendre pourquoi tu es parti. Je devais épouser Barnaby, et je t'ai dit de t'en aller, mais...

Sa voix vacilla et ses yeux brûlèrent d'autres larmes.

— Mais quand j'ai entendu que tu étais parti avec Sheila...

L'esprit de Cal s'emballa. De quoi parlait-elle ?

— Comment as-tu pu ? lâcha-t-elle.

— Comment j'ai pu quoi ?

Apparemment, ce n'était pas la bonne chose à dire, parce que les yeux de Cynthia brillèrent de colère.

— J'ai été forcée d'accepter Barnaby. Mais personne ne t'a forcé à foncer tête baissée dans les bras d'une autre femme à la seconde où tu es parti.

Waouh. Il posa une main sur le réservoir de la moto pour se retenir alors que le monde tournait autour de lui.

— Je... quoi ?

La colère monta en lui aussi, et des sentiments qu'il n'avait jamais voulu exprimer bouillonnèrent à la surface.

— C'est toi qui as épousé un autre type. Tu sais ce que ça m'a fait, de savoir que tu étais avec quelqu'un d'autre ? Nuit après nuit... ?

Il ne termina pas, parce que cette simple pensée le rendait malade. Peut-être n'aurait-il pas dû venir à Maui, après tout.

— Ce n'était pas nuit après nuit, répliqua-t-elle, le regard noir.

— Non, plus année après année, ricana-t-il. Et tu m'accuses d'être allé voir ailleurs, une seule fois ?

Il allait ajouter qu'il n'avait rien fait, mais elle l'interrompit.

— Crois-moi, Barnaby était aussi enthousiaste que moi à l'idée de notre union. Nous avions des chambres séparées. Des vies séparées.

— Et c'est comme ça que Joey a été conçu, je suppose ?

Elle le fusilla du regard.

— J'ai couché avec Barnaby deux fois, Cal. Deux fois, en neuf ans. Et tu peux me croire, ce n'était qu'un échange professionnel. Un échange qui me rendait malade. Honteuse.

— C'est ça. Comme si n'importe quel homme qui t'avait épousé se contenterait d'une ou deux fois. Pas besoin de faire de Barnaby un putain de saint.

— Je n'ai jamais dit qu'il était.

— Alors, qu'est-ce que tu dis ?

Elle s'arrête comme si elle était sur le point de révéler un grand secret, ses yeux vacillants. Puis, elle se pencha pour murmurer.

— Barnaby était gay, Cal. Gay.

Les mots résonnèrent dans son esprit, mais étrangement, il n'arrivait pas à saisir leur signification.

— Quoi ?

Elle regarda autour d'elle à nouveau, comme si un membre de sa famille de timbrés pouvait les entendre.

— J'ai dit, Barnaby était gay.

— Gay ?

Il resta bouche bée. Il ne l'aurait jamais deviné, même si tout à coup, c'était logique. Un dragon un peu plus vieux qui avait repoussé son union autant que possible, même quand il s'agissait d'une femme aussi désirable que Cynthia. Un homme qui ne l'avait touchée que parce que c'était ce que la lignée familiale requérait.

— C'était tout aussi difficile pour lui que pour moi, s'étrangla Cynthia à nouveau. Mais il était bon avec moi. Et il était un père génial. Il adorait Joey plus que tout.

Elle le regardait comme si elle allait se mettre à pleurer, mais au lieu de ça, redressa les épaules et se ressaisit :

— J'ai détesté ce que j'ai dû faire. Mais personne ne t'a forcé à partir avec une autre femme. On s'était juré de toujours conserver notre amour pour l'autre, même si on ne pouvait pas être ensemble. Pourquoi as-tu brisé ta promesse ?

Cal manqua de hurler de protestation. Mais la décennie passée lui avait appris beaucoup de choses, comme les moments où il fallait se taire et réfléchir.

— Je ne suis parti avec personne, dit-il enfin. Je ne sais pas de quoi tu parles.

Elle se renfrogna.

— Tu nies ?

Il la regarda simplement, laissant ses yeux s'exprimer pour lui. Il n'avait jamais, jamais touché une autre femme après l'avoir rencontrée. Il n'avait même jamais été tenté de le faire.

Pourquoi l'aurait-il fait ? Cynthia était sa compagne. Il n'y avait pas d'autre femme pour lui, et il n'y en aurait jamais.

Elle examina son visage, et quand elle reprit la parole, la nervosité et la dureté dans sa voix avaient un peu diminué.

— Sheila. Ils m'ont dit que tu étais parti avec Sheila.

Une lumière s'éclaira enfin dans sa tête.

— Ma tante ? Ouais, je suis parti lui rendre visite après qu'on s'est dit au revoir. J'ai roulé jusqu'en Géorgie, juste pour faire une pause.

Elle resta bouche bée.

— Ta tante ? Mais... Ils m'ont dit...

— Qui ça, « ils » ?

Les yeux de Cynthia se perdirent vers la plage, cependant il pouvait dire qu'elle était dans le passé, revoyant des souvenirs brumeux.

— J'ai demandé à mes cousins de te retrouver et de te faire passer un message. De te dire une fois de plus que je t'aimais vraiment. Mais ils sont revenus en m'annonçant que tu étais parti avec une femme qui s'appelait Sheila.

— Et tu les as simplement crus ? Tu as tiré tes conclusions et décidé qu'il y avait quelqu'un d'autre ?

Pendant un moment, il chancela sur le fil qui séparait la fureur du pardon. Comment avait-elle pu croire une telle chose ?

Pourtant, il avait enfin l'occasion de parler à la femme qu'il aimait. Peut-être même la chance d'arranger les choses. Il retint donc son souffle et compta jusqu'à dix avant de reprendre la parole.

— Qui t'a dit ça ?

— Mes cousins, dit-elle en tapotant des doigts alors qu'elle réfléchissait. Presley et... Presley et...

Elle sembla soudain comprendre quelque chose, et sa voix se brisa.

— Presley et Moira.

Ce nom sortit comme un poison, et Cal recula.

— Moira ? Et tu as cru ça, sachant que ça venait d'elle ?

Cynthia blêmit.

— J'ai toujours pensé que Presley était quelqu'un de bien. Et Moira…

Les doigts qui tapotaient prirent la courbe distincte de ses serres alors que son côté dragon se montrait.

— Moira était différente à l'époque.

Elle grimaça.

— Ou peut-être pas. Peut-être qu'elle n'avait pas compris qu'elle se montrait cruelle sur le moment.

« Cruelle » décrivait tout juste ce qu'était Moira. Cette femme était le mal, pur. Mais si Cal songeait vraiment à l'histoire de Cynthia, c'était logique. À l'époque, Moira n'avait pas commencé sa montée abrupte vers le pouvoir. Personne n'aurait pu prédire qu'elle deviendrait plus que la vilaine cousine au troisième degré que toute la famille avait tendance à ignorer.

Cynthia serra ses bras autour d'elle, sans parvenir à dissimuler ses tremblements.

— Sur le moment, la seule chose que j'ai retenue, c'est que tu étais parti rejoindre une femme. Je n'ai pas pensé à qui m'avait donné l'information.

— Eh bien, je suppose qu'ils ne mentaient pas vraiment. Je suis effectivement allé chez ma tante Sheila.

— C'était un mensonge, vu comment ils l'ont dit. Et bon Dieu, je les ai crus.

Ses épaules s'affaissèrent.

— C'est ma faute. Seigneur, tout est ma faute.

Cal se disait qu'il pouvait être d'accord et empirer les choses, ou chercher au fin fond de lui et se comporter comme un homme. Il choisit la deuxième option, faisant le tour de la moto pour enrouler ses bras autour de Cynthia alors qu'elle tremblait et pleurait. Chaque muscle de son corps s'y attela ; il la serrait contre lui, mais pas trop fort, tout en souhaitant pouvoir étrangler Moira. Mais il y avait un temps et un endroit pour tout, et là, c'était le moment d'étreindre sa compagne.

Mon amour, murmura son loup, encore et encore.

Pendant une décennie, il avait vécu dans un nuage de douleur et de haine. Tenir Cynthia dans ses bras ne chassait pas ce mal, cependant sa colère recula, du moins un moment.

C'était un peu comme lors de son arrivée à Maui : débarquer de l'avion et sentir tout ce soleil sur sa peau. Cette température chaude et agréable, qui faisait son chemin jusqu'au fin fond de son être.

— Cal, murmura Cynthia, caressant son torse.

Les surfeurs devaient en être à leur quatrième ou cinquième vague le temps que Cynthia cesse de pleurer. Mais, bordel. Cal se fichait du temps que ça prenait. Il pouvait se tenir là, à la serrer dans ses bras toute la journée. Mais soudain la raison pour laquelle ils étaient partis lui revint et il se raidit.

— Joey…

Cynthia essuya ses yeux, reniflant encore.

— Oh, mon Dieu. Je suis une mère horrible.

Cal secoua la tête.

— Ne dis jamais ça. Je t'ai vue avec lui. Tu es une mère géniale, Cynthia. Tous ces câlins, toutes ces histoires le soir…

Il se tut avant qu'elle ne comprenne qu'il avait toujours été là, dans le coin, à les protéger tous les deux. Proche et pourtant si loin.

Il se racla la gorge d'un son bourru et se tourna vers la moto.

— Bref, tu as raison. Il faut aller le récupérer.

Cynthia l'examina un peu trop près à son goût, néanmoins elle finit par s'essuyer le visage et hocher la tête.

— Bon Dieu, je suis dans un sale état.

Il lui leva le menton.

— Tu es la plus belle femme que j'aie jamais vue.

Leurs regards se croisèrent et un diaporama de chaque moment qu'ils avaient partagé, bons et mauvais, apparut dans son esprit. Et pas seulement ça. Il y avait aussi des images d'un avenir qu'il n'avait jamais pensé avoir. Un territoire dangereux, en d'autres mots.

Rapidement, il se glissa sur la moto et démarra le moteur avant de devenir tout fleur bleue avec elle. Ou pire, qu'il l'embrasse, parce que, qui savait où ça pouvait mener ? Il lui fit signe ensuite de grimper derrière lui, ayant largement dépassé son quota de paroles pour le loup solitaire qu'il était.

Heureusement, Cynthia monta avec asiance et un instant plus tard, ils s'élançaient sur l'autoroute, elle s'accrochant encore plus près qu'auparavant.

Comme au bon vieux temps, murmura son loup, tenté d'espérer. De rêver. D'avoir son cœur brisé à nouveau.

Cal prit une profonde inspiration et prétendit se concentrer sur la route.

Chapitre 9

Lahaina n'était pas assez loin pour que le cœur de Cal se calme à nouveau, mais, bordel. Il aurait fallu traverser tout le continent pour ça.

Il ralentit, passant le panneau de limitation de vitesse de la ville, et suivit les directions de Cynthia à l'embranchement. Ils ne tardèrent pas à rouler sur Front Street, la principale rue du centre-ville historique. De rangées de bâtiments à étage étaient alignés sur le trottoir, chacun d'une couleur différente. Cynthia lui montra une place de parking ainsi qu'un immeuble avec un balcon au premier. Une pancarte en bois à l'ancienne était suspendue, avec une flèche pointant vers l'étage et indiquant le *Lucky Devil*.

La pancarte était décorée d'une tête de mort avec une paire de cornes rouges sur le crâne. Cal leva des sourcils interrogateurs, cependant Cynthia se contenta de soupirer.

— Tu verras.

Chase était devant la porte, avec une expression menaçante qui faisait comprendre aux hommes qu'il ne valait mieux pas causer d'embrouilles et aux femmes qu'elles seraient en sécurité. Et même si son visage montra de la surprise en les voyant tous les deux, il les laissa passer sans dire un mot.

Les escaliers grinçants en bois et l'arôme malté rappelèrent à Cal un des bars les plus louches où il avait emmené Cynthia une fois. Ils étaient allés dans une chambre à l'étage, gloussant et transpirant après une heure de danse, prêts pour un petit tête-à-tête.

Cynthia trébucha sur la marche suivante, se rattrapa, puis lui jeta un regard en arrière en rougissant profondément. Cal dissimula un sourire. Apparemment, elle se rappelait aussi.

Il la redressa, et ils continuèrent à monter. Le couloir était mal éclairé, cependant le soleil se déversait depuis le toit et incitait à avancer, tout comme le parfum de bacon frit.

Son loup se lécha les lèvres.

J'aime déjà.

Une femme pétillante et lumineuse les retrouva à la porte avec un menu.

— Bienvenue au Lucky Devil ! s'exclama-t-elle-elle avant que sa voix ne vacille. Oh... salut, Cynthia.

Elle repéra ensuite Cal et sa voix se baissa dans un ronronnement grave et sensuel.

— Et, bonjour à vous aussi.

— Salut, Candy, lança Cynthia en la dépassant, entraînant Cal.

Il était content que sa poigne ferme lui donne une excuse pour éviter rapidement l'hôtesse. Une de ces femmes trop zélées qui le déshabillaient déjà avec leurs yeux. Il tourna légèrement le bras, s'assurant qu'elle voie bien ses cicatrices. Malheureusement, Candy ne sembla pas dégoûtée. Au contraire, elle se précipita à sa suite.

— Je peux vous trouver une table ? Il vous reste une demi-heure pour bruncher.

— On vient juste récupérer Joey, répliqua Cynthia d'un ton franc qui lui indiquait de s'en aller.

Elle posa ensuite les yeux vers le bar, et son regard s'adoucit avec cet air que les mères réservaient à leurs enfants.

— Joey...

Cal examina ce bar stylé. Des drapeaux maritimes colorés étaient suspendus au plafond, et des photos en noir et blanc de Lahaina à l'époque du Far West décoraient les murs. Le thème pirate et démons était partout, mais pas au point d'être excessif. Et la vue... eh bien, waouh. Le *Lucky Devil* se trouvait juste au bord de l'océan, et toute cette eau turquoise était à couper le souffle.

Dell était derrière le comptoir, jacassant et affichant son sourire caractéristique. Ses mains s'agitaient à toute vitesse, jonglant avec cinq ou six verres alors qu'il lançait une blague interminable. Joey était perché sur un des tabourets au bout du comptoir, écoutant un pêcheur grisonnant qui lui racontait une de ses aventures.

Cynthia retint son souffle et Cal vit les terribles images qui apparurent dans son esprit. Le vieil homme devait être un alcoolique qui réglait Joey de toutes sortes d'histoires inappropriées, n'est-ce pas ?

Cal serra sa main autour de la sienne, lui rappelant de garder son calme alors qu'elle se précipitait vers son fils.

— Joey, appela-t-elle, d'une voix faussement tranquille.

— Maman ! s'exclama le petit rouquin en le saluant.

Cal suivit alors qu'elle marchait vers lui, croisant les bras pour signaler clairement au vieil homme que maman ourse était arrivée et pas là pour plaisanter. Néanmoins, son pas ralentit au fur et à mesure, et son expression passa de l'anxiété à la surprise.

— Bruce m'apprend à jouer aux dames, déclara Joey.

De la chaleur remonta dans les yeux de Cynthia, parce que le petit allait bien. Et Bruce, malgré ses traits fatigués qui montraient qu'il avait participé à bien trop de beuveries dans sa vie, faisait preuve d'un comportement exemplaire avec lui.

— Il apprend vite, ce gamin, dit-il en tapotant le dos de Joey. Il m'a déjà battu deux fois.

Cynthia regarda autour d'elle, cherchant clairement des preuves de paris illégaux ou d'autres péchés. Mais il n'y avait vraiment qu'un jeu de dames. Un jeu parfaitement inoffensif et innocent. Et puis, hé, Joey semblait passer du bon temps.

— Salut, Cynth, appela Dell, la faisant grimacer.

— Cynthia, corrigea-t-elle en soupirant, insistant sur chaque syllabe.

Dell continua sans en tenir compte.

— Content de te voir. On passe un bon moment, pas vrai, Joey ?

Ce dernier hocha vivement la tête comme ces jouets qui oscillaient et que les gens gardaient dans leur voiture. Le cœur de Cal fondit. Il était un si bon garçon. Si seulement il pouvait avoir un peu plus de liberté.

Tue Moira, grogna son loup. *Accomplis la prophétie. Donne au petit la liberté dont il a besoin.*

Cynthia lui jeta un regard, comme si elle avait senti le nuage sombre qui obscurcissait son esprit.

Oublie cette stupide prophétie, dit-il à son loup.

Ce n'était pas parce qu'une vieille femme avait eu une vision à sa naissance que c'était vrai. Lui, débarrassant le monde d'un grand mal ? Il serait déjà heureux de garder Cynthia et Joey en sécurité.

Dell montra tout autour de lui.

— Regarde. Joey joue aux dames, il a son jus d'orange enrichi en vitamines et tout… Tout va très bien.

Cal dissimula un ricanement. Le métamorphe lion pouvait être agaçant, mais aussi sacrément charmant, et il avait un don pour calmer Cynthia. Dieu seul savait qu'elle en avait besoin, tant elle était tendue.

Son loup grommela.

La calmer, c'est notre boulot.

Oui, il aimait le penser aussi, cependant il n'avait pas été capable de le faire pendant de trop nombreuses années. Il devrait être reconnaissant que quelqu'un ait été là pour le faire à sa place.

Temporairement, gronda le loup en jetant un regard mauvais à Dell.

— Eh bien, c'est merveilleux. Merci à tous les deux, dit Cynthia, l'air vraiment reconnaissante. Mais on va y aller, à présent.

— Oh, allez, Cynth, gémit Dell.

Joey se plaignit exactement en même temps.

— Déjà ?

Cal tira la main de Cynthia. Le garçon passait un moment. Pourquoi être si pressé de rentrer ?

— Dernière demi-heure pour bruncher ! lança Dell.

Cynthia leva les yeux avec une expression perplexe. Un brunch ? Elle ne faisait pas de brunch, et certainement pas dans ce genre d'endroit.

Cal pressa sa main un peu plus fort, et si Dell le voyait, qu'est-ce que ça faisait ? Cynthia était sienne.

— Nous avons une offre spéciale, annonça Candy, de sa voix stridente qui accaparait l'attention.

Cal regarda l'hôtesse qui désignait un jeu de fléchettes sur le mur.

— Touchez le centre de la cible et c'est la maison qui offre.

Dell afficha un sourire amusé.

— Ouais. Depuis cette ligne.

Cal ricana. La distance normale jusqu'à la cible devait être entre deux et trois mètres, en fonction des fléchettes utilisées. Mais la ligne que Dell montrait, un dessin d'épée qui s'effaçait par terre, était au moins deux fois plus loin.

Joey bondit sur son siège.

— Cal peut y arriver.

Une lueur jaillit dans les yeux de Dell.

— J'aimerais bien voir ça.

Cal bougea sa mâchoire jusqu'à la faire craquer, essayant de résister à la tentation. Mais Candy sautillait déjà vers la cible, revenant avec une fléchette.

— Oh, je parie qu'il y arriverait, roucoula-t-elle en caressant le bout du projectile

— Ce ne sera pas nécessaire, se piqua Cynthia.

Cal savait qu'elle allait appeler Joey et filer vers la porte, mais bordel. C'était un de ces moments où il lui avait dit, à une époque plus innocente : « C'est bon pour toi ». Elle avait besoin de sortir plus. De se mêler aux classes ouvrières, comme lui. De se détendre. De s'amuser et de laisser son gosse faire de même.

Il prit donc la fléchette, vérifia que sa trajectoire n'était pas altérée, et aligna son tir.

Dell afficha un grand sourire alors que davantage de gens se turent et regardèrent.

— Sans pression.

Cal se laissa sourire un peu. Une dizaine de touristes et des pêcheurs ? Ce n'était pas de la pression. La pression, c'était un dragon qui arrivait vers vous la gueule ouverte pour vous étouffer de ses flammes.

— Tu pourrais mettre une pomme en équilibre sur ta tête et te mettre devant la cible, répliqua Cal.

Tout le monde rit. Dell aussi, et c'était tout à son crédit.

— Nan. Je vais rester là, de l'autre côté. Juste au cas où.

Cal tripota la fléchette, assimilant son poids et son équilibre. Elle était légère, bien plus que les objets qu'il lançait d'habitude, toutefois le principe était le même. Quatre ou cinq autres personnes se tournèrent pour regarder, et le vieux Bruce gloussa.

— Bonne chance, monsieur. Vous avez autant de probabilités de réussir que moi d'attraper Moby Dick.

Cynthia fit une moue qui montrait qu'elle se demandait si tout ça était vraiment nécessaire, et Cal dissimula un sourire. Ce serait bien plus amusant qu'il ne l'avait cru.

Quelqu'un lança un commentaire désobligeant sur les pêcheurs qui se vantaient toujours trop, et un autre type au bar commença à prendre des paris. Cal garda les yeux sur la cible, laissant tout disparaître autour de lui. Le sourire suffisant de Dell. Le regard de Joey qui était bien trop optimiste. Les cils battant sans cesse de Candy. Il laissa même Cynthia disparaître un instant, se focalisant sur la cible, à la place.

Une voix profonde et grisonnante résonna dans sa tête. Un souvenir qui disait « Je te tiens. »

Il releva les coins de ses lèvres. C'étaient les derniers mots qu'un dragon lui avait lancés, commettant l'erreur fatale de le sous-estimer.

« Non, c'est moi qui te tiens », avait-il presque chuchoté, laissant son esprit transformer le centre de la cible en ennemi. Comme ce dragon, un de ceux qu'il avait traqués et tués en représailles après l'attaque sur la maison de Barnaby.

Et, *zoum* ! Avec un mouvement du poignet, il lança la fléchette, qui fila directement...

— Dans le mille ! s'exclamèrent-ils tous.

Cal cligna des yeux et regarda autour de lui, se rappelant qu'il était dans un bar excentrique de Maui, pas sur un champ de bataille. Et, holà... Candy arrivait vers lui avec ce qui ressemblait à un baiser pour le vainqueur.

— Hum hum.

Cynthia fit semblant de tousser, se plaçant entre eux juste à temps.

— Je savais que tu pouvais le faire ! l'acclama Joey.

— Je savais aussi, lança Candy en contournant Cynthia.

Cette dernière contra en sortant les coudes, et heureusement un client appela pour commander un verre. Cal poussa un soupir. Peut-être que parfois le destin ne lui en voulait pas autant qu'il le croyait.

Dell applaudit en silence et articula un : « Bravo », avant de désigner une table d'un signe de tête.

— Félicitations. Tu es le premier gagnant du Défi de fléchettes du *Lucky Devil*. La maison te paie le brunch.

— Mais on allait… commença Cynthia, sans terminer sa phrase.

C'était amusant comme une idée pouvait pousser dans la tête d'un homme. Cal se moquait du brunch une minute avant, mais quand il s'imagina assis avec Cynthia en face de lui, alors qu'ils se regardaient droit dans les yeux…

— Ça m'a l'air pas mal, murmura-t-il en se demandant ce qu'elle dirait.

— Allez, Cynth, lança Dell, ce qui surprit Cal. Une de nos meilleures tables vient de se libérer. Tu peux profiter de la vue.

Il plissa les yeux vers Cal, comme s'il disait lui aussi qu'elle en avait besoin. Et que de son côté, il avait intérêt à bien se comporter.

Cynthia examina la table qui donnait sur la mer. Elle ne participait pas à de longs repas, et admirait encore moins les paysages. Elle était du genre à avoir de grandes responsabilités, à avoir trente cases à cocher sur sa liste de choses à faire.

Elle avait l'air clairement tentée.

— Un brunch, dit Cal lentement, précautionneusement.

Il la laissait construire sa propre image, voir que ça pourrait être agréable.

— Ça t'irait ?

Elle se mordilla la lèvre. Soudain, bougeant à peine, elle hocha la tête.

— Je suppose qu'on pourrait manger. En vitesse, évidemment.

— Évidemment.

Il sourit et commença à l'entraîner avant qu'elle ne change d'avis. Candy bondit devant lui, laissant une bretelle de son débardeur glisser d'une épaule alors qu'elle leur montrait la table. Quand ils s'assirent, elle lâcha un menu devant Cynthia. Pour Cal, elle se pencha bien trop et ouvrit son menu au milieu, le positionnant correctement. Le pli au milieu avait le don d'attirer l'œil directement sur son décolleté, cependant Cal gardait ses yeux verrouillés sur Cynthia.

— Donnez-nous une minute, marmonna-t-il en essayant de ne pas lui aboyer dessus.

Quand Candy partit en boudant, il prétendit étudier le menu. Il se fichait un peu de ce qu'il prendrait. Être assis là avec Cynthia était déjà assez spécial. Être dehors ensemble et tout, sans avoir peur que quelqu'un vienne et leur lance : « Tu n'es pas la fille Baird ? Comment oses-tu traîner avec ce déchet ? »

Le souvenir devait se lire sur son visage, parce que Cynthia serra sa main, lui faisant lever les yeux.

— Regarde-nous, murmura-t-elle.

Il soupira.

— Ouais, regarde-nous.

Pendant une longue minute, ils se contemplèrent, droit dans les yeux, laissant le passé se mélanger avec le présent, comme les vagues qui allaient et venaient sur la côte en contrebas. Affluant et refluant dans un rythme calme et régulier.

Tant d'années étaient passées. Tellement de temps avait été perdu. Mais, étrangement, ils s'étaient retrouvés l'un l'autre. Le rythme cardiaque de Cal se stabilisa et son esprit aussi. Le bordel qu'était sa vie ne pouvait pas se résoudre en une après-midi, toutefois il pouvait à présent se faire de nouveaux souvenirs, des bons.

Ils commandèrent donc : un Big Kahuna pour lui, même s'il ignorait ce que c'était, et un Sunshine Special pour elle. Il rit quand on leur servit les plats. Le sien était une énorme assiette recouverte de bacon, de pommes de terre, du melon cantaloup le plus orange qu'il avait jamais vu, ainsi que de quelque chose qui ressemblait à du poisson frit enroulé de feuilles. Cynthia, de son côté, eut des fruits frais, du yaourt et un smoothie. Elle leva son verre pour un toast, puis hésita.

— À...

Cal leva son eau et attendit.

— Au brunch, termina-t-elle piteusement, même si ses yeux insinuaient autre chose.

Quelque chose qu'elle n'osait pas prononcer, et lui non plus.

Il fit tinter son verre contre le sien.

— Au brunch.

Pour les loups métamorphes, les repas étaient plus une destination qu'un voyage. Un moyen de chasser la faim plus qu'un processus en lui-même. Mais pour une fois dans sa vie, il ralentit et laissa chaque saveur se dissiper sur sa langue. Le goût fumé et sombre du bacon. Le contraste frais du melon. Le poisson étonnamment succulent qui fondait presque sur sa langue une fois qu'il avait sorti la chair des feuilles de bananier dans lesquelles elle avait été cuite à la vapeur. Il devait bien l'accorder à Maui, ou au moins au *Lucky Devil* : c'était le meilleur repas qu'il avait eu depuis longtemps.

Cynthia mangeait de petites bouchées délicates, le torturant avec le mouvement de ses lèvres qui se refermaient sur la fourchette avant de glisser dessus. Ses yeux erraient vers Joey régulièrement. Dès que Cal regardait dans cette direction, il surprenait Dell qui les surveillait tous les deux de la même manière. Jaugeant. Jugeant. Envoyant le message clair qu'il ne fallait pas abuser d'une personne à qui il tenait.

Mais Joey s'amusait, et Cynthia aussi. Petit à petit, elle finit par se détendre, ainsi que Cal. Même Candy qui n'arrêtait pas de galoper jusqu'à eux pour remplir inutilement leurs verres d'eau ne le décontenançait pas. Quand leurs assiettes furent emportées, ils restèrent assis, à se regarder l'un l'autre et à admirer la vue. Cal chercha presque la main de Cynthia, cependant il se contenta de caler une jambe contre la sienne.

Tu sais, on était bien ensemble, voulait-il dire.

Cynthia fit la moue et il entendit sa réponse dans son esprit. *Oui, on l'était.*

Ses yeux de métamorphe brillèrent légèrement.

Il détestait qu'elle utilise le passé, mais d'accord. Il prendrait ce qu'il pouvait avoir.

Le soleil se refléta sur ses perles et Cal sourit sans vraiment savoir pourquoi. Il n'avait pas oublié la beauté de Cynthia, cependant il avait oublié ce que ça faisait de décompresser et de passer un bon moment.

C'est agréable, soupira son loup.

Un groupe turbulent de quatre émergea en haut des marches, faisant tourner la tête de Cynthia. Elle leva ensuite la main pour vérifier sa montre et sursauta.

— Oh, regarde l'heure. On devrait y aller.

Déjà ? manqua-t-il de protester.

Mais elle avait raison. Joey avait suffisamment joué aux dames et ils devaient probablement libérer leur table pour quelqu'un qui laisserait certainement un pourboire plus généreux que ce qu'il avait l'intention de donner, vu le peep-show que Candy avait continué malgré les indices qui montraient qu'il n'était clairement pas intéressé.

Pourtant, il trouva dans son cœur le courage de monter le pourboire à quinze pour cent en arrondissant au supérieur ; après avoir gagné sa dispute avec Cynthia qui voulait payer, évidemment. Quand ils se levèrent pour s'en aller, elle s'arrêta pour contempler le paysage, il aurait pu jurer voir sa poitrine se soulever et se creuser dans un profond soupir.

Il ne voulait pas partir non plus. Il ne voulait pas que ce moment calme et simple se termine.

— Hé, Mandy ! appela un jeune homme.

Un couple en lune de miel, à en juger par le regard benêt qu'il affichait, et l'expression émerveillée de la femme.

Le jeune marié désigna le vieux juke-box avec un sourire.

— Ils ont notre chanson.

Cal décida qu'il était vraiment temps d'y aller, parce qu'ils avaient l'air du genre à écouter du Cindy Lauper, et il n'était clairement pas prêt pour une chanson avec autant d'énergie. Mais le grincement du bras mécanique de la machine fuit suivi du crissement de l'aiguille sur le 33 tours, et quand les premières notes d'une trompette jazzy retentirent...

Cynthia se coupa dans son élan et lui aussi.

— *Dream a Little Dream of Me.*

Le jeune marié rayonna devant son épouse alors que la voix intemporelle d'Ella Fitzgerald emplissait la pièce.

Cal ne bougea pas durant les premières paroles de la chanson. Il faisait jour, donc les étoiles ne brillaient pas au-dessus de lui, et il n'y avait pas d'oiseau dans le sycomore, comme dans la chanson. Mais, bon sang. La brise semblait réellement lui murmurer « Je t'aime ».

Je t'aime, répéta-t-il, regardant Cynthia dans les yeux.

Dream a Little Dream of Me était leur chanson. Ou elle le serait s'il avait pu en nommer une. Ils avaient dansé un slow dessus lors de leur deuxième nuit ensemble. Cynthia l'avait fait se faufiler dans le hangar à bateaux de son père dans les Adirondacks, un petit endroit rustique près d'un lac. Le groupe du club chic de l'autre côté de la berge avait joué beaucoup de classiques et la musique avait dérivé sur l'eau dans un instant magique. Cal et Cynthia avaient cessé de faire l'amour assez longtemps pour danser quelques fois. Proches l'un de l'autre, leurs pas grinçant doucement sur les lattes en bois du balcon du hangar à bateaux. Les feuilles d'automne avaient flotté dans la forêt et les rayons de lune avaient ondoyé sur les eaux calmes du lac.

Cynthia se tourna vers lui avec de grands yeux vulnérables, et il déglutit. Ouais, elle se souvenait aussi.

Ils avaient dansé sur cette chanson des dizaines de fois, et la seule partie qui ne leur correspondait pas dans les paroles était le « little ». « Un peu » était loin de décrire les rêves qu'il avait faits ces douze dernières années.

La tenir contre lui ? Lui dire qu'elle lui avait manqué ? Bon sang, par où commencer ?

Quelques paroles passèrent sans que ni l'un ni l'autre ne bouge, cependant le temps que Louis Armstrong se lance avec ses mots graves, rocailleux, *irrésistibles*, Cal se surprit à avancer les pieds. Ses bras aussi, et il rapprocha Cynthia de lui. Derrière elle, les jeunes mariés avaient aussi commencé à danser, et d'autres clients s'étaient tournés pour regarder. Mais Cal s'en fichait. Tout son monde se réduisit au son dans ses oreilles et à la femme dans ses bras.

Comme au bon vieux temps, dit son loup en souriant.

C'était le cas, jusqu'au plus petit des détails. La main de Cynthia sur son bras et l'effleurement soyeux de ses cheveux sur son épaule alors que leurs corps commençaient à tanguer. Il se pencha, ferma les yeux, et inspira son odeur.

Danser était étrange, vraiment. Quelques pas suffisaient pour voyager dans un autre monde. Un monde où seulement le présent existait, ainsi qu'une impression de calme. Beaucoup comme le calme qu'il avait toujours ressenti quand il tenait Cynthia dans ses bras après l'amour. À se sentir vidé et épuisé à force d'affronter le monde, et en même temps soulagé parce qu'il n'avait pas à jouer le guerrier pendant un moment. Il pouvait simplement avoir sa compagne dans ses bras et apprécier l'instant.

Bien trop rapidement, la chanson joua ses dernières notes, et avant qu'il s'en rende compte, l'aiguille du juke-box crissait dans le silence à nouveau. Mais Cynthia levait les yeux vers lui dans une expression qu'il ne pouvait déchiffrer, et son cœur battait avec constance contre le sien. Quelques applaudissements la firent rougir, cependant elle garda les yeux rivés sur lui.

Comme au bon vieux temps, ne put-il s'empêcher de penser.

Comme au bon vieux temps, approuva Cynthia.

Chapitre 10

Cynthia était assise sur le fauteuil à bascule de l'aile privée du porche, empoignant les accoudoirs, essayant de ne pas laisser ses mains trembler. Elle ferma les yeux, s'exhortant à se vider l'esprit. Ce serait bientôt l'heure du dîner, et il était hors de question qu'elle s'y rende dans cet état.

Pourtant, ses doigts la picotaient, et sa pression artérielle s'emballa. Le parfum entêtant de Cal emplit son nez, et ses joues s'échauffèrent.

Notre compagnon est de retour, dit sa dragonne en soupirant. *Il est vraiment de retour, et il nous aime vraiment.*

Le trajet depuis Lahaina avait été silencieux... enfin, silencieux entre Cal et elle, même si elle avait pu sentir les étincelles voler tout le long. Joey, de son côté, garda la conversation animée pendant tout le chemin jusqu'à la maison dans le pick-up qu'ils avaient emprunté. C'était merveilleux de voir que son bébé n'était plus un petit garçon, mais... un « grand garçon ». Plus curieux que jamais au sujet du monde.

— Bruce a dit que son bateau avait deux moteurs. Deux ! Et Dell dit que Bruce attrape des poissons plus gros que moi ! Il y avait une tempête une fois, et il...

L'esprit de Cynthia avait divagué pendant que son fils s'enthousiasmait de tout ce qu'il avait fait, vu et entendu. Cal était de retour et il l'aimait. Il n'avait pas trahi leur promesse comme on le lui avait fait croire. Et maintenant qu'elle était une veuve...

Elle se racla la gorge et tangua plus fort sur sa chaise.

Quand il les avait déposés Joey et elle, il avait laissé le moteur tourner, prêt à faire demi-tour et à retourner en ville avec sa Triumph. Cynthia était sortie du pick-up, ayant l'intention de marmonner un remerciement en vitesse avant de rentrer rapidement, parce qu'elle avait déjà trop baissé sa garde. Pourtant, dès que leurs regards s'étaient croisés, ses pieds avaient refusé de bouger. Ses yeux profonds et charbonneux avaient brillé alors qu'ils l'avaient contemplée.

— Merci, avait-elle murmuré, accrochée à la portière comme une femme au bord d'une falaise.

— Merci ! avait gazouillé Joey, faisant sourire Cal, ce qui était rare.

Soudain, il était redevenu tout sérieux, concentré uniquement sur elle.

— Pas de problème.

Ses lèvres ne s'étaient pas fermées totalement et elle avait été frappée du besoin de grimper sur le siège avant et l'embrasser.

Les motos sont bien plus pratiques, avait grondé sa dragonne.

Il lui avait fallu toute sa volonté pour fermer la portière et laisser Cal redémarrer. Même longtemps après son départ, elle était restée là, à scruter l'allée.

Et à présent, elle donna un coup pour balancer le fauteuil à bascule, admirant la mer, essayant de se distraire. Mais au lieu d'admirer les palmiers qui tanguaient le long de la place, elle imagina les mèches épaisses des cheveux de Cal, bouclant autour des oreilles.

Qu'est-ce qui nous sépare, exactement ? murmura sa dragonne.

Cynthia ferma les yeux. La fierté. Rien d'autre que cette satanée fierté, la sienne comme celle de Cal, sans parler du gouffre béant rempli des douleurs du passé. Toute une rivière de regrets dans laquelle elle avait peur de patauger, de crainte d'être emportée. Ça, et une montagne de culpabilité. Elle n'avait pas choisi d'être unie à Barnaby, cependant elle avait fini par accepter, et il avait sacrifié sa vie pour elle. Ne devait-elle pas à Barnaby de rester loyale ?

— Regarde, maman. J'ai dessiné Bruce sur son bateau.

Joey était couché par terre non loin d'elle, et il se tourna pour montrer sa dernière œuvre.

Cynthia ouvrit vivement les yeux pour regarder.

— C'est super, chéri.

Le sourire de son fils était un vrai bonheur. Elle prit une profonde inspiration et regarda autour d'elle. Ses crayons étaient éparpillés sur le papier, et le coin de son carnet se souleva et tomba sous la légère brise. Dehors, un mainate piailla, continuant sa journée.

Son regard se leva vers les montagnes que Cal avait empruntées dans un vrombissement peu après être revenu de Lahaina sur sa Triumph. Que trafiquait-il exactement là-haut ? Songeait-il à l'avenir ou était-il tout aussi coincé dans le passé qu'elle ?

Chaque fois qu'un moteur retentissait dans l'allée, elle bondissait sur ses pieds, cependant les autres revinrent avec lui. Anjali et Dell arrivèrent en roulant dans leur nouveau minivan, un véhicule qui insinuait qu'ils avaient l'intention d'étendre leur famille, sans aucun doute. Peu de temps après, Sophie et Chase descendirent la côte dans un pick-up, accueillis par un chœur d'aboiements. Les autres, c'est-à-dire Tim, Hailey, Connor et Jenna, étaient partis en vadrouille, mais tous avaient promis d'être de retour pour le dîner. Tous, sauf Cal.

Joey ajouta des éclaboussures autour de la coque du bateau qu'il avait dessiné.

— Peut-être qu'un jour, je pourrais aller pêcher avec Bruce.

Elle manqua de répondre « Absolument pas », avant de se rattraper juste à temps.

— Peut-être, un jour.

Le soleil brillait sur ses cheveux roux, comme il brillait à une époque sur ceux de Barnaby, et la tristesse la transperça. Elle avait fini par aimer Barnaby avec le temps. En tant qu'ami du moins, même si pas en tant qu'amant. Il avait été bon avec elle, il avait été un père génial pour Joey, et il avait commis le sacrifice ultime pour eux. Était-ce égoïste de sa part de rêver de Cal au lieu d'honorer la mémoire de Barnaby ?

Elle se renfrogna alors que son esprit rejouait la dernière journée qu'elle avait passée avec lui, dans ce qui semblait être une vie différente. Elle s'était réveillée dans sa chambre, s'était douchée et l'avait retrouvé dans la cuisine rutilante du rez-de-chaussée. Il l'avait embrassée sur la joue, comme d'habitude, puis Joey était descendu dans son pyjama Star Wars, et Barnaby l'avait soulevé avant de le faire tourner.

— Et voilà mon garçon !

Sa voix riche de ténor s'était mêlée au cri aigu de son fils, résonnant dans toute la maison.

Cynthia ferma les yeux, se sentant plus coupable que jamais.

— J'aimerais... souhaita-t-elle sans vraiment savoir quoi.

Même si elle éprouvait du ressentiment à l'égard du tournant brutal qu'avait pris sa vie, elle avait aussi mené à quelque chose de meilleur. Être avec Barnaby lui avait donné Joey, et rien ne pourrait changer ça. Après l'attaque de dragons lancée par Moira et Drax, elle avait tout perdu, cependant cela l'avait aussi conduite à commencer une toute nouvelle vie à Maui. Une bonne vie, même si elle ne l'aurait jamais cru à l'époque.

Alors, que souhaitait-elle exactement maintenant ?

Cal, répondit sa dragonne sans hésitation. *Et arrête de t'apitoyer sur le passé. Vis dans le présent et tourne-toi vers l'avenir.*

Elle aimerait bien. Mais elle avait vraiment perdu la main... et n'était pas prête à risquer son cœur comme à l'époque.

« Écoute », lui avait dit Barnaby, des années plus tôt, le soir où ils avaient parlé à cœur ouvert et où il avait tout avoué. « Je ne suis peut-être pas le compagnon de tes rêves, mais je t'aime et je veux que tu sois heureuse. Si j'avais le pouvoir de nous libérer tous les deux, crois-moi, je le ferais. »

La liberté. Elle soupira. Elle n'y avait goûté qu'avec Cal.

— Hé ! appela quelqu'un depuis le coin du porche qui menait devant et lui permettait d'avoir un peu d'intimité.

Elle se tourna pour voir Dell, et ne sut pas si elle devait rire ou grogner. Mais le lion métamorphe n'avait pas son sourire suffisant habituel et ses yeux n'étaient pas pleins de malice.

— Je vérifiais juste...

Il avait un ton timide qui ne lui ressemblait pas. Il paraissait même inquiet, si c'était possible.

— Combien d'assiettes pour le dîner de ce soir ?

Cynthia pencha la tête. Quand ils étaient tous arrivés sur la plantation, ne se connaissant pas, elle avait conçu un programme strict de tâches à accomplir pour chacun, suivant l'exemple de ses parents. Les dragons avaient pris les rênes, et il était important de faire preuve de rigueur. Elle avait été agacée au plus haut point quand les hommes avaient échangé les tâches. Contrairement à ce qu'elle avait craint, les garçons s'étaient avérés fiables, chacun trouvant le poste qui lui allait le mieux. Rapidement, tous avaient pris le rythme et tout roulait presque tout seul.

C'était amusant de voir comment tout s'était arrangé, et le nombre de leçons qu'elle avait apprises en plus. La cuisine, dans un premier temps. C'était presque devenu le domaine de Dell, et tout le monde était ravi de ne pas s'en mêler. Alors, pourquoi l'interrogeait-il sur de tels détails à présent ?

— Je veux dire, est-ce que je mets la table pour onze ou douze ? demanda-t-il.

« Onze » était sur le bout de sa langue, quand elle comprit. Il y avait onze résidents sur la plantation : Connor et Jenna les dragons, Tim et Hailey les ours, Anjali et Dell, les lions, en plus de leur bébé, Quinn. Ensuite il y avait Chase et Sophie, les loups, et enfin Cynthia et Joey. Ils formaient tous un groupe éclectique de onze personnes. Alors, qui était le douzième ?

Le regard de Dell était neutre, néanmoins elle aurait pu jurer qu'il retenait son souffle.

Cal, comprit-elle. Dell lui posait la question pour Cal. Jusqu'à présent, il avait pris ses dîners seuls ou partait faire ses rapports à Silas à l'heure du repas. Mais maintenant...

Sa lèvre trembla. Dell proposait-il d'inclure Cal ?

Elle ferma les yeux. Combien de temps avait-elle désiré quelque chose de si simple que de voir son compagnon dans des circonstances ordinaires ? Mais maintenant qu'elle en avait l'occasion, les vieilles barrières se profilaient au loin.

— Douze, lui fit dire sa dragonne.

Hé ! lâcha-t-elle.

Ne réfléchis pas trop, se piqua sa bête.

Et, bon sang, les paroles qui sortirent de sa bouche ensuite furent une affirmation de ce qu'elle avait déjà dit ; sa dragonne prenait encore les choses en main.

— Douze, ça ira très bien.

Dell hocha la tête, sans pour autant bouger. Il resta juste là, à la regarder. Il finit par afficher un grand sourire et se tourna vers son fils.

— Yo, Joey. Tu dessines quoi ?

Le petit brandit sa représentation de Bruce et son bateau, rayonnant quand Dell le couvrit d'éloges.

— Waouh. C'est super. Tu ne voudrais pas le montrer à Anjali et Quinn ? On pourrait le mettre sur le réfrigérateur après, tu ne penses pas ?

— Oui !

Joey bondit sur ses pieds, récupéra ses crayons, et courut vers la cuisine.

— Fais juste attention à ce que Quinn ne les mange pas, lança Dell dans son dos. C'est juste un bébé, tu sais. Pas une grande comme toi.

Quand Joy disparut au coin, Dell se retourna vers Cynthia, et son sourire s'évapora.

Quoi ? voulait-elle hurler. Pourquoi la regardait-il ainsi ?

— Est-ce que ça va ? demanda-t-il enfin d'un ton plus doux que jamais.

Pas de rires, de taquineries, de plaisanteries.

— Je vais bien.

Dell frotta sa barbe dorée.

— Vraiment bien ? Sérieusement, Cynthia…

Elle marqua un temps d'arrêt. Il ne l'appelait jamais par son nom complet. Seigneur, faisait-elle si pitié que ça ?

— S'il te plaît, ne sois pas gentil avec moi juste parce que… parce que…

Elle s'étrangla avant de terminer par « ma vie est un vrai bordel ».

Dell inclina la tête.

— Tu veux que je sois méchant ?

— Non. Juste… Appelle-moi Cynth.

Il la dévisagea jusqu'à ce qu'elle tape du poing sur l'accoudoir du fauteuil.

— Prétends que tout est normal, d'accord ?

Il leva un sourcil.

— « Prétends » ?

Elle grimaça.

— Je suis meilleure pour ça que tu ne le penses.

Le lion métamorphe afficha un sourire.

— Et moi qui croyais que tu étais froide et sans cœur.

Elle le fusilla de son regard d'alpha le plus féroce.

— Tu n'as pas intérêt à dire le contraire aux autres.

Il fit un signe de croix sur son cœur.

— Ce sera notre secret. Parole de scout.

Cynthia hocha vivement la tête, luttant contre le besoin d'enfouir son visage dans ses mains. Quels autres secrets Dell avait-il devinés ? Elle blêmit. Mon Dieu, ça la tuerait si un des hommes de Koakea savait qu'elle faisait des rêves cochons au sujet de Cal.

— Bref...

Elle posa la main sur ses perles, s'ordonnant de ne pas sourire. Mais si sa poitrine lui semblait si brûlante, ses joues devaient certainement le montrer aussi.

— Douze, c'est très bien.

Dell se gratta la mâchoire. Il finit par soupirer, tourna une chaise et la chevaucha.

— Écoute, je n'aime pas poser la question...

Alors, ne le fais pas, faillit-elle dire.

— Mais je vais le faire quand même, termina-t-il avant qu'elle ait la chance de protester.

Le plus fou, c'était qu'elle se surprit à célébrer l'idée. Comme si elle avait enfin besoin de soulager le poids sur sa poitrine. Ce qui était dingue. Les dragons ne se confiaient pas. Et certainement pas à un homme-enfant comme Dell.

Elle remit le fauteuil à bascule en mouvement, sans parvenir à trouver la force de le repousser.

— Au sujet de Cal... commença-t-il.

Elle se balança plus fort.

— Un moment, tu agis comme si tu le détestais. Et le suivant, tu agis comme si tu l'aimais.

Elle fit repartir le mouvement de plus belle.

— C'est ridicule.

Il pencha la tête sur un côté, puis sur l'autre.

— Vraiment ? Je vois comme il te regarde... et comme toi, tu le regardes.

Le bois grinçait sous le mouvement du fauteuil.

— Je ne le regarde pas.

— C'est ça. Et lui ne te regarde pas comme un homme enfermé dans une cage.

Elle resta bouche bée. Vraiment ?

— Si tu le détestes, je serai ravi de le chasser de Maui, proposa Dell. Tout le monde le ferait, quoi qu'en dise Silas.

Sa poitrine se réchauffa. Seigneur. Quelle chanceuse elle était d'avoir des amis comme Dell ? Des vrais... pas des connaissances ou des hommes à tout faire, puisque ses parents avaient insisté sur le fait que les relations avec les métamorphes inférieurs devaient être ainsi. Les lions pouvaient être aussi pertinents que les dragons. Les loups pouvaient être tout aussi nobles, et les ours tout aussi altruistes. Elle en était la première témoin.

— Mais si tu l'aimes... murmura-t-il.

Elle ferma les paupières. *L'amour.* Si seulement le mot pouvait glisser aussi facilement sur sa langue que sur celle de Dell. Mis à part Joey, elle n'avait jamais admis ouvertement aimer quelqu'un.

Elle finit par soupirer et murmurer :

— Je ne déteste pas Cal. Je me déteste moi-même.

Dell eut l'air perplexe. Clairement, la haine de soi était un nouveau concept pour le lion au grand cœur.

Cynthia noua ses mains, retenant la vérité. Impossible qu'elle se confie à lui. Et pourtant, une seconde plus tard, elle se retrouva à lâcher les mots dans un rythme nerveux et hésitant.

— Mes parents avaient organisé tout mon avenir. Ils ne m'avaient même pas dit qu'ils étaient en train de négocier mes fiançailles avec la famille de Barnaby.

Dell leva les sourcils.

— « Négocier » ?

Ses épaules s'affaissèrent. Dell ne comprendrait jamais. Mais maintenant qu'elle avait commencé...

— C'était réglé avant même que Barnaby et moi le sachions. Nous n'avions pas le choix.

— Comment ça, vous n'aviez pas le choix ? Comment ont-ils pu te faire ça ?

Cynthia ravala un long soupir et le relâcha tout aussi lentement, juste pour gagner du temps.

— J'avais le choix, en fait.

Elle repensa à la demi-douzaine de prétendants à qui ils l'avaient présentée. Tous de vieux dragons bourrus qui, comme elle, étaient les derniers de leur lignée. Quand elle avait enfin trouvé le courage d'avouer à ses parents qu'elle était déjà amoureuse, sa mère avait applaudi de ravissement.

« C'est merveilleux ! Qui est cet homme chanceux ? »

Cet homme chanceux était un métamorphe loup, et quand elle l'avait annoncé... eh bien, tout était parti en sucette.

— Quoi ? avait crié sa mère d'une voix aiguë.

— Qui ? avait beuglé son père.

En quelques minutes, il avait déjà envoyé ses alliés dragons pour qu'ils traînent l'arrière-train indigne de Cal jusqu'à lui.

Bien évidemment, ce dernier était trop rusé pour être traqué par qui que ce soit. Elle lui avait envoyé un message, le pressant de fuir. Au lieu de ça, il était entré directement dans le petit salon de ses parents, la tête haute.

— Et qui donc pouvez-vous être ? avait lancé son père.

— L'homme qui aime votre fille.

Elle n'avait jamais aimé Cal plus que durant ce moment de bravoure, cependant, même ça n'avait pu changer la tournure des évènements. Pas avec vingt générations de fantômes de dragons qui regardaient par-dessus son épaule à elle, exigeant que le clan Baird ne meure pas avec elle. Au final, c'était elle qui l'avait supplié de partir. Elle avait même raconté n'importe quoi en disant ne pas l'aimer, insistant que ça n'avait été qu'une passade.

Elle n'avait jamais vu un homme si blessé. Et elle ne s'était jamais sentie si honteuse ou en colère contre ce que ses parents l'avaient forcée à faire. Mais ils étaient morts tous les deux à présent, et elle n'avait plus que sa propre personne à mépriser.

Elle déglutit difficilement et regarda Dell.

— Les vieux clans de dragons prennent les lignées très au sérieux.

— Je veux bien le parier, oui. Mais, putain. Il faudrait faire partie d'une famille sacrément légendaire pour vouloir la préserver comme ça.

Elle garda son regard droit sur lui, lui faisant comprendre qu'il avait raison. Il la dévisagea, et elle pouvait voir les engrenages tourner dans sa tête.

— Tu viens du clan Llewellyn ? Non ? Les Draig ? Rhydderick ?

— Monsieur O'Roarke, votre connaissance du monde des dragons m'impressionne.

Il fit la grimace.

— Je ne peux pas m'empêcher d'entendre tous les trucs que tu racontes à Joey.

Elle se renfrogna. Pour être honnête, elle n'avait jamais vraiment réfléchi à ce qu'elle lui enseignait. Elle lui avait inculqué l'histoire des grands clans de dragons parce que ça faisait partie de leurs traditions. Cependant, voulait-elle vraiment que son fils grandisse en croyant que les lignées comptaient plus que l'amour ?

— Mon mari, Barnaby, était un Brenner, dit-elle.

Dell écarquilla les yeux.

— Le vieux clan avec toutes ces propriétés dans le nord-est ? Les écuries dans le Connecticut ? Le manoir à Newport ?

« Les » manoirs, s'empêcha-t-elle de corriger. Au lieu de ça, elle lâcha la bombe. Parce que, pourquoi pas ?

— Mon nom de jeune fille, c'est Baird. Cynthia Baird.

Dell resta bouche bée, et un instant plus tard, il bafouilla.

— Bordel de merde. Tu veux dire, *ces* Baird-là ?

Cynthia soupira.

— Oui, ceux-là. Je suis la dernière.

Dell la dévisagea, et pendant un moment, un silence s'abattit entre eux. Un silence gênant. Il retrouva ensuite sa voix et lâcha sa propre bombe.

— Comment peux-tu être une Baird si Moira est ta cousine ?

Cynthia tourna vivement la tête.

— Comment tu sais ça ?

Il haussa les épaules.

— Moira me l'a dit.

— Elle a quoi ? s'écria Cynthia. Quand ?

— À Chicago.

Il fit un geste du pouce comme si la ville venteuse était juste à côté.

— Quand je suis allé conclure l'adoption de Quinn.

Cynthia resta bouche bée. Pendant des mois, Dell avait été au courant de ses secrets les plus sombres et enfouis, et il n'en avait parlé à personne.

Mère. Elle aurait aimé pouvoir appeler ses parents. *Père, vous aviez tort au sujet des autres métamorphes. Tellement tort. Ils peuvent être loyaux. Ils peuvent être honorables. Ils peuvent être dignes de confiance.*

Peut-être même plus que nos camarades dragons, gronda sa bête intérieure, contractant ses griffes.

— Comment peux-tu être de la même famille que Moira ? dit-il en la désignant. Tu es toute... classe. Elle, c'est juste une connasse.

Cynthia éclata de rire. Soit il était généreux en la qualifiant de classe et non pas de snob, soit elle s'était améliorée ces dernières années. Quoi qu'il en soit, il avait raison pour Moira.

— Désolé, marmonna-t-il après-coup.

Cynthia secoua la tête.

— Moira est ma cousine au troisième degré. Ce n'est pas une Baird. Mais oui, nous sommes de la même famille. Et oui, c'est une connasse. Quoi qu'il en soit...

Pour une fois, Dell ne la reprit pas sur son allusion évidente à changer de sujet. Il le fit cependant, revenant sur la question principale de leur conversation.

— Alors, pourquoi tu l'as fait ? Je veux dire, pourquoi accepter de t'unir à Barnaby ?

Ses paroles étaient si douces qu'elle se sentit encore plus mal. Bon sang. Elle était la dernière d'une longue lignée de dragons, une des plus puissantes de l'histoire. Les Baird devaient être vénérés et admirés, pas pris en pitié.

Et voilà qu'elle était avec un lion métamorphe qui la scrutait avec des yeux si affligés qu'elle aurait pu pleurer.

— Cynthia. Pourquoi ?

C'était drôle, elle s'était posé cette question une centaine de fois.

— Parce que deux siècles d'une lignée pure ne pouvaient se terminer avec moi, chuchota-t-elle, se sentant soudain abattue à nouveau.

Dell, à son crédit, ne fit pas remarquer que cette réflexion était désespérément élitiste. Il se gratta juste le menton.

— Toute cette histoire de lignée est un peu dépassée, tu ne crois pas ?

Elle s'affaissa. Il fallait être un dragon pour comprendre, supposa-t-elle.

— Sérieux, Cynth. Est-ce que tu forcerais Joey à prendre pour compagne quelqu'un qu'il n'aime pas ?

Elle releva vivement la tête.

— Bien sûr que non.

— Alors en quoi es-tu différente ? Tu ne mérites pas d'être heureuse ?

Ses yeux la piquèrent et elle cligna.

— Eh bien, je veux dire...

Il attendit patiemment, de façon exaspérante, alors qu'elle hésitait, bredouillait et finit par ne pas répondre du tout.

Les bruits de la plantation emplirent le silence embarrassant qui suivit. Les oiseaux qui gazouillaient, les criquets qui stridulaient, et le bourdonnement distant de l'océan qui roulait sur le rivage.

— Tu sais ce que je pense ? murmura-t-il enfin.

Elle leva les yeux au ciel, prétendant être agacée.

— Et que pensez-vous, monsieur O'Roarke.

Dell laissa une seconde ou deux passer, lui assurant qu'il n'allait pas lâcher une blague.

— Je pense que tu mérites de trouver le bonheur. L'amour. Et, vraiment... quel est ton plus grand obstacle ? Mis à part toi-même, j'entends.

Cynthia scruta un point par terre comme si c'était la simple vérité qu'elle n'avait jamais voulu affronter.

La chaise de Dell grinça alors qu'il se rapprochait, parlant plus sérieusement qu'elle ne l'en aurait jamais cru capable.

— Si tu étais Joey, je te dirais de te battre pour ce que tu veux. Ce que tu veux vraiment.

Cynthia déglutit.

— Mais étant donné que tu n'es pas Joey...

Elle leva les yeux, se demandant ce qui allait suivre.

Dell laissa une longue seconde passer. Soudain, il se releva, essuyant ses mains sur son pantalon, et afficha un rictus qui disait : « La balle est dans ton camp. »

— Le dîner est dans vingt minutes.

Il se tourna pour partir.

— On se retrouve là-bas, Cynth.

Chapitre 11

Plus Cynthia se balançait, plus sa tristesse se transformait en colère. Elle aurait adoré revenir en arrière et faire tant de choses différemment. Mais pouvait-elle blâmer qui que ce soit ? Ses parents n'avaient voulu que le meilleur pour elle et pour l'avenir du clan. Au final, elle avait accepté ces fiançailles, faisant passer les souhaits de sa famille avant ses propres désirs. Donc, vraiment, tout le monde avait agi en toute bonne foi.

Sauf Moira.

Elle ricana, lâchant une petite étincelle de feu.

Moira, bouillonna sa dragonne.

— Dîner dans vingt minutes ! brailla Dell dans toute la plantation.

Cynthia se leva et commença à faire les cent pas. Une dragonne pouvait faire beaucoup de choses en vingt minutes, comme voler, cracher du feu, et imaginer que sa sale cousine récoltait enfin ce qu'elle méritait. Ou alors, redirigeait-elle sa frustration vers Moira ?

Non, insista sa dragonne. *Dell a raison.*

Moira avait toujours été jalouse de ses privilèges en tant que membre de la branche la plus célèbre de la famille. Non pas qu'elle ait jamais pris un moment pour songer que ces privilèges étaient accompagnés d'une montagne de devoirs. Elle n'était intéressée que par les richesses et le pouvoir. Même enfant, elle avait été mauvaise. Mais il y avait une ligne entre être mauvaise et franchement cruelle, et Moira l'avait franchie depuis longtemps.

Le sang de Cynthia bouillonna alors qu'elle se rappelait ses cousins lui rapportant que Cal était parti avec Sheila. Les détails de cette conversation étaient brumeux dans son esprit, cependant une chose était claire : la main réconfortante de Presley sur son bras avait été sincère, tandis que celle de Moira avait plus était une griffure. Son expression avait à peine masqué son sourire de triomphe, ce que Cynthia n'avait pas totalement assimilé sur le moment.

L'image suivante que son esprit agité lui servit fut celle de Silas, des années plus tôt, l'air absolument abattu. Il avait été fiancé à Moira, un fait dont cette dernière n'avait jamais cessé de se vanter. Riche, une beauté éblouissante, et une lignée impressionnante. Moira avait fini par rejeter Silas pour s'enfuir avec un des dragons les plus cruels et sans pitié qui existait.

Drax, cracha sa dragonne.

Drax avait attaqué sa maison. Il avait tué Barnaby. Il…

Moira, corrigea sa bête. *On en revient toujours à Moira.*

Le soleil avait commencé à se coucher, et la nuance rouge orangé devenait de plus en plus intense. Cynthia plissa les yeux sur le carré couleur sang et réfléchit à tout ça. Moira était le dénominateur commun. Une manipulatrice d'hommes, douée et dangereuse. Avait-elle persuadé Drax d'attaquer Barnaby pour prendre le contrôle de la fortune des Brenner ?

Tu dois vraiment poser la question ? ricana sa dragonne.

Le vrombissement de la moto de Cal résonna au coin, et Cynthia fut frappée du besoin de courir vers lui, de l'étreindre et de ne jamais le laisser repartir. Moira lui avait tellement pris, pourtant l'amour n'était pas un bijou qu'on volait.

— Quinze minutes ! lança Dell depuis la cuisine.

Cynthia réfléchit à toutes les choses qu'elle pouvait faire pendant ce temps.

Tue Moira, supplia sa dragonne.

Elle grimaça. Pour le meilleur ou pour le pire, Moira n'était pas assez proche pour que ça soit possible. Mais ce serait certainement agréable de dire à cette garce ces quatre vérités.

Bien sûr, les gentils dragons ne faisaient pas ça. Ils n'y pensaient même pas. Cynthia pouvait entendre les réprimandes de sa mère clairement dans sa tête. Mais une autre voix était plus forte, celle qui déclarait :

Ça suffit. J'en ai marre.

Donc, dans un des actes les plus impulsifs de sa vie, Cynthia bondit sur ses pieds, monta d'un pas lourd, et sortit le répertoire relié de cuir que sa mère lui avait donné une éternité plus tôt. Ses mains tremblaient, et elle s'arrêta. Ne devrait-elle pas se calmer et réfléchir ?

On a assez réfléchi. On s'est assez cachées, grogna sa dragonne.

Elle ouvrit le carnet à la page des M et scruta le papier une minute. Elle décrocha ensuite son téléphone pour composer le numéro et attendit que la sonnerie retentisse.

— *Allô ?*

Sa voix aiguë transperça les souvenirs de Cynthia, réveillant chaque cauchemar.

Elle fit la moue et compta jusqu'à dix.

— *Allô ?* répéta la voix.

Cynthia prit une profonde inspiration et fit de son mieux pour ne pas cracher sa réponse au combiné.

— Moira.

La ligne devint totalement silencieuse, puis un gloussement se fit entendre.

— *Eh bien, quelle surprise, chère cousine.*

Cynthia écarta le combiné de son oreille, se rappelant de rester calme alors qu'elle voulait simplement grogner.

Et comment, c'est moi, sale garce.

Pour une fois, elle aurait aimé ne pas avoir de bonnes manières. Pas de code spécial qui lui interdisait de dire ce qu'elle avait réellement à l'esprit.

— C'est Cynthia, oui, si c'était ce que tu voulais dire.

Moira gloussa à nouveau.

— *Pas de « chère ? », c'est ça ? Tu me brises le cœur.*

Et toi tu as aidé à briser le mien avec tes sabotages.

Mais dire ça serait admettre que Moira avait réussi, et Cynthia ne comptait pas le faire.

— Je ne savais pas que tu avais un cœur.

Elle imagina Dell lui taper dans la main pour cette réplique. C'était un vrai pro des piques cinglantes.

Moira éclata de rire.

— *Bien sûr que si j'en ai un. Et j'ai été absolument bouleversée d'apprendre la mort de ton bien-aimé Barnaby.*

Cynthia enfonça ses ongles dans le cuir de son carnet. Moira avait été présente le jour de l'attaque. À surveiller de loin, gardant une distance de sécurité et laissant Drax et ses hommes faire le sale boulot. Ce qui signifiait qu'elle mentait, comme d'habitude. Mais Cynthia n'allait pas la laisser conserver l'avantage, donc elle suivit le script qu'elle avait rassemblé dans son esprit.

— Tout comme tu as été bouleversée quand Silas t'a quittée ?

C'était un coup bas, mais c'était mérité.

Le ton de Moira devint du venin pur.

— *C'est moi qui suis partie.*

— Ah oui, bien sûr. Pour Drax. Vous étiez vraiment faits l'un pour l'autre.

Ouais, cracha sa dragonne. *Une alliance parfaite... ou plutôt infernale.*

Drax avait été cruel, sans pitié et totalement égocentrique... tout comme Moira.

— Bref, continua Cynthia. Je n'appelle pas pour échanger des politesses, mais pour te donner un avertissement.

Un autre gloussement aigu perça le combiné et Cynthia grimaça.

— *Un avertissement ? Toi, tu veux m'avertir, moi ?*

Si ce n'était pas un aveu qu'elle prévoyait une autre attaque, qu'est-ce que c'était ?

— Oui, je t'avertis.

Elle baissa la voix d'une octave, et ses mots devinrent plus tranchants.

— Si tu te mêles de ma vie encore une fois, tu es morte. Si tu envoies un autre de tes mercenaires à Maui, je viendrai personnellement m'occuper de toi. Si tu fais ne serait-ce qu'imaginer une nouvelle attaque, c'en sera terminé de toi. Vraiment terminé, Moira. Je prendrai tous tes trésors. Je ferai de toi la risée de tous les dragons. Je regarderai ta fierté et ta vie t'échapper et suinter de ton corps, une goutte à la fois. Tu seras finie, oubliée. Si quelqu'un ne fait que mentionner ton nom à nouveau, ce ne sera que pour se moquer du désastre que tu as provoqué sur ta propre existence. Est-ce que je suis claire ?

Cynthia haletait presque de rage le temps qu'elle termine, mais c'était agréable. Et ça avait dû marcher, parce que pendant une seconde bienheureuse, la ligne fut silencieuse. Moira ne s'était pas attendue à ce qu'elle parle avec le cœur.

Fini de jouer les gentilles, gronda sa dragonne.

— *Eh bien, eh bien. Douce petite Cynthia, quelle méchanceté. Que dirait ta mère ?*

— Elle me dirait de ne pas perdre mon temps avec un déchet comme toi.

Moira émit un son étouffé, et Cynthia savait qu'elle avait touché la corde sensible. Néanmoins il faudrait plus que quelques répliques bien senties pour faire taire sa cousine pour de bon.

— *Peut-être que c'est moi qui n'en ai pas fini avec toi,* cracha Moira.

Cynthia marchait sur des œufs et elle le savait, parce que sa cousine avait des moyens, ainsi que la motivation pour agir. Mais elle était fatiguée de la laisser jouer les petites brutes avec elle et le reste du monde.

— Quand en auras-tu assez, Moira ? Quand tout cela se terminera-t-il ? Tuer Barnaby n'était pas suffisant ?

— *Bien sûr que non. J'ai besoin que tu meures aussi,* rit-elle. *Ne le prends pas personnellement, chère cousine. C'est juste que je ne peux hériter de rien tant que tu es encore vivante.*

Elle baissa ensuite sa voix pour prendre un ton menaçant, comme toutes ses fois incensées où Moira montrait une nouvelle personnalité.

— *Tu serais déjà morte, sans ce satané loup.*

Cynthia se figea.

— Quoi ?

Moira caqueta.

— *Le pouilleux que tu te traînes. C'est quoi son nom déjà ? Tu sais, celui qui n'a pas de manières. Ni de nom de famille. Ou d'argent.*

Cynthia vacilla. Cal ? Seigneur, elle avait été si jeune et stupide de s'être confiée à Moira à l'époque.

Cette dernière soupira rêveusement.

— *Il avait un joli cul cependant. Dommage que je n'ai pas réussi à l'acheter.*

Cynthia avait la nausée. Moira avait-elle tenté quelque chose avec l'homme qu'elle aimait ?

— Qu'est-ce que tu as fait ?

Moira gloussa.

— *Oh, ne t'inquiète pas, chère cousine. Ton clodo t'est resté loyal. Tellement qu'il a fait un pacte avec Barnaby.*

Cynthia s'immobilisa. Comment diable Cal aurait-il été en contact avec Barnaby ? Et pourquoi ?

Une dizaine de questions encombraient son esprit, mais tout ce qu'elle réussit à sortir fut un murmure rocailleux :

— Quel genre de pacte ?

— *Te protéger, bien sûr. Bon Dieu, ma belle. À quel point peut-on être aussi aveugle ?*

Cynthia cligna des yeux, se posant la même question.

— *Deux hommes, si amoureux de toi qu'ils donneraient tout,* continua Moira d'une voix amère. *Et par là, je veux dire, vraiment tout. Même leurs vies. Pathétique, vraiment, si tu veux mon avis.*

Pas étonnant que Moira trouve la loyauté pathétique. Cynthia, en revanche, ne connaissait que trop bien l'abnégation. Pendant des années, elle avait enduré, mettant de côté sa douleur et essuyant ses larmes amères.

Elle ferma les yeux et enroula un bras autour de sa taille. Se cachait-il plus de choses derrière ces évènements, plus qu'elle ne l'avait cru ? Mais pourquoi donc Cal et Barnaby auraient-ils travaillé ensemble ? Cal avait fui, jurant de ne plus jamais revenir.

Soudain, elle comprit. Toutes ces réunions secrètes auxquelles Barnaby assistait, insistant pour qu'elle reste chez eux. Toutes ces fois où elle s'était sentie observée, même quand il n'y avait personne en vue. Tous ces drames auxquels Joey et elle avaient échappé de peu.

Peut-être que ça n'avait pas été que de la chance. Peut-être qu'elle devait sa survie à quelque chose qu'elle n'avait jamais imaginé.

Cal, murmura sa dragonne.

Elle déglutit. Sa fierté avait dû souffrir de devoir travailler avec Barnaby... et d'en plus protéger son fils.

Au début, le chagrin la submergea, cependant il fut suivi d'un tsunami de rage, faisant prendre à ses doigts la forme de serres. Si Moira avait été à côté, Cynthia l'aurait vraiment mise en miettes.

— Ça suffit, Moira.

Sa cousine éclata de rire.

— *Et je n'ai même pas commencé à m'amuser.*

— Si tu fais ne serait-ce que...

— *Quoi ? Qu'est-ce que tu vas faire ? Me chasser de la haute ? Geler mes comptes ? La dernière fois que j'ai vérifié, c'est toi qui te cachais dans la jungle. Celle que tout le monde croit morte.*

Maui était difficilement une jungle, mais oui. La plantation abandonnée depuis longtemps qu'elle dirigeait était bien loin des manoirs et des penthouses dans lesquels elle avait grandi.

Moira continua dans son élan.

— *Fais attention à ne pas trop me titiller, chère cousine. Je pourrais tout aussi bien être tentée de te faire souffrir encore plus. As-tu un autre amant que je dois sortir de ta vie avant que je te tue ? Tu couches avec toute cette écurie de métamorphes que tu gardes sur ta petite île ? De sacrés mecs, je veux bien t'accorder ça. En particulier ce lion...*

Sa voix prit un ton plus sulfureux.

— *Ou ce tigre qui habite juste à côté. Ou un de tes chers dragons, peut-être. Je suis certaine que je pourrais les faire hurler au lit.*

Cynthia raccrocha presque. Sa cousine était un monstre de bien des façons.

— *Oh, attends,* poursuivit-elle. *Peut-être qu'on pourrait gérer tout ça comme des dragonnes civilisées et passer un marché.*

Il faudra me marcher sur le corps.

Elle aurait aimé réussir à lui répondre ça, néanmoins elle était encore étourdie par tous ces coups bas.

— *Peut-être que je devrais frapper là où ça fait le plus mal. Joey. Que vaut sa sécurité pour toi ? Disons, tout ton héritage ?*

Cynthia blêmit. Moira pouvait-elle descendre aussi bas ?

— *Lègue-moi tout ce que tu possèdes,* continua Moira comme si la solution était évidente. *Cède-moi les fortunes des Brenner et des Braid, et je laisserai vivre le morveux.*

C'était impressionnant de voir la puissance avec laquelle le cœur d'une femme pouvait battre sans exploser de sa cage thoracique.

— Jamais. Et tu ne poseras pas le petit doigt sur Joey.

La voix de Cynthia était plus proche du contralto brut de sa dragonne que son ton humain normal.

— Si jamais tu...

Moira l'interrompit.

— *Profite de ta ferme en bord de mer tant que tu peux, chère cousine. Qui sait quand tu le perdras, lui aussi ?*

Cynthia cracha presque une réponse, cependant elle se ressaisit rapidement, n'étant pas prête à lui donner la satisfaction de l'entendre s'énerver.

— Si tu t'approches de mon fils, ce sera la dernière chose que tu feras sur cette Terre, déclara-t-elle d'un ton grave, clair et effroyablement glacial. C'en sera fini de toi, Moira. Et je ne parle pas d'argent, chère cousine. Je te tuerai et vengerai toutes les vies que tu as détruites. C'est compris ?

Elle articula bien les derniers mots, attendant une réponse. Apparemment, Moira était trop choquée pour réagir, donc Cynthia continua.

— Bien.

Elle raccrocha.

Son pouls s'emballait d'une bouffée victorieuse. Enfin, elle lui avait dit ses quatre vérités !

Malgré tout, les menaces de sa cousine étaient bien réelles. Spécifiques. Folles, mais bien réfléchies. Ce qui signifiait qu'elle prévoyait vraiment quelque chose. Quelque chose qu'un simple coup de fil ne pouvait stopper.

« Je n'ai même pas commencé à m'amuser. »

Ses paroles résonnaient dans l'esprit de Cynthia, et la menace planait dans l'air frais du soir.

Chapitre 12

Dès que Cal revint sur le domaine de la plantation, il sentit que quelque chose se passait. Pour commencer, Dell descendit de la terrasse et lui fit signe de venir, ce qui était déjà assez étrange. Ensuite, il y avait le fait que Cynthia était bouleversée par quelque chose. Il pouvait le deviner même si elle n'était nulle part en vue.

Il gara la Triumph et marcha jusqu'à Dell, alors que son loup était aux aguets.

— Salut, grommela-t-il, résistant au besoin de fourrer ses mains dans ses poches.

— Salut.

Le lion métamorphe l'examina une bonne minute avant de reprendre la parole.

— Le dîner sera prêt dans quinze minutes.

C'était ce qu'il disait à voix haute. Cependant ses yeux racontaient autre chose. Quelque chose, comme : « Oui, tu es vraiment invité. Et oui, je te surveillerai de près, loup. »

Cal leva les mains, montrant qu'il ne leur voudrait aucun mal. Dîner ? Waouh. Depuis une semaine, il engloutissait ses repas tout seul parce qu'il était clair qu'il n'était pas le bienvenu durant leurs dîners « familiaux ». Et, franchement, il avait été ravi de garder ses distances. Mais maintenant...

Il inclina la tête, examinant Dell, à la recherche d'un piège. Mais il ne décelait aucune mauvaise intention chez le lion, juste une résignation lasse. Quand Cal leva les yeux vers le balcon de Cynthia, Dell hocha doucement la tête et laissa assez de ses pensées filtrer pour qu'il puisse les lire.

Oui, c'est elle qui t'a invitée. Et non, je ne sais pas ce qu'il se passe. Mais quoi que tu fasses, assure-toi de bien la traiter.

Cal cacha son air renfrogné. Il avait toujours bien traité sa compagne et le ferait toujours.

Mais se faire désinviter n'aiderait personne, donc il acquiesça.

— Quinze minutes. À tout à l'heure, alors.

Dell le scruta d'un autre regard d'avertissement avant de retourner à la cuisine. Cal le regarda partir, n'étant pas sûr de quoi faire de tout ça. Une partie de lui se réjouissait parce que, bordel... même un loup solitaire appréciait d'être inclus de temps à autre. Et toute occasion d'être auprès de Cynthia était précieuse. Néanmoins, quelque chose l'avait contrarié, et il pria pour ne pas en être le responsable.

Il marcha jusqu'à la salle de bain, se nettoya rapidement, et se regarda dans le miroir un moment. Un peu moins d'une décennie était passée depuis qu'il avait rencontré Cynthia, mais étrangement, il avait l'air, et avait l'impression, d'avoir trente ans de plus. Il y avait tant de rides en plus sur son front, tant de cicatrices. Il étudia ses yeux, se demandant quand ils étaient devenus si méfiants et ternes. Une petite étincelle d'espoir persistait, cependant il ne savait pas si c'était une bonne ou une mauvaise chose.

Il s'écarta ensuite du lavabo et retourna dans la salle principale. Il était invité à dîner, bon sang. Hors de question de laisser filer cette occasion.

Il jeta un œil dans la cuisine.

— Besoin d'un coup de main ?

Les arômes contrastés de la citronnelle, du gingembre et du lait de coco titillèrent ses narines. Une odeur vive, une terreuse et une sucrée. Dell était debout devant le feu, gérant deux casseroles fumantes, un wok, et ce qui ressemblait à une miche de pain sortie du four. Sa fille, Quinn, était dans son transat, agitant une grosse cuillère en bois et criant de joie. Joey était là aussi, s'affairant entre les placards et la table sur la véranda.

Dell désigna le petit rouquin de la tête.

— Tu peux aider Joey à mettre la table.

Le garçon hocha la tête avec sérieux.

— Maman dit que tout le monde doit aider.

Dell lui ébouriffa les cheveux.

— Et c'est ce que tu fais.

— Il faut mettre la table pour douze personnes, expliqua le gamin comme s'il avait la tâche la plus sérieuse du monde à accomplir. Pas juste onze.

Cal suivit l'exemple de Joey, se demandant à quel point la soirée serait gênante. Mais au fur et à mesure que les autres apparurent, un par un, tout se passa étonnamment bien. Ils avaient cependant écarquillé les yeux en le voyant à table, et il reçut quelques regards de travers qui lui rappelaient de bien se comporter, ou il aurait affaire à eux. Mis à part ça, tout le monde semblait accepter sa présence.

— Salut, grommela Connor en s'asseyant en bout de table.

— Salut, Cal ! lança vivement Jenna, prenant le siège à sa droite.

Les autres occupèrent les places autour d'eux pendant que Dell apportait le repas, cependant personne ne toucha rien alors que les minutes s'écoulaient.

— Ta mère vient bien manger ? demanda finalement Anjali à Joey.

Il leva à peine les yeux de l'image qu'il coloriait pour passer le temps.

— Elle a dit qu'elle arrivait.

Tout le monde échangea des regards inquiets, et quelques-uns, accusateurs, se posèrent sur Cal, toutefois personne ne prononça un mot. Lentement, avec hésitation, les conversations commencèrent, devenant plus naturelles au fil des minutes. Anjali parla de son trajet jusqu'à Kahului, Connor fit l'éloge de la dernière planche de surf de Jenna, et Sophie et Hailey échangèrent des commentaires sur leurs dernières récoltes.

— Les grains de café commencent juste à pousser... lançait Hailey.

— La boutique pour enfants avait des grenouillères toutes mignonnes... déclarait Anjali en souriant.

— Sa plus belle planche jusqu'à présent... annonçait Connor en touchant l'épaule de Jenna avec fierté.

Elle éclata de rire.

— Dit le gars qui a surfé... quoi ? Deux fois dans sa vie ?

— Trois.

Il ne fallut pas longtemps pour que les conversations battent leur plein, tout le monde papotant. Tout le monde sauf Cynthia, et même Dell jeta un regard insistant vers l'horloge. Elle n'était jamais en retard. Elle était même toujours en avance... de manière obsessionnelle.

— Coucou maman ! s'exclama Joey quand elle apparut enfin.

Cal tourna vivement la tête et il retint son souffle, se préparant au sursaut qu'il ressentait toujours quand il voyait sa compagne.

Et, wouah. Elle était aussi magnifique que jamais, mais stressée, aussi. Plus que d'habitude, ce qui n'était pas peu dire. Pourtant, elle sourit à son fils et fit un signe de tête aux autres de son air majestueux caractéristique.

— Navrée, je suis en retard.

— Je savais que tu finirais par prendre le rythme de l'île, plaisanta Dell.

Cynthia s'arrêta pour embrasser son fils et se glissa sur la chaise à l'autre bout de Connor, ce qui la plaça à la diagonale opposée de Cal. Elle avait le visage rougi et son ton léger était forcé.

— Je devais juste...

Elle s'interrompit, regardant la nourriture toujours dans son plat.

— Je suis vraiment désolée. Vous n'auriez pas dû attendre.

— C'est vrai, dit Dell en commençant à la servir. Mais il y a cette chose qu'on appelle l'étiquette. Et apparemment, elle a déteint sur moi.

Il feignit un soupir exaspéré.

— Promets de ne jamais en parler à mes amis.

Connor se racla la gorge pour signifier qu'ils étaient là, et Dell se contenta de hausser les épaules.

— Je veux dire, à part ces zozos.

— Tu as vraiment d'autres amis ? s'enquit Tim.

— Faisons comme si.

Tout le monde rit, et Cynthia lança un regard reconnaissant à Dell. Pourtant, ses sourcils restaient profondément froncés, et elle jeta à peine un œil à son assiette. Cal laissa son regard dériver vers les escaliers que Cynthia avait pris pour descendre. Plus tôt dans la journée, elle avait été tellement plus détendue. Maintenant, elle était tendue comme un string. Qui... ou qu'est-ce qui l'avait rendue comme ça ?

Au moins, il conclut que ça ne semblait pas être sa faute à lui, car Cynthia lui offrit un sourire sincère.

— OK, tout le monde. Bon appétit, lança Dell en s'asseyant.

Les couverts tintèrent et les plats circulèrent, avec leurs accompagnements. Cal ignorait lequel était le plat principal. La sorte de poulet thaï, peut-être ? C'était bon, cependant il était trop en phase avec Cynthia pour vraiment en profiter. Elle ne cessait de regarder au loin, et quand elle se rappelait de manger, elle poignardait sa nourriture comme si c'était un ennemi.

Les conversations allaient bon train autour d'eux, cependant il les ignora, essayant de trouver quelque chose qui remonterait le moral de Cynthia.

Adirondacks. De nuit. Le hangar à bateaux, entonna son loup.

Des souvenirs doux-amers le submergèrent alors qu'il repensait à sa toute première nuit avec elle. Une nuit qu'il avait rejouée un nombre incalculable de fois dans sa tête ces dernières années, dès qu'il perdait espoir.

Il ferma les yeux et laissa ses sens compléter les détails. L'odeur des feuilles d'automne tapissant le sol. Les rayons argentés de la lune qui ondoyaient sur un long lac étroit. Le son de la musique qui dérivait sur l'eau, et la chaleur des bras de Cynthia.

Et aussi simplement que ça, il quitta Maui et vécut à nouveau cette soirée parfaite dans les Adirondacks. Une nuit électrisante qui n'arrivait qu'une fois dans une vie, parce que ça avait été sa première fois avec elle. La première de ce qu'il avait espéré voir durer toute une vie...

Il rattrapa cette pensée et la chassa. Cela n'aiderait pas Cynthia à se détendre. Seuls les bons moments seraient utiles, donc il se concentra là-dessus. L'appel ensorcelant d'un huard, le battement des ailes des oies qui volaient vers le sud. Et par-dessus tout, une impression durable de paix.

Cynthia soupira doucement, donc Cal continua, protégeant soigneusement ses pensées des autres et les dirigeant uniquement vers elle. Il imagina le craquement des marches alors qu'ils montaient à l'étage du hangar à bateaux de son père. Le grincement des gonds rouillés de la porte qui menait au loft. La douceur divine du matelas sur lequel ils s'étaient laissés tomber. Le goût acidulé de ses lèvres, s'ouvrant sous les siennes.

Cal prit une profonde inspiration, essayant de ne pas laisser les choses s'emballer. Mais c'était difficile, avec Cynthia si proche. C'était une bonne chose que les autres ne semblent rien remarquer.

— Trop d'acidité dans le sol, disait Sophie.

Ou Hailey ?

— Mais j'ai encore besoin d'ajuster la courbure des rampes, disait quelqu'un.

Jenna ? Cal n'aurait su le dire, parce que la moitié de son esprit était focalisée sur Cynthia, et l'autre sur le passé.

Embrasse-moi... murmura la voix empressée de Cynthia dans sa tête.

Ses doigts tressaillaient alors qu'il revivait la sensation soyeuse de sa peau sous les couches de vêtements qu'il avait aidé à enlever, une par une. Sa main prit son sein en coupe, du moins, dans sa tête, et il pouvait sentir son cœur accélérer.

Quelque chose bougea à côté de lui, et il ouvrit les yeux juste assez pour voir Cynthia engloutir précipitamment une gorgée de vin. Il baissa à nouveau les yeux et retourna dans ses souvenirs.

Pitié, ne me force pas à supplier, chuchota sa voix au vent.

Ses mains glissèrent sur le creux de ses hanches et maintinrent son corps contre le sien.

Rien n'est interdit, avait-il répondu.

Le souvenir était si vivace qu'il y croyait presque aussi. Que rien n'était interdit, et ce n'était pas une décennie de destin cruel qui pouvait se tenir entre eux. Rien. Personne. Plus jamais.

— Hé, Joey, lança Dell, l'arrachant à ses rêves. Tu es prêt ?

Cal leva vivement la tête, ainsi que Cynthia. Dell n'aurait pas pu choisir un rappel si acerbe de ce qui les divisait encore.

— Prêt pour quoi ? demanda sa mère.

— Du camping ! cria le petit de ravissement avant de courir à l'intérieur.

— Anjali et moi lui avons promis de lui montrer comment monter une tente et dormir à l'intérieur. Tu te souviens ? répondit Dell en penchant la tête.

— Oh, oui, mentit-elle. C'est ce soir ?

Tim éclata de rire.

— C'est tout ce que Dell a trouvé pour échapper à la vaisselle.

— Quinn et moi, on est les cowboys, et Dell et Anjali les Indiens, expliqua Joey, clairement enthousiaste.

Anjali afficha un sourire en coin.

— Ouais. Avec de vrais Indiens d'Inde. Vous avez compris ?

Dell éclata de rire, même si le commentaire sembla passer par-dessus la tête de Joey.

— Du camping ? murmura Cynthia, l'air toujours un peu perdue.

Cal ne pouvait pas la blâmer. Une partie de son esprit, et tout son cœur, étaient encore dans les Adirondacks.

Pendant les minutes qui suivirent, le porche déborda d'activité alors que les dernières miettes des assiettes étaient avalées. Joey bondit à l'étage et redescendit avec un sac à dos rempli de provisions qui tracassa Cynthia, comme s'il partait pendant des mois et pas une seule nuit.

— Ta lampe de poche… Ton doudou…

— J'ai tout, insista-t-il alors qu'Anjali, Dell et Quinn attendaient à l'entrée de la terrasse.

Cal pouvait voir toutes les vibrations de maman poule ondoyer autour de Cynthia comme des ailes d'ange.

— Si tu as besoin de quoi que ce soit...

— Bonne nuit, maman, répondit-il en tendant les bras vers elle.

Cal soupira. Qu'il aurait été agréable d'avoir une enfance comme ça.

— Bonne nuit, poussin.

Elle s'agenouilla et serra son fils dans une grosse étreinte, le berçant.

Cal put voir qu'elle se forçait à se détacher avant qu'il ou elle ne change d'avis. Puis, elle désigna la nuit.

— Amuse-toi bien.

— Toi aussi ! lança Anjali avec un clin d'œil malicieux.

Dell fusilla Cal du regard comme pour lui dire de ne pas prendre ça pour une ouverture.

Quand ils se tournèrent et disparurent tous du sentier, Cynthia les observa un long moment, empoignant une des colonnes du poche.

— Eh bien, je crois qu'on va y aller aussi, lança Jenna en entraînant Connor.

— Ah bon ? dit-il en regardant sa deuxième part de dessert.

— Oui, on s'en va.

Sa voix de dragonne était ferme alors qu'elle poussait son compagnon vers les escaliers.

De son côté, Tim marcha vers la cuisine.

— On va s'occuper de la vaisselle.

Hailey leva le bras et lui montra les escaliers tout en signant à Cal derrière le dos de Tim une sorte de message qu'il ne saisit pas. Soudain, il comprit.

— Je m'occupe de la vaisselle, s'empressa-t-il de dire. C'est le moins que je puisse faire.

— Ça ne nous dérange pas d'aider, ajouta Chase.

Tim lança à Cal un énième regard d'avertissement. Aider, oui, mais surtout pour garder un œil sur lui, visiblement.

— On adorerait, approuva Hailey en entraînant Tim vers les marches, mais malheureusement, on ne peut pas. Tu te rappelles, tu avais dit que tu m'aiderais avec ce truc ce soir.

— Quel truc ? demanda Tim alors qu'ils disparaissaient dans la nuit.

La réponse de Hailey fut perdue entre deux chaises éraflant le sol de la terrasse.

— On doit s'occuper des chiens, déclara Sophie en jetant un regard désolé à Cynthia avant de diriger gentiment Chase vers leur maison.

— Mais, la vaisselle... commença son compagnon.

— Comme j'ai dit, murmura Cal, c'est le moins que je puisse faire.

Chase n'avait pas l'air sûr de lui, cependant le sourire timide de Sophie lui donna le regard légèrement vitreux, et il la suivit dehors. Clairement, elle avait plus en tête pour la soirée que juste promener les chiens.

Et encore autre chose, se douta Cal quand il se retrouva seul avec Cynthia. Elle regardait toujours dans la direction que Joey avait empruntée, sa main autour de la rampe.

Cal soupira et débarrassa la table aussi silencieusement que possible. Les femmes de Koakea étaient des anges pour lui avoir offert ce tête-à-tête, et même si ça ne consistait qu'à faire la vaisselle en compagnie de Cynthia, il prendrait ce qu'on lui donnait.

Il fit trois trajets, emportant les assiettes et les plateaux dans la cuisine, avant de remplir l'évier d'eau chaude, de rajouter du liquide vaisselle et de se relever les manches.

— Hé, murmura Cynthia.

Il leva les yeux pour la voir appuyée contre la porte, l'observant.

— Hé, dit-il en acquiesçant.

Il remua l'eau dans l'évier jusqu'à ce que le savon mousse, puis passa l'éponge sur un plat.

Cynthia fit un signe par-dessus son épaule.

— Désolée. Ils peuvent être un peu... surprotecteurs.

— Tant mieux, gronda-t-il en le pensant.

Pendant les quelques minutes qui suivirent, aucun d'eux ne parla et le seul son audible fut le bruissement de l'eau ou les tintements sourds des couverts. Du moins, c'était le seul son de la maison. Dehors, Maui était plus vivant que jamais, avec les stridulations des criquets et le bruit des vagues s'écrasant sur la côte.

Cynthia recula, et ils trouvèrent un système sans échanger le moindre mot. Il rinçait la vaisselle et elle la chargeait dans le lave-vaisselle pendant qu'il grattait les casseroles et les poêles. Elle se tint ensuite près de lui, séchant chaque élément qui restait alors qu'il les posait sur l'égouttoir. Encore une fois, elle était si proche et pourtant si loin, et ça le démangeait de l'attirer près de lui.

— Tout va bien ? murmura-t-il, gardant les yeux sur la poêle qu'il lavait.

— Bien sûr, répondit-elle, avec un peu trop de désinvolture.

Si elle n'avait rien ajouté, il aurait compris qu'elle ne voulait pas en parler maintenant. Mais un instant plus tard, elle lança :

— Pourquoi poses-tu la question ?

C'était un signal aussi clair que possible qu'une femme pouvait envoyer et qui signifiait qu'elle voulait parler.

Il répondit donc, essayant de garder un ton léger :

— Tu es arrivée ce soir comme si tu étais prête à assassiner quelqu'un, et tu es encore un peu tendue.

Il laissa de côté le moment intermédiaire où elle avait commencé à glisser vers un côté plus sensuel, comme lui.

Elle redressa les épaules.

— Je suis totalement détendue.

Le loup de Cal se rapprocha assez près de la surface pour gronder.

J'aimerais bien lui montrer comment on se détend.

Une autre série d'images torrides traversèrent son esprit, et il bougea légèrement, luttant contre l'étroitesse de son pantalon.

À côté de lui, Cynthia se crispa et se racla la gorge.

Cal dissimula un sourire.

— J'ai dû me tromper, alors.

On ne se trompe pas, gronda son loup, reniflant l'air. *Elle se souvient aussi.*

Quand il chercha à atteindre son esprit, il trouva ses pensées dans tous les sens. Des images d'eux dans les bras l'un de l'autre ce soir-là dans les Adirondacks occupaient clairement un coin de sa tête.

Cynthia frotta le torchon sur une poêle puis la suspendit sur un crochet dans un tintement bruyant. Un instant plus tard, elle dit d'une voix crispée :

— J'ai passé un coup de fil. Un que je devais passer depuis longtemps. J'aurais juste préféré parler en personne.

— Parler à qui ?

Elle laissa une petite seconde passer avant de marmonner :

— Moira.

La casserole que Cal lavait lui glissa des mains et disparut dans une éclaboussure qui lui colla de la mousse au menton.

— Moira ?

Cynthia le fit taire et lança un regard insistant vers le porche. Ils étaient tous partis, mais si l'un d'eau avait vent de ce nom, ils reviendraient en vitesse.

— Oui, Moira, gronda-t-elle.

Il la dévisagea.

— Tu l'as appelée ? Pourquoi ?

Cynthia posa la casserole dans un bruit ferme.

— Oh, tu sais, répondit-elle en se forçant à prendre un ton nonchalant. Je voulais juste alléger le poids sur ma poitrine.

Cal eut du mal à terminer la vaisselle au lieu de la prendre par les épaules et exiger d'en savoir plus.

— Mais elle pourrait...

— Découvrir où je suis ? ricana-t-elle. Elle le sait depuis longtemps.

— Comment tu le sais ?

— Elle l'a avoué à Dell.

Il resta bouche bée.

— Dell ?

Cynthia hocha la tête sans montrer ses émotions, et Cal n'eut d'autre choix que d'attendre qu'elle en dise plus. Il tira la bonde, vida l'évier et ramassa les restes dans le filtre avant de se rincer les mains.

— Moira avait pas mal de choses à dire, continua-t-elle.

Cal se figea puis se dépêcha de se sécher les mains.

— Et tu la crois ?

Elle grimaça.

— Sur certaines choses, oui. D'autres, non. Crois-moi, je peux voir la différence, maintenant.

Il comprenait l'amertume dans son ton. S'il pouvait revenir en arrière et donner cette capacité à Cynthia dix ans plus tôt...

Elle accrocha la dernière poêle sur le panneau et resta droite devant au lieu de le regarder lui.

— Donc... l'incita-t-il avant de la contourner pour voir ses yeux.

Cynthia fit la grimace.

— C'était la conversation agréable habituelle. Que je devais profiter de ma ferme en bord de mer tant que je le pouvais.

Son regard brillait et il pouvait entendre sa dragonne gronder que c'était une plantation, un foyer, et qu'elles en profiteraient autant qu'elles en auraient envie.

Cal se hérissa. Typique de Moira... lancer des menaces voilées.

— Tu crois qu'elle prépare quelque chose.

Cynthia fit la moue.

— Je sais que oui. La question, c'est quand ? Comment ? Où ?

Ses yeux se posèrent vers la porte. La cuisine faisait face au couloir central, la perspective donnant sur le porche ouvert et l'obscurité de la nuit. Une luciole vacilla et les torches tiki alignées dans l'allée dansaient dans le noir. Cal regarda dehors, serrant les poings.

— Quoi qu'il en soit...

Cynthia ne termina pas, le fixant dans les yeux.

Une autre minute passa, et Cal eut l'impression distincte qu'elle débordait d'informations. Quelque chose d'énorme et de pressant qu'elle voulait absolument partager. Mais quand elle ouvrit la bouche...

Quelque chose passa dans son regard, et ses lèvres se fermèrent à nouveau. Quand elle parla enfin, c'était avec une pointe de découragement.

— Bon. Il se fait tard.

Il hocha bêtement la tête.

— Il vaudrait mieux aller se coucher, ajouta-t-elle d'une voix qui le suppliait de ne pas la laisser partir.

Cal resta immobile, n'étant pas sûr de quoi faire. Soudain, idiot qu'il était, il répéta ses paroles.

— Il vaudrait mieux aller se coucher, oui.

C'était comme si le destin était dans la cuisine, déterminé à foirer sa toute dernière chance en lui faisant dire le contraire de ce qu'il voulait vraiment.

Ne pars pas, Cynthia. Reste. Laisse-moi te toucher. Te tenir dans mes bras. T'embrasser.

Cynthia avança vers les marches, la ligne de démarcation de son espace privé que personne ne dépassait. Ses mouvements étaient mécaniques, comme si elle était une marionnette contrôlée par un marionnettiste cruel. Elle s'arrêta avec le pied sur la première marche et regarda par-dessus son épaule vers lui avec de grands yeux pleins d'espoir.

— Bonne nuit, murmura-t-elle.

Son cœur tambourina. Ses doigts la démangeaient. Son loup hurlait.

Non ! Ne la laisse pas partir !

Mais la fierté était une chose amusante. Elle empêchait un homme de tendre la main et de saisir ses rêves les plus fous. Elle pouvait faire parader le passé devant les fenêtres de votre esprit, s'assurant que la douleur et la trahison s'enracinaient profondément. Assez pour former un gouffre qu'on ne pouvait jamais traverser, même si ça signifiait perdre sa compagne.

— Bonne nuit, s'entendit-il répéter.

Pourtant, aucun d'eux ne bougea. Ils restèrent juste là, les yeux rivés l'un sur l'autre, leurs poitrines se gonflant et se creusant, les sourcils transpirant malgré la brise fraîche du soir.

Cal aurait pu jurer qu'un autre « presque » était sur le point d'arriver, quand la fureur le saisit. Était-il vraiment assez bête pour laisser partir la femme qu'il aimait ?

Son sang s'emballa. Ses joues rougirent et son dos le démangea comme quand son loup menaçait de prendre le dessus.

Non ! aboya sa bête intérieure.

Et aussi facilement que ça, il traversa la pièce à grandes enjambées. Avec détermination. Assiduité. Ses yeux ne quittèrent jamais les lèvres de Cynthia, et dès qu'il se rapprocha...

La barrière imaginaire qui s'était dressée entre eux s'écroula, et ils se laissèrent aller à un grand baiser affamé. Leurs corps se percutèrent. Leurs langues se mêlèrent. Leurs mains se cognèrent. Comme s'ils devaient rattraper une décennie d'abstinence en un seul moment fougueux.

Le cœur tambourinant, il noua ses doigts dans ceux de Cynthia, levant ses mains au-dessus de sa tête et écrasant ses lèvres sur les siennes. Elle ouvrit la bouche avec envie alors qu'il la plaquait contre le mur.

— Oui, chuchota-t-elle. Oui, s'il te plaît.

Chapitre 13

Pendant quelques instants suspendus, tout ce que Cynthia put faire, ce fut d'enrouler ses doigts autour de ceux de Cal et s'y accrocher. Son corps était en feu et sa pression artérielle augmenta.

Oui ! On a enfin récupéré notre compagnon ! s'exclama sa dragonne.

Techniquement, c'était lui qui la tenait, agréablement et fermement contre son corps dur. Mais ça lui allait aussi.

Elle haleta, essayant de le toucher partout à la fois. Son torse. Ses épaules. Son visage. Un son s'échappa de ses lèvres qui étaient juste à la limite entre le rire et le sanglot. Elle ne savait pas ce que c'était, mais l'un ou l'autre, c'était parfait possible, étant donné ce qu'elle ressentait.

— Tu m'as tellement manqué… gémit-elle entre deux baisers.

— Tellement manquée… murmura-t-il en retour.

Elle pouvait sentir la douleur dans ses paroles. Le monde ne produisait pas souvent quelque chose qui était « trop » pour Cal, et pour qu'il arrive à l'admettre…

Elle imagina toute la sienne, sa propre douleur, toute sa solitude, et tous ses regrets, puis se tourna et les vit de son point de vue à lui. Tout ce qu'il avait enduré pour la voir aller et venir avec Barnaby. Pire, la voir tomber enceinte et bercer l'enfant d'un autre homme.

Un sanglot la dévasta, cependant les baisers insistants de Cal l'éloignèrent du précipice.

— Cynthia…

Il lissa ses cheveux d'une main tout en les emmêlant de l'autre. Les deux facettes de son amant qui se montraient à nouveau.

Soudain il poussa un grondement grave et rauque, la pressant encore plus fort contre le mur, et continua à s'occuper d'elle avec sérieux. Verrouillant ses mains, parcourant son corps de sa main libre, plaquant ses hanches contre les siennes. Elle se sentait légère comme une plume, comme si elle flottait sur un nuage, et en même temps, elle sentait chaque centimètre de son poids dur et inébranlable. Il fallut quelques secondes pour qu'elle se rende compte qu'il l'avait soulevée du sol et qu'elle avait enroulé ses jambes autour de sa taille.

— Est-ce que ça va? gronda-t-il.

Elle parvint tout juste à hocher la tête. *Bordel, oui.*

Cal gloussa, retrouvant un peu de son self-control.

— Tu veux dire, là, contre la porte d'entrée?

Elle cligna des yeux, regardant par-dessus son épaule. Ils étaient au fond de la maison, mais oui : n'importe qui qui passait verrait un côté de leur co-alpha qu'ils n'avaient jamais vu.

Non pas qu'elle s'en souciait. Tout ce qu'elle voulait, c'était lui. En elle. Sur elle. Tout autour d'elle.

D'un autre côté... Elle leva les yeux vers les escaliers. Il y avait un mur parfait dans sa chambre, et ils pouvaient monter tout en se déshabillant.

— Bonne idée, marmonna Cal en lisant dans son esprit.

Il la posa en vitesse et la tira dans les escaliers.

Elle garda une main sur la rampe et une sur sa chemise, le tirant pour toucher le quadrillage de ses abdominaux. Cal, de son côté, se mit à ouvrir les boutons du haut de sa robe. À mi-chemin, ils s'arrêtèrent et se relancèrent dans des baisers précipités et anxieux, comme s'ils n'auraient plus jamais l'occasion de le faire. Cal montra ensuite l'étage et l'idée d'un lit l'incita à avancer. Mais arrivé à la dernière marche, Cal grogna.

— Oublie.

Il enroula ses bras autour de sa taille et la coucha par terre juste sur le palier.

Elle s'étendit, l'anticipation la démangeant.

— Et le mur ?

— Oh, ça arrive. Je te le jure. Mais d'abord...

Ses yeux de prédateur parcoururent son corps, et ses doigts se refermèrent sur le corsage de sa robe.

— Tu aimes cette robe ?

Elle retint son souffle, puis mentit.

— Non.

Les yeux de Cal étincelèrent et dans un mouvement rapide, il déchira l'avant de sa robe. Les boutons jaillirent dans l'air, et plusieurs rebondirent sur les marches dans des petits bruits satisfaisants. L'un d'eux atterrit dans le couloir et tourna un moment. Comme une toupie, et comme l'étourdissement que Cynthia ressentait quand Cal dégrafa son soutien-gorge et baissa la tête contre sa poitrine.

Elle haleta et rua au contact torride de ses lèvres. Cal malaxa et titilla la chair douce de ses seins jusqu'à ce que ses tétons durcissent. Pour la première fois depuis une décennie, elle se sentit désirée. Admirée. Convoitée, comme une déesse.

— Si belle, gronda-t-il.

Son chaume érafla sa chair sensible, et il roula ses doigts, amadouant ses tétons pour les dresser.

Plus... plus... voulait-elle supplier.

Elle n'eut pas à terminer cette pensée, parce que Cal était déjà là, enroulant ses lèvres autour de ses boutons roses et fermes. Suçant fort, puis les lissant avec sa langue, aveuglant Cynthia de désir.

Quand ses hanches ruèrent contre les siennes dans un réflexe soudain, Cal afficha un sourire de pirate.

— Exactement ce à quoi je pensais...

Il descendit.

Ses mains étaient partout, ses lèvres bougeant continuellement vers le bas, et sa langue...

Oh, oui. Elle ravala tout juste le gémissement quand elle eut un aperçu de ce qu'il avait en tête. Il fonçait directement vers son antre, et elle avait hâte.

Sa langue titilla son nombril alors que ses mains retiraient les restes de sa robe et de sa culotte, la laissant nue. Ne demandant pas la permission, mais n'en ayant pas besoin, pas quand elle guidait sa tête vers le bas. Il ralentit juste assez pour écarter ses jambes, passant un doigt épais à travers ses replis, et prit une profonde inspiration.

Mienne, brillait dans ses yeux.

Il plongea alors la tête et posa sa bouche contre elle, la faisant sursauter. Elle se tortilla rapidement d'un plaisir débridé tandis qu'il la faisait monter sur des sommets encore plus hauts.

Vaguement, Cynthia comprit qu'il ne lui faudrait pas grand-chose. Elle avait vécu comme une nonne...

Sa dragonne gloussa.

Une nonne ?

Eh bien, peut-être pas une nonne, étant donné le nombre de nuits où elle avait rêvé de Cal et s'était touchée. Mais ça n'avait eu qu'un effet insignifiant, et elle savait qu'il était sur le point de lui couper le souffle.

— Tu me donnes l'impression d'être vierge à nouveau.

Il leva la tête, même s'il continuait à faire tourner un doigt en elle.

— Encore, encore ? dit-il avec un sourire lupin.

Elle aurait pu rire, parce que, oui, il avait été son premier, cependant elle ne put produire qu'un gémissement.

— Tu veux que j'y aille doucement ? la taquina-t-il.

— Tu n'as pas intérêt.

Si ses mains avaient été libres, elle aurait agité le doigt. Mais elles étaient trop occupées à guider sa tête à nouveau vers l'endroit où elle avait le plus besoin de lui.

Cal s'exécuta volontiers, et rapidement, elle dut couvrir sa bouche pour réprimer ses propres cris.

Oui... oui !

Elle voulait hurler.

Être étalée sur le seuil des escaliers ne devrait pas être si bon, néanmoins Cal était un maître quand il s'agissait de lui faire plaisir. En plus, la porte de devant était entrouverte, prêtant à l'air une impression de danger.

Un bruit, et tout le monde accourraient...

Elle était totalement nue, n'ayant que ses perles autour du cou, étendue à la vue de tout le monde. Mais un train de marchandises filait dans ses veines, et quand il percuta juste le bon endroit...

Cal plongea ses doigts plus profondément, déclenchant un orgasme colossal, et elle grogna. Il l'aida à étouffer le son tout en provoquant frisson après frisson chez elle.

Je veux t'entendre, résonna sa voix dans son esprit. *Moi et personne d'autre. Laisse-moi t'entendre. J'en ai envie. J'en ai besoin.*

Son corps était plus tendu que jamais, ce qui disait qu'il ne plaisantait pas sur le fait qu'il en avait besoin. Elle décala légèrement sa main de sa bouche, libérant juste assez de son pour emplir l'espace entre eux.

— Si bon, entonna-t-elle.

Dans son esprit, elle s'élevait et retombait comme un navire en pleine tempête. Les vagues finirent par se calmer, la laissant échouée sur la plage. Haletant férocement, elle noua ses doigts dans les cheveux épais de Cal et resta là, ramollie.

Cal déposa de petits baisers sur chaque centimètre de son corps jusqu'à atteindre sa bouche. Là, il posa ses lèvres sur les siennes, s'accordant à chaque courbe et chaque ligne. Il passa ensuite sa langue sur la sienne dans une danse sulfureuse.

Elle écarquilla les yeux et manqua de briser leur baiser. Elle avait oublié le goût sucré de son propre plaisir mélangé à la saveur plus profonde de Cal.

Elle éclata de rire, et le son résonna à ses oreilles.

Il pencha la tête.

— Qu'est-ce qu'il y a ?

Elle toucha ses perles. Celle du milieu lui semblait chaude, ce qui montrait juste à quel point Cal l'excitait.

— Quelque chose me dit que ma mère n'a jamais ressenti ce genre de plaisir.

Il fit la grimace.

— Pitié, ne me fais pas penser à ta mère dans un moment comme celui-ci.

Elle rit et l'attira dans une étreinte. Et Cal, béni soit-il, y parvint sans l'écraser, même s'ils vacillaient en haut des marches.

— Maintenant, au sujet de ce mur... murmura-t-il en faisant à nouveau dresser ses tétons.

Sa voix était profonde et affamée, et le bruit résonna en elle comme un tambour. Quand il se releva et lui tendit la main, elle eut l'impression d'être une dame et non pas une folle dépravée qui venait de le laisser la déshabiller dans les escaliers.

En parlant de déshabiller... gronda sa dragonne, admirant l'arrière de son jean.

C'est presque dommage de l'enlever, plaisanta-t-elle.

Presque, mais pas vraiment.

Elle arrêta Cal en le tirant rapidement.

— Mon tour...

Passant les mains sur les plaques dures de son torse, elle releva son haut et le passa par-dessus sa tête. Elle s'arrêta, prête à admirer son corps une nouvelle fois. Soudain, elle s'immobilisa et couvrit sa bouche d'une main.

— Oh, Cal...

Des marques de brûlures parcouraient le haut de son buste sur la droite, partant du bloc solide de son épaule jusqu'aux muscles épais de ses bras et ses côtes.

Lentement, il écarta sa main de sa bouche et la tint entre eux. Il grommela ensuite, et ses épaules s'affaissèrent légèrement.

— Pas ce que tu voulais voir, hein ?

Elle referma sa main dans les siennes et l'embrassa, le faisant écarquiller les yeux. Puis, elle prit une profonde inspiration.

— C'est tout ce que je veux voir. Toi. Moi.

Elle les désigna tous les deux.

— Comme maintenant, pas comme avant.

Ses yeux brillaient d'espoir alors qu'elle se remit à le toucher, caressant chaque centimètre de son torse. Les brûlures froncées, les espaces de bronze indemnes. Il avait toujours été un guerrier à ses yeux, et aujourd'hui plus que jamais, ça se voyait.

— Maintenant, ce jean, plaisanta-t-elle pour dissiper la tension.

Il sourit et leva les bras.

— Tout à vous, m'dame.

Elle souriait tellement qu'elle en avait mal. Il l'avait appelée ainsi quelques fois par le passé, et ça l'avait toujours fait rougir. Aujourd'hui, elle en rit. Si seulement sa mère pouvait la voir. Elle n'était plus vraiment une dame, à présent.

Cal gronda.

— Ça suffit avec ta mère. Pitié.

Oups. Elle devait faire plus attention à ses pensées. Ou plutôt, s'assurer qu'elles ne filtrent pas toutes. Comme l'image qui jaillit dans son esprit un instant plus tard... une d'elle qui s'agenouillait devant lui, prenant son membre dans les deux mains, et...

Cal émit un son étouffé.

— Tu ne m'as pas déjà assez torturé ?

Il plaisantait, cependant une pointe de culpabilité la consuma quand elle songea à tout ce qu'elle lui avait fait endurer. Elle se rapprocha donc, glissant ses mains dans la ceinture de son jean. Une fois qu'elle l'en eut débarrassé, elle passa les paumes sur son boxer, presque aussi timidement que toutes ces années plus tôt.

— Il n'y a pas de cicatrice là, grommela-t-il d'une voix basse qui la titilla jusqu'à ses entrailles.

— Je ne m'inquiétais pas de ça.

— Non ? Quoi, alors ?

Elle le prit en main.

— Je m'inquiétais juste du fait qu'une vieille fille comme moi puisse convenir à un homme comme toi, c'est tout.

Ce n'était qu'une demi-plaisanterie, parce qu'elle avait vraiment l'impression que son cœur n'était pas le seul organe qui s'était ratatiné au fil des années.

Cal prit son visage en coupe.

— Tu n'es pas une vieille fille. Tu t'es embellie avec l'âge.

Elle ricana.

— Comme un bon vin ?

Il secoua la tête.

— Je le dis par expérience. Et crois-moi, c'est comme faire du vélo. Tu n'oublies jamais comment faire. Du moins, c'est ce qu'on m'a raconté.

Ses mots lui firent mal et elle déglutit. Cal avait été célibataire pendant des années, et tout ça pour elle.

Alors, dépêche-toi d'arranger ça, dit sa dragonne.

Elle trouva le courage de passer les mains à l'avant de son boxer, puis se pressa contre lui, laissant ses seins se comprimer contre son torse. Lentement, elle enroula ses doigts autour de son membre et bougea la main de haut en bas.

— Toutes ces nuits, seule... murmura-t-elle, avant de laisser ses pensées combler le reste.

Les yeux de Cal se voilèrent alors qu'il assimilait les images dans son esprit. Elle, nue, ses yeux rêveurs dans son lit solitaire, passant les mains sur sa propre peau. Plongeant plus bas, se faisant plaisir autant que possible.

— As-tu déjà... ? commença-t-elle, avant de se racler la gorge.

Il lui ouvrit son esprit, partageant une image de lui appuyé sur un mur dans un endroit qu'elle ne reconnaissait pas. Un endroit sombre, miteux, et loin d'être aussi magnifiquement meublé que sa chambre personnelle, même si tout aussi solitaire.

— Est-ce que j'ai déjà quoi ?

Il posa sa main sur la sienne pour lui donner le rythme parfait.

Elle se racla la gorge, luttant contre la princesse guindée en elle.

— T'es-tu jamais... ? Je veux dire, est-ce que... ?

L'acte semblait si privé, si secret, qu'elle n'arrivait pas à le dire.

— Est-ce que je me suis déjà masturbé en pensant à toi ?

Il resserra ses doigts autour des siens alors que son membre gonflait.

— Juste un millier de fois.

Venant de quelqu'un d'autre, ou dans une autre situation, ces paroles auraient pu paraître crues. Mais le sang de Cynthia s'échauffa. Peut-être l'avait-il fait comme elle. Peut-être que le lien qu'elle avait toujours ressenti les avait gardés liés même à des kilomètres l'un de l'autre.

Elle n'avait jamais été aussi tentée que maintenant de se mettre à genoux et de le sucer, cependant quelque chose la retint. La retint *vraiment*, jusqu'à ce que Cal ralentisse aussi, examinant calmement ses yeux.

— Tout ce que tu veux, Cynthia. Tout.

Elle regarda le lit, puis lui à nouveau.

— Est-ce qu'on peut remettre le mur à plus tard ? Je veux dire, juste un petit moment ?

— Dis-moi ce que tu veux, même si tu veux que je m'en aille.

Elle secoua la tête.

— Je ne veux pas que tu t'en ailles, mais...

Il suivit son regard vers le lit, puis releva les yeux avec un sourire entendu.

— Comme vous voudrez, m'dame. Comme vous voudrez.

Il commença à reculer vers le lit comme s'il avait eu un aperçu dans son esprit et découvert exactement ce qu'elle voulait. Et si c'était le cas, il semblait d'accord. Parce que dès que ses mollets touchèrent le matelas, il s'étendit sur le dos, tirant ses mains.

Cynthia rampa sur lui, l'embrassant et le faisant remonter sur le lit jusqu'à ce qu'ils aient tout l'espace. Elle le chevaucha ensuite, trop haut, mais bon sang, des feux d'artifice s'élançaient déjà dans son esprit. Elle traîna son corps sur le sien, consciente d'être mouillée... et consciente de son membre dur. Il empoigna ses hanches et la guida plus bas jusqu'à ce qu'ils soient alignés.

— Parfaite, murmura-t-il, levant les yeux vers elle.

Dans un soupir profond, Cynthia glissa jusqu'à ce que le gland de son membre se positionne exactement au bon endroit. Elle commença ensuite à se balancer, l'acceptant en elle un centimètre torride à la fois.

Cal ferma à moitié les paupières. Ses hanches bougèrent légèrement, l'amadouant.

Oui, entonna sa dragonne, libérant des volutes de chaleur qui s'enroulèrent autour de son corps.

Oui, ça brûlait, et cette sensation de virginité n'était jamais bien loin, mais Cal avait raison. C'était comme le vélo.

On dirait plutôt une cowgirl, gloussa sa dragonne, la faisant s'enfoncer plus profondément. Et plus encore...

Les mains de Cal quittèrent ses hanches pour sa poitrine, la faisant tourbillonner et gémir. Était-ce même possible que ce soit si bon ? Était-elle vraiment avec son amant, ou était-ce un rêve ?

Les rêves ne font pas autant de bien, murmura sa dragonne. *Les rêves ne donnent pas envie de souffler le feu.*

De souffler quoi ? intervint Cal, inquiet.

Elle s'abaissa encore, embrassant l'idée. Elle se pencha en arrière, et wouah. Cet angle était si bon.

— C'est si bon...

Sa tête et ses épaules étaient en arrière, ses hanches roulant, sa bouche formant des cris silencieux de plaisir. C'était une sacrée bonne chose que les autres ne puissent pas la voir maintenant et découvrir qu'elle n'était pas aussi guindée et convenable qu'ils l'imaginaient.

— Promets-moi qu'ils ne te verront jamais comme ça, gronda Cal.

— Crois-moi, je te le promets. Particulièrement pas comme ça...

Elle baissa une épaule, le tentant avec sa poitrine. Il tendit la bouche, attrapant le téton et tournoyant les lèvres tout autour.

— Ou comme ça, murmura-t-elle, lui offrant l'autre côté.

Il lécha, puis mordilla, la faisant crier. Puis il tendit la main le long du pli de sa jambe jusqu'à ce que son pouce arrive à son clitoris.

Elle frémit contre lui. Elle allait bientôt jouir, et fort. Pourtant, elle parvint à repousser ses cheveux et le titiller une nouvelle fois.

— Ou comme ça...

Elle bascula en arrière et se balança vivement, laissant ses seins rebondir.

Mais plus elle bougeait, plus elle avait désespérément besoin d'être libérée. Elle se frotta fort contre lui, mordillant sa lèvre pour lutter contre le plaisir exquis qui montait en elle.

Plus vite, la pressa sa dragonne. *Plus profond.*

Cal empoigna fermement ses hanches, ruant, mais la laissant en position dominante. Elle bougea plus fort, sentant le pouvoir traverser ses veines. Pendant des années, sa vie avait été hors de son contrôle. Mais à présent, elle était enfin capable de prendre les rênes. De mener le jeu. De libérer son côté sauvage.

Oui, siffla sa dragonne alors que son corps dansait plus vite encore.

Les yeux de Cal luisirent, pas juste de passion, mais d'émerveillement également.

« Tu commanderas des armées entières un jour », avait-il dit une fois. Et pour la première fois depuis des années, ça ne lui semblait pas impossible. Elle pouvait tout faire. Aller partout. Revendiquer sa vie pour elle-même.

Revendique ton compagnon aussi ! s'exclama sa dragonne.

Ses dents se serrèrent sous la pression de ses canines essayant de s'étendre, cependant elle lutta pour les retenir. Peut-être qu'un jour, elle serait capable de donner à Cal la morsure d'union et sceller leur lien pour toujours. Mais en attendant...

Elle se cambra, posant les mains sur ses cuisses. Alors que l'angle augmentait, sa brûlure intérieure aussi, et Cal grogna.

— Juste là...

Elle pressa plus fort, s'abandonnant au besoin primaire au lieu de lutter contre ce qu'on lui avait appris.

Les gentilles filles ne font pas ce genre de choses.

Les gentilles filles ne perdent pas le contrôle.

Les gentilles filles ne se font pas autant plaisir, gronda sa dragonne en retour.

De la sueur perla sur son front, et son rythme s'accéléra.

Si proche... gronda Cal dans son esprit.

Par le passé, elle avait été heureuse de rester couchée et de le laisser faire le plus gros du boulot au lit. Et franchement, elle serait ravie de recommencer très souvent à l'avenir. Mais pour l'instant, c'était sa tâche à elle.

Tout à toi, renchérit sa dragonne.

Donc, Cynthia fit ce qu'elle n'avait jamais fait. Elle ferma les yeux et oublia son self-control. Chaque fil qui la retenait jusqu'à ce qu'elle sache à peine où elle était. Tout ce qu'elle sentait, c'était le besoin d'entraîner son amant avec elle pendant un petit moment vers un trou béant de plaisir.

— Si proche… dit Cal avant de se raidir.

Cynthia le prit encore plus profond, tout en se resserrant comme un étau avec ses muscles internes. De la lumière explosa dans son esprit, filant en petites spirales. Cal frémit, grognant sous son orgasme. Un jet chaud et humide emplit Cynthia et elle gémit, chérissant chaque goutte. Soudain elle se ramollit et tomba sur son torse. Elle ignora combien de temps elle resta là, à haleter. Elle savait juste qu'elle se sentait plus comblée et émotionnellement épuisée que jamais.

Cal respirait fort aussi, et pendant un moment, ils restèrent affalés l'un contre l'autre, émerveillés. Il la guida ensuite vers lui et se mit en cuillère derrière elle, la faisant se sentir complète.

— Waouh, murmura-t-il, riant presque. D'où ça sort ?

Elle embrassa le bras épais qui l'encerclait. Son guerrier la protégeait à nouveau. L'aimait. La faisait se sentir entière.

Elle se tourna, referma ses bras autour de son cou, et plongea son regard dans le sien. Il n'y avait qu'une réponse à ça, et elle le savait.

— Du cœur, mon compagnon. Du cœur.

Elle l'embrassa alors, se sentant au chaud, libre et totalement sereine.

Chapitre 14

Cal ferma les yeux et tint Cynthia fermement contre lui. Elle était lovée dans ses bras, pourtant... il avait l'impression qu'elle ne serait jamais assez proche. Les bras croisés sur sa poitrine, il pouvait compter chacun des battements de son cœur. Ce qu'il fit, juste pour s'assurer qu'il était dans la réalité et pas un autre rêve.

— Hmm, soupira Cynthia, glissant les mains sur ses bras avant de glousser. Est-ce que tu es en train de me marquer ?

Il se figea alors qu'il passait son menton sur son épaule dans un mouvement latéral lent.

— Euh... peut-être. C'est un problème, mademoiselle ?

Elle se tortilla, incitant une autre éraflure de son chaume contre sa peau.

— N'arrêtez pas, et vous n'aurez pas de problèmes, monsieur.

Il sourit. Il y avait tant de facettes chez elle. Classe et réservé. Détendue et autoritaire. Chaleureuse et maternelle, même si elle le montrait rarement, sauf avec Joey. Elle avait aussi un côté insaisissable et coquin, sans parler de ce moment où elle avait pris les rênes au lit ; un moment qui ne se produisait que lors des lunes bleues, comme ce soir.

J'aime bien, bourdonna son loup. *J'aime bien.*

Il se remit à frotter son menton sur sa peau, se délectant du moment. Une seule partie de jambes en l'air ne pouvait peut-être pas effacer une décennie de douleur et de tristesse. Mais, bon sang. C'était un bon début.

Il y réfléchit, essayant de trouver ce qui avait finalement renversé Cynthia pour les laisser être intimes à nouveau. Était-ce la chanson du restaurant un peu plus tôt ? Les encouragements subtils des femmes de sa meute ?

Cynthia lissa les poils de son avant-bras dans un sens puis dans l'autre, murmurant.

— Non.

Il s'immobilisa. Avait-il fait quelque chose de mal ?

— Aucune de ces choses, dit-elle.

Il lâcha un souffle. Apparemment, elle lisait dans son esprit, et son cheminement de pensées avait troublé son impression de paix.

Il remonta les genoux plus haut, se calant contre son dos, et se contenta de gronder à son oreille. Si le destin pensait pouvoir à nouveau déranger leurs existences, il ne comptait pas se laisser faire.

— Oublie. Ce n'est pas important, insista-t-il.

Une minute passa et Cynthia se détendit, mais pas autant qu'auparavant. Elle finit par soupirer, se tourner dans ses bras et prendre son visage en coupe.

— C'est important.

Elle avait l'air bien plus triste qu'une femme ne l'aurait dû après du sexe aussi merveilleux.

— J'ai été si aveugle. Ça me tue de penser à tout ce que je t'ai fait traverser.

Il haussa les épaules. Tout ce qui comptait, c'était qu'il la tenait à nouveau dans ses bras.

Mais elle secoua la tête et le tint plus fermement.

— Comme j'ai dit, j'ai parlé à Moira juste avant le dîner.

— Je le jure, cette femme est à la racine de tout le mal de ce monde.

Elle caressa sa joue, l'air plus triste que jamais.

— Elle m'a tout dit, Cal.

Ses mots étaient lourds de signification, et il se mit immédiatement sur ses gardes.

— Il vaut mieux ne pas croire les mensonges qu'elle débite.

— C'est vrai, mais un commentaire lui a en quelque sorte échappé, et je la crois.

— C'est le truc avec les menteurs. Ils utilisent un fond de vérité pour répandre leurs mensonges.

— Elle m'a parlé des réunions de Barnaby avec un certain loup.

Sa voix était basse, prudente.

Cal resta parfaitement immobile. Comment Moira avait-elle pu apprendre ça ?

Il tenta de bluffer.

— Pourquoi Barnaby ferait-il une telle chose ?

— À toi de me le dire.

Il inspira profondément, prenant son temps. Dans ses rêves, il avait vécu ce moment un millier de fois. Sa chance de finalement tout lui raconter. Tous les sacrifices qu'il avait faits, toutes les batailles qu'il avait menées... tout ça pour elle, son véritable amour. Mais même si ça le tuait, il ne pouvait rien dire.

Il ferma les yeux.

— Je ne peux pas. J'ai promis.

Elle caressa doucement sa joue.

— Tu as promis à Barnaby ?

Bon sang. Moira lui avait-elle tout raconté ?

Il hocha à peine la tête. À peine.

— Qu'est-ce que tu lui as promis ?

Seigneur, il en avait marre du passé. Marre de le voir défiler devant ses yeux, même quand il les fermait. À quoi avait-il pensé quand il avait fait cette stupide promesse ?

On a pensé qu'on ferait tout pour elle, lui rappela son loup.

— Cal...

Sa voix était basse, douce. Sincère, parce qu'elle ne connaissait aucune autre façon.

— Qu'as-tu promis à Barnaby ?

Il inspira et expira lentement. Cynthia pouvait certainement comprendre pourquoi on ne plaisantait pas avec les promesses.

— Très bien, alors, laisse-moi deviner, et tu n'auras qu'à hocher ou secouer la tête, proposa-t-elle. Comme ça, tu ne la briseras pas, n'est-ce pas ?

— Tu marches un peu sur un fil, tu ne crois pas ?

Elle afficha un sourire doux-amer, puis redevint sérieuse.

— Barnaby t'a fait venir...

Cal y réfléchit. Techniquement, non, mais il n'allait pas rentrer dans les détails et révéler qu'il s'était faufilé chez lui pour le tuer.

— Et vous avez discuté... continua Cynthia.

Il grimaça. C'était surtout Barnaby qui avait parlé.

— Il t'a proposé de l'argent...

Cal leva les yeux, sentant son regard s'échauffer. Avait-elle une si piètre opinion de Barnaby ? Et de lui ?

Elle hocha vivement la tête.

— Je me doutais que non. Si honorables, bon sang. Tous les deux, marmonna-t-elle même si elle ne paraissait pas vraiment en colère. Bref. Il t'a demandé de rester dans le coin. Pour me protéger.

Ses yeux le transpercèrent et il n'eut d'autre choix que de hocher imperceptiblement la tête.

— Pour protéger Joey aussi ?

Ses entrailles s'agitèrent violemment, tout comme le jour où il avait découvert qu'elle était enceinte, cependant il acquiesça.

— Joey aussi.

— Tu as fait ça ? Pour moi ? demanda-t-elle d'une voix tremblante.

— Je t'aime. Je t'aimerai toujours, murmura-t-il. Je ferais n'importe quoi pour toi.

— Je t'aime, aussi. Plus que tout au monde. Et pourtant...

Ses yeux s'embuèrent, et son loup fut aux aguets.

Holà. Elle pleure ?

Elle tremblait un peu, c'était certain. Cal passa les pouces sur le dos de ses mains.

— Cynthia...

Elle se détourna, enfouissant son visage dans l'oreiller.

— Je t'aimais tellement, mais pas suffisamment. Mon Dieu, Cal. J'étais si égoïste. Si stupide...

Elle se mit à sangloter.

Lentement, doucement, il l'écarta de l'oreiller et la serra dans ses bras. Ils avaient tous les deux ressenti assez de chagrin pour une dizaine de vies. Pourquoi en rajouter ?

— Tu n'avais pas le choix. Ils t'ont forcée.

Il passa une main sur sa joue, essayant de trouver les bons mots.

— J'aurais fait la même chose, juste pour ne pas devenir fou.

— Mais tu ne l'as pas fait, répliqua-t-elle en tremblant dans ses bras. Tu n'as pas essayé de m'oublier. Tu n'as pas fait semblant.

— J'ai prétendu beaucoup de choses, crois-moi.

Les mots n'aidaient pas cependant, et il abandonna après un moment, préférant la tenir dans ses bras. Luttant contre la brûlure de ses yeux, même s'il ne l'admettrait jamais.

Les larmes de Cynthia finirent par se tarir et elle le regarda de ses grands yeux vulnérables. Il lui caressa la joue. Seigneur, ils faisaient vraiment la paire. Guidés par l'instinct de jouer les durs, même en présence l'un de l'autre.

— Ce n'est plus important aujourd'hui.

Il guida ses mains pour les placer sur son torse et l'empêcher de serrer les poings sur les draps.

Elle commença à secouer la tête, mais il parla en premier.

— Le passé ne compte pas. Enfin, sauf peut-être les bons moments.

Il releva légèrement les lèvres.

— Et Moira ne compte pas.

Il détestait évoquer cette garce, mais il le fallait. Une fois pour toutes, ils devaient s'accorder sur quelque chose.

— Elle ne nous gênera plus.

Cynthia secoua la tête.

— Elle va essayer. Je te le garantis.

— D'accord, oui. Mais elle ne réussira pas. Et tu sais pourquoi ?

Cynthia chercha ses yeux.

— Parce que l'amour gagne toujours à la fin.

Il l'avait dit à voix haute, fermement, au cas où le destin écouterait.

Le destin avait besoin de l'entendre tout comme Moira. Donc il se répéta au cas où.

— L'amour gagne toujours.

Le sourire de Cynthia s'agrandit, et elle le dit elle aussi :

— L'amour gagne toujours.

Il hocha la tête avant de l'embrasser, chassant ses doutes. L'amour gagnerait, bordel, parce qu'il se battrait pour sa compagne jusqu'à la fin.

— Hum, approuva Cynthia dans un baiser.

Lentement, leurs corps se calèrent d'une tout nouvelle façon. Ils ne s'accrochaient plus vraiment à l'autre, ils se câlinaient, surtout. Jouaient. S'appelaient l'un l'autre. Cal descendit ses lèvres de sa bouche vers son épaule, parce que, bon sang. Chaque partie de Cynthia avait besoin de savoir qu'il pensait ce qu'il avait dit.

Quand elle se positionna sur le matelas, il descendit, suivant sa clavicule... son sternum... sa poitrine...

Cynthia se cambra vivement et son téton appela ses lèvres. Il l'aspira dans sa bouche, suçant doucement. Oui, ses seins avaient clairement besoin de ressentir cet amour aussi.

— Cal... dit-elle dans un soupir, guidant sa tête de l'autre côté.

— Comme vous voudrez...

Plus il la touchait, plus dur devenait son membre, et il ne fallut pas longtemps pour que les doigts de Cynthia se rapprochent de cette partie sensible de son corps. Quand elle le saisit, il siffla d'un désir brut.

— Et que voulez-vous, monsieur Zydler ?

Il sourit contre la chair douce de sa poitrine, la laissant le découvrir par elle-même.

Et sans surprise, Cynthia commença à glisser sa main le long de son membre. Délicatement, comme s'il faisait partie de la collection de porcelaine de sa mère.

Pas encore sa mère, pitié, supplia son loup.

Il tendit une main entre ses jambes à elle, s'émerveillant à chaque centimètre. Toute cette peau douce qu'il était libre d'apprécier. Un fantasme devenu réel de toutes les façons possibles.

Cynthia se cambra alors que ses doigts se focalisaient sur son antre, mais il ne leva pas les yeux. Il l'embrassa directement, léchant et suçant ses tétons, incapable d'être repu. Tout autour de lui disparut jusqu'à ce qu'il ne reste qu'elle et lui.

Son odeur enivrante. Sa peau soyeuse. La chaleur de son corps, qui l'appelait.

— Cal, haleta-t-elle, verrouillant ses jambes autour de sa taille.

Il serra les dents, se disant qu'il pouvait faire durer un peu plus longtemps ce plaisir. Mais en quelques secondes, il recula et se repositionna. Ancrant ses mains de chaque côté de sa tête, il aligna leurs corps.

Cynthia leva ses yeux sombres et ondoyants qui l'avaient séduit dès le premier jour. Ses cheveux noir corbeau étaient étalés sur l'oreiller, et sa bouche s'entrouvrit.

— J'ai tellement besoin de toi... murmura-t-elle.

Elle leva les genoux sur les côtés, ce qui signifiait qu'il ne lui restait qu'une chose à faire...

— Oui... gémit-elle alors qu'il s'enfonçait en elle.

Cal ferma les yeux, s'accrochant à cette douce brûlure. Quand elle disparut, il recula et martela vers l'avant.

Cynthia poussa un cri, abandonnant encore ses inhibitions. Lui rendant les rênes et reculant comme pour lui demander de lui faire du bien au point de chasser le passé.

Cal aurait adoré marmonner un autre « Comme vous voudrez », cependant il était trop occupé à perdre l'esprit dans un pur bonheur. Ses bras jouaient dans son dos, ses genoux entouraient ses flancs, et ses hanches dansaient, en rythme avec les siennes.

— Oui... geignit-elle, tendant les bras au-dessus de sa tête.

Il les empoigna, la rivant sur place avec la force de ses poussées.

Si bon... résonna sa voix dans son esprit.

Plus vite. Plus fort, gronda son loup.

Alors qu'il augmentait la vitesse, la pression dans son corps suivit, jusqu'à ce qu'il soit désespéré d'atteindre un soulagement physique et émotionnel.

Juste un peu plus longtemps, l'incita son loup.

Il ne savait pas comment il arrivait à bouger. Son membre l'élançait et il avait l'impression que ses genoux allaient céder. Cynthia serra ses muscles internes autour de lui, le faisant grogner. Il finit par rassembler chaque petit bout de désir qui s'était accumulé au fil des ans, recula, et prit une grande inspiration.

— Cal...

Il l'interrompit en plongeant plus profondément. Sa vision se troubla. Ses muscles se crispèrent. Chaque fibre de son corps se durcit. C'était le paradis. C'était chaque rêve interdit devenu réalité. L'impossible rendu possible, du moins, pour une nuit.

Oui, bourdonna son loup. *Oui...*

Cynthia se ramollit avant lui, mais un instant plus tard, elle poussa un cri et frémit une seconde fois. Ses ongles s'enfoncèrent dans ses épaules, lui donnant ce dont il avait besoin pour ruer une dernière fois.

Ils s'écroulèrent ensuite tous les deux sur les draps, pantelants. Cal usa de sa dernière once d'énergie pour la rapprocher de lui. Il ferma ensuite les yeux et se concentra sur sa respiration un petit moment. Non pas que ça le dérangerait de mourir de pure extase, cependant il préférerait passer plus de temps avec son grand amour d'abord.

Il ouvrit un œil, puis le referma. Bon, le lit était dans un sale état. Il y avait des vêtements éparpillés dans la chambre qu'il leur faudrait récupérer. La nuit ne serait pas éternelle, et dans quelques petites heures, Joey rentrerait à la maison en sautillant. Mais pour l'instant...

Allez, murmura Cynthia dans son esprit.

C'était drôle, parce que c'était censé être sa réplique.

Mais, bordel. Il ne s'était jamais senti aussi épuisé ni satisfait. Peut-être qu'ils pouvaient vraiment ignorer le monde extérieur un peu plus longtemps.

Cynthia caressa son dos.

Allez.

Cal inspira... expira... et lentement, confortablement, s'endormit d'un sommeil profond et satisfait.

Chapitre 15

Pendant la première partie de la nuit, Cynthia dormit comme un bébé, merveilleusement inconsciente de tout ce qui l'entourait, à l'exception des bras de Cal autour d'elle. Plus tard, elle se réveilla brièvement, sourit en voyant son amant endormi et passa une main sur sa joue. Elle ferma ensuite les yeux et se laissa dériver au fil de ses rêves. Les meilleurs, parce qu'ils se concentraient sur le présent et pas sur un passé qu'elle n'aurait pas à revivre. Il y avait des aperçus de l'avenir parsemés dans ces rêves, un avenir qui avait l'air plus rayonnant et joyeux qu'elle n'aurait jamais osé imaginer.

Mais quelque chose de sombre et d'inquiétant se faufilait en périphérie de ses rêves et elle se réveilla en sursaut, regardant autour d'elle. Cal était toujours en cuillère contre elle, ses bras enroulés autour d'elle, exactement comme avant. Sa respiration régulière indiquait qu'il était profondément endormi, même si Cynthia était totalement réveillée. Elle resta immobile, les sens aux aguets.

Les bruits de la nuit sur la plantation étaient aussi paisibles que jamais, avec des feuilles se froissant doucement dans la brise. Le parfum des cactus qui florissaient la nuit flottait et passait les rideaux qui se gonflaient et dansaient devant la porte du balcon. La lumière filtrait avec l'odeur, attirant Cynthia à l'extérieur.

Elle se glissa hors du lit, se sentant troublée et stupide à la fois. Dell et les autres avaient raison en disant qu'elle était trop à cran. Quel genre de personne ne pouvait pas dormir durant une nuit aussi parfaite que celle-ci?

Pourtant, quelque chose la rongeait, donc elle sortit et posa les mains sur la rambarde du balcon. Les rayons de lune ondoyaient sur l'océan, et les palmiers la saluaient depuis la côte.

Va dormir, semblaient-ils lui dire en bâillant. *Va dormir.*

Un coup d'œil en direction de la maison de Dell et Anjali étira doucement ses lèvres. C'était probablement ça ; elle était troublée parce que Joey n'était pas à la maison. Elle ferma les yeux, s'imaginant combien il serait excité de rentrer en courant à la maison au matin pour lui parler de sa nuit de camping. Dell lui aurait raconté des histoires drôles, projetant probablement des ombres sur la toile de la tente avec ses mains et une lampe torche. Une grande aventure, aux yeux de son fils.

Elle sourit à la lune, laissant son regard errer vers la plantation. Une nuit si paisible. Si parfaite. Si…

Elle tourna vivement la tête à droite et plissa les yeux. C'était quoi, ça, qui bougeait au loin ?

Elle examina le ciel juste au-dessus de l'horizon. Ce devait être Kilauea, crachant plus de cendres sur la Grande Île, pas vrai ? Ou alors un éclair, brillant au-delà des nuages.

Alors qu'elle recommençait tout juste à se détendre, ce petit quelque chose au loin bougea encore, et un frisson lui parcourut l'échine. Devait-elle réveiller Cal, ou encore mieux, Connor, qui était responsable de la sécurité ? Elle grimaça, se demandant exactement ce qu'elle devrait rapporter.

« J'ai vu quelque chose. »

Connor frotterait ses yeux endormis et lui demanderait quoi.

« Je ne suis pas sûre. Mais quelque chose a bougé là-bas. »

Elle serait ridicule. Pire, elle passerait pour une paranoïaque, et tout le monde la trouvait déjà trop tendue. En plus, elle était couverte de l'odeur de Cal et elle n'était pas prête à ce que les autres la sentent.

Mais quelque chose avait vraiment bougé, bon sang. Elle jeta un regard à Cal. Il ressemblait presque à un bébé endormi, du moins autant que ses traits grisonnants le lui permettaient. « Le sommeil du juste » comme disait sa grand-mère. Hors de question de le déranger.

Au lieu de ça, elle prit une profonde inspiration et tendit les bras, à l'écoute du vent. Ses doigts s'étendirent et ses narines se dilatèrent.

Oui, entonna sa dragonne. *Laisse-moi sortir...*

La peau autour de ses narines la brûlait, comme toujours quand elle était saisie du besoin de se transformer. Elle se dépêcha d'attacher son collier autour de sa cheville en premier. Elle l'emportait partout ; autour du cou quand elle était humaine et de la cheville quand elle était dragonne. Oui, c'était idiot, mais elle avait promis à sa mère de garder toujours ses perles près d'elle, et c'était le meilleur moyen.

Elle ouvrit le battant que Tim avait installé sur la rambarde du balcon, respira profondément et sauta, laissant sa dragonne prendre le dessus. Plonger en piqué était toujours exaltant parce que ça commençait avec une chute libre. Mais dès que ses ailes s'ouvraient, le plongeon devenait un arc gracieux qui remontait. Avec un mouvement vif de la queue, elle grimpa dans le ciel, puis battit des ailes pour gagner en altitude. Alors qu'elle volait, elle contracta ses serres, se ravissant de son propre pouvoir.

C'est si agréable, bourdonna sa dragonne, virant à droite et à gauche pour se réchauffer.

C'était agréable, oui. D'un genre différent que coucher avec Cal...

Non, ça, ce n'était pas « agréable », corrigea sa dragonne. *C'était merveilleux.*

Elle sourit. C'était vrai, et elle détestait le quitter. Elle n'avait qu'à voler quelques minutes pour s'assurer que rien ne bougeait dans l'obscurité. Ensuite, elle pourrait rentrer et finir sa nuit.

Mais quelques minutes devinrent quinze, puis trente alors qu'elle volait, pourchassait cette chose insaisissable. C'était comme grimper une montagne, juste quand elle pensait que la fin était proche, un autre virage apparaissait, rallongeant son trajet.

Plus elle volait, plus cette impression d'effroi grandissait. Elle examina les vagues en contrebas, imaginant des dragons de mer préparant une embuscade. Mais il n'y avait aucun signe d'une telle chose. Juste un mouvement vacillant au-devant et un martèlement étrange dans l'air. Léger, mais menaçant, comme des tambours l'avertissant...

Elle se renfrogna dans la nuit. L'avertissant de quoi ?

Le son augmenta et des alertes résonnèrent dans sa tête. Elle vira vivement, puis monta.

Waouh, marmonna sa dragonne devant la forme qui avançait à toute allure dans la trajectoire opposée à celle qu'elle venait de prendre.

Quelque chose avec des ailes, une queue et de longues jambes, comme un insecte géant.

Non, une seconde. Pas un insecte, comprit-elle alors qu'il passait. *Un hélicoptère.*

Elle tourna, le suivant des yeux. Quel appareil volait sans lumière la nuit, restant juste au-dessus des vagues ?

Un qui ne veut pas être repéré, dit sa dragonne. *Un qui se dirige droit vers...*

Son cœur s'arrêta. L'appareil fonçait tout droit vers la plantation de Koakea.

Elle pivota, prête à pourchasser l'hélicoptère et l'incinérer. Mais un gloussement emplit son esprit et elle ralentit, attirée vers la Grande Île.

On se sent déchirée, hein, chère cousine ? éclata une voix dans sa tête.

La bouche de Cynthia la brûlait alors qu'elle lâchait une explosion de feu.

Moira.

Elle fit du surplace, essayant de réfléchir à la distraction qu'était le rire malsain de sa cousine. Mais c'était difficile, avec la panique qui menaçait de l'engloutir.

Que vas-tu faire ? la tyrannisa Moira directement dans sa tête.

Cynthia prit une profonde inspiration et compartimenta son esprit. Elle ne pouvait pas chasser Moira, parce qu'elle devait découvrir ce qu'elle trafiquait. Mais qu'elle soit damnée si elle la laissait entendre appeler les autres.

Cal ! Connor ! Silas ! cria-t-elle, usant de leur connexion mentale.

Des marmonnements groggy flottèrent dans son esprit, et une voix finit par répondre.

Cynthia ?

Elle avait mal au cœur. C'était Cal, et elle pouvait sentir sa confusion.

Moira est là.

Elle aurait aimé avoir le temps d'expliquer pourquoi elle était partie voler sans le réveiller.

Ou plutôt, elle n'est pas loin. Elle a envoyé un hélicoptère, et il fonce droit sur Maui.

Moira ? intervint la voix de Silas.

Un par un, les membres de sa meute se réveillèrent, emplissant son esprit avec des babillements de cris inquiets.

Qui ? Quoi ? Où ?

Je m'occupe de pister Moira ! aboya-t-elle. *Occupez-vous de cet hélico.*

Ses entrailles bouillonnaient, et elle glissa sur le côté, perdant sa prise sur le courant chaud qu'elle suivait.

Joey. Surveillez Joey. Gardez-le en sécurité.

Attends ! appela Silas.

Elle l'ignora et se concentra sur Cal.

Cal, je t'en supplie. Protège Joey. Mets-le en sécurité. Pitié.

Cynthia...

Il ne put pas finir, Silas reprenant brutalement le dessus.

Attends Connor et Jenna. Ils sont en chemin. Attends les renforts. Je répète, attends les renforts. Tu me reçois ?

Elle ricana et battit des ailes, filant vers la Grande Île. Non, elle ne le recevait pas, elle n'était pas une membre de son équipe des forces spéciales, et elle en avait marre de laisser les autres se battre pour elle. Moira était là, quelque part. Et même si cela s'opposait à toutes les fibres de son instinct maternel qui lui criaient de voler vers Joey, elle savait qu'elle devait pourchasser sa cousine.

Moira était la source de tellement de mal dans ce monde, sans parler du chagrin qu'elle lui avait fait vivre. Elle l'avait piégée en lui faisant croire que Cal avait trahi leur lien, et elle avait essayé de tuer Joey dans l'attaque que Barnaby avait tout juste réussi à repousser, se sacrifiant, à la place. Elle avait harcelé et ciblé les métamorphes que Cynthia aimait, encore et encore.

Plus maintenant, jura sa dragonne, fonçant dans la nuit. *C'est terminé.*

∞∞∞∞

L'air trembla sous une explosion, et un grand nuage de cendres et de fumée s'éleva devant Cynthia. Son cœur tambourina dans sa poitrine, déchiré entre bien trop d'émotions à la fois. De la rage, envers Moira. De l'anxiété, pour le bien-être de Joey et ses amis. De l'inquiétude, pour les citoyens menacés par le volcan. Mais elle ne pouvait pas se permettre d'affronter Moira sans être totalement concentrée, donc elle se força à se focaliser sur la carte dans son esprit. Tant qu'elle suivait la côte nord-est de la Grande Île, ce qui était assez facile vu les rangées de lumières le long de la route maritime, personne ne la repérerait. Moira devait se cacher en bordure du volcan en éruption, comme elle l'avait fait des mois plus tôt, quand Drax et elle étaient venus à Hawaï pour faire face à Silas et sa compagne, Cassandra.

Je ne me cache pas. J'attends, lança Moira d'un ton sec dans sa tête. *Tu ne seras pas en retard, n'est-ce pas, chère cousine ?*

Cela l'attristait d'entendre les babillages de cette dragonne, cependant elle se força à se recentrer sur l'ennemi et à réfléchir en même temps.

« Profite de ta ferme en bord de mer tant que tu peux, chère cousine... »

Moira n'était pas restée étendue sur un canapé dans un penthouse quand elle avait dit ça. Elle avait été en train de fomenter une attaque.

Cynthia parcourut le ciel d'une autre traînée de feu et sa dragonne grogna.

Quand je mettrai la main sur cette garce...

Tout ce qu'elle voulait, c'était mettre Moira en pièces, et retourner auprès de ceux qu'elle aimait : Joey, Cal et les métamorphes qui étaient devenus une seconde famille pour elle. Mais Moira était une ennemie fourbe, donc Cynthia continua avec autant de prudence dont une mère furieuse pouvait faire preuve.

Une autre explosion transperça l'air alors que Kilauea crachait encore plus de chaleur et de cendres. Les nuages à la droite de Cynthia tourbillonnèrent contre la toile noire de la nuit. L'immense volcan crachait et toussait depuis des mois, forçant des centaines de gens à évacuer leurs foyers par crainte de la lave et des gaz toxiques. La terre en contrebas ressemblait à une zone de guerre avec le sol recouvert de cendres, d'arbres carbonisés et de fondations de maisons ravagées.

Une chose était certaine : Kilauea fournissait la couverture parfaite pour un combat de dragons. Cynthia devait au moins accorder ça à Moira. Ce que l'obscurité de la nuit ne dissimulerait pas, l'activité volcanique le ferait.

Là, gronda sa dragonne alors que la pointe longue et osseuse d'une péninsule apparaissait droit devant.

Elle ralentit pour partir en reconnaissance avant d'atterrir. De la coulée de lave avait formé une longue langue de terre ondoyante de pentes escarpées. Les collines étaient parsemées de lumières rouge vif, comme des marqueurs de piste perdus dans la confusion. À y regarder de plus près, il s'agissait de crevasses dans la surface craquelée où le magma faisait des bulles.

Cynthia inspira longuement pour garder son calme. Moira adorait en faire trop, mais cette fois, ce devait être sa mise en scène la plus audacieuse. Et sans surprise, elle fit une entrée spectaculaire. Elle se tenait au milieu de ce paysage enflammé, dans une robe rouge qui se gonflait sous le vent.

Cynthia se renfrogna. Moira avait choisi cette tenue pour plus d'effet sans aucun doute, pour essayer de donner l'impression qu'elle pouvait contrôler le volcan ainsi que l'empire financier qu'elle avait amassé. Eh bien, Cynthia ne se ferait pas avoir comme ça...

Pourtant, son ventre se noua quand elle compta quatre... cinq... six autres dragons perchés sur les falaises avoisinantes. Chacun déployait ses ailes dans un salut sinistre à leur maîtresse.

Une cheminée de gaz jaillit et Cynthia plissa les yeux sous la chaleur.

Ah, Cynthia. Descends, qu'on puisse discuter, appela Moira.

Cynthia fit un autre tour le long de la côte, débattant sur la chose à faire. Elle s'était attendue à quelques mercenaires, néanmoins elle avait fantasmé sur le fait qu'elle pouvait les abattre grâce à son entraînement récent. Mais six dragons à la fois ?

Gagne du temps, ordonna fermement sa dragonne. *Connor et Jenna sont en chemin. Ils peuvent s'occuper d'eux pendant qu'on tue Moira.*

Cynthia détestait cette idée, cependant quel autre choix avait-elle ? Moira devait être arrêtée, une bonne fois pour toutes. En ce qui la concernait... eh bien, elle n'avait pas à jouer les héroïnes. Elle devait juste faire ce qu'elle avait à faire.

Courbant l'arête de son aile gauche, elle s'aligna pour atterrir. De la lave irrégulière la menaçait où qu'elle regarde, donc elle freina avec ses ailes au lieu de tenter son atterrissage habituel en piétinant. Tendant les serres, elle retint son souffle. Le faire franchement était très difficile, et si elle ne lisait pas correctement le vent...

De l'air chaud explosait d'une fuite dans la terre. Elle serra les dents, tendit les serres, et...

Elle expira et replia les ailes délicatement, feignant la nonchalance.

Les doigts dans le nez, fanfaronna sa dragonne.

Même Moira eut l'air impressionnée... pendant cinq secondes, du moins. Elle sourit ensuite et gloussa.

— Eh bien, eh bien. Tu es restée entourée de ces gigolos de soldats bien trop longtemps, ma chère Cynthia. Que dirait ta mère ?

— Ma mère te demanderait jusqu'où tu comptes t'abaisser encore, Moira. Te faufiler dans la nuit ? Engager des mercenaires ?

Moira ricana.

— C'est toi qui es au plus bas, Cynthia. Te cacher dans une ferme au milieu de nulle part. Sous un faux nom. Laisser ton fils grandir au milieu de ces barbares...

Cynthia montra les crocs. Les hommes de Koakea n'étaient pas des barbares. Ils n'avaient peut-être pas des manières très raffinées comme les dragons parmi lesquels elle avait évolué, cependant ils avaient plus de cœur, de loyauté et de courage que les plus grands qu'elle avait connus.

Une pointe de tristesse la traversa. Barnaby avait eu toutes ces qualités aussi. Il avait été un homme bon et un père génial. Un partenaire aimant, à sa façon.

Elle se ressaisit. Une raison de plus de débarrasser le monde de Moira tout de suite.

Quand Cynthia avança, elle recula. Mais les dragons autour, perchés sur les falaises, se penchèrent, étouffant le petit élan de pouvoir que Cynthia ressentait. Sous forme de dragon, elle faisait quatre fois la taille humaine de Moira, et ses écailles dorées scintillaient sous la lueur de la lave. Les dragons dorés étaient rares, et les marques qu'arborait Cynthia l'étaient encore plus, grâce à l'anneau noir uni autour du sommet de sa tête. Un signe de la lignée dragonne la plus noble, descendant de l'ancienne royauté. La forme de Moira, de son côté, était d'un gris-marron terne.

Regarde-moi, sifflait sa dragonne à Moira. *Vas-tu vraiment oser t'attaquer à moi ?*

À une époque, Cynthia aurait été coupable d'être un peu trop fière de sa forme dragonne. Mais elle avait appris à ses dépens que la noblesse venait des actions plutôt que du hasard des naissances. Connor l'avait prouvé, ainsi que les autres hommes et femmes de Koakea. Pourtant, elle pouvait sentir le pouvoir de ces ancêtres tourbillonner dans ses veines, lui donnant du courage. Un courage dont elle aurait besoin, elle en était certaine.

— De quoi exactement souhaites-tu parler, Moira ? demanda-t-elle en parlant de sa voix grave et basse de dragonne.

Sa gorge la brûlait quand elle faisait ça, néanmoins c'était sacrément intimidant, et l'éclat d'inquiétude dans les yeux de Moira valait le coup.

Cependant, cette dernière se reprit plus rapidement que jamais et posa les mains sur les hanches.

— De quoi je souhaite parler ? Eh bien, de ma fortune, pour commencer.

Cynthia rit, laissant le bruit de crécelle effrayer Moira et la faire reculer à nouveau.

— Bien évidemment. L'argent, ton sujet préféré, dit-elle.

Cynthia plissa les yeux, laissant apparaître sa furie, et reprit :

— Tu veux parler de la fortune que tu as volée à ces familles dragonnes qui ne se doutaient de rien ?

Elle ne parlait pas de sa famille à elle, car la majorité de ses richesses avaient été cachées avec soin. Néanmoins, Moira avait récupéré autant de propriétés de Barnaby que possible, en plus de ce qu'elle avait réussi à saisir des possessions de son amant Drax, qui ne faisait plus partie de ce monde. Ça, ainsi que les biens de la dizaine de dragons que Moira avait utilisés, abusés, avant de s'en débarrasser.

— Ce n'est qu'une question de perspective, déclara Moira en agitant la main d'un air détaché. Pour l'instant, je préfère me concentrer sur la fortune que je suis sur le point d'étendre.

— Et comment comptes-tu t'y prendre ?

Un des dragons autour s'élança dans les airs et dessina des cercles au-dessus d'elle dans un rappel silencieux de ce que Cynthia affrontait.

Moira sourit et se pencha.

— En te tuant, bien sûr.

Cynthia ouvrit grand les ailes et la bouche, la défiant. Mais sa cousine continua, peu perturbée.

— Oh, je vais te tuer, très chère Cynthia. C'est inévitable, tu sais. C'est de ton gentil petit garçon dont nous allons parler.

Une rage sans précédent parcourut les veines de Cynthia, et elle plongea. Cependant, les gardes de Moira décollèrent, la coupant dans son élan.

— Je t'interdis de le mêler à tout ça, siffla Cynthia. Tu ne le toucheras pas.

Les yeux de Moira luisirent alors qu'elle ouvrait grand les bras, se préparant à se transformer.

— Oh, mais j'y compte bien.

Ses doigts s'allongèrent, ainsi que leur palmure, formant des ailes. Son grand sourire transitionna horriblement vers une rangée de crocs, et quand les écailles éclatèrent sur son cœur, les restes de sa robe rouge tourbillonnèrent sous le vent.

Moira rit et désigna Maui, parlant de sa voix rocailleuse de dragon.

— Et qui sait ? Je pourrais tout simplement le revendiquer comme mien.

De la bile remonta dans la gorge de Cynthia. C'était assez terrible d'imaginer Joey menacé. Mais que Moira lui vole son fils et lave son cerveau innocent...

Elle pouvait l'imaginer bien trop facilement.

« Ton père était un lâche », dirait-elle en tapotant la tête du pauvre petit, confus, alors que des domestiques détaleraient en silence, effrayés. « Ta mère était le mal incarné. Si je n'avais pas été là... »

Moira sourit.

— Eh bien, Cynthia. Tu lis dans mon esprit. C'est exactement ce que j'avais prévu.

Un rugissement tonitruant s'échappa de la gorge de Cynthia, et elle se jeta sur Moira en braillant :

— Jamais. Jamais !

Chapitre 16

Cal dormait si bien, peut-être la meilleure nuit de sa vie, jusqu'à ce que quelque chose toque au coin de son esprit. Il roula et tendit le bas, cherchant Cynthia. Le lit était chaud, mais elle n'était pas là, et une sinistre impression s'intensifia. Un instant plus tard, sa voix résonna dans son esprit, et il bondit hors du lit. Se précipitant sur le balcon, il chercha l'ombre qui filait à l'horizon.

— Cynthia !

Mais elle était partie, et pire... elle l'avait chassé de son esprit. Il était bien placé pour savoir que c'était nécessaire dans un combat, mais bon sang. Ça faisait quand même mal.

Il se précipita vers la porte, récupérant ses vêtements au passage. Il fila ensuite dehors, les paroles de Cynthia résonnant dans son esprit.

Je t'en supplie. Protège Joey. Mets-le en sécurité. Pitié.

Bon sang ! C'était lui qui était censé courir vers le champ de bataille, pas elle. Moira devait avoir une armée de mercenaires avec elle. À quoi pensait-elle ?

À se venger, fit remarquer son loup.

Ça, il pouvait le comprendre. Mais être laissé derrière alors que la bataille faisait rage ailleurs, c'était nouveau.

Son loup renifla l'air.

Pas pour longtemps.

Il s'arrêta à mi-course, scrutant l'horizon. Cynthia était bien trop loin pour qu'il la voie, cependant une autre forme se dessina dans le noir.

Ils arrivent, gronda une voix dans son esprit.

Il se tourna pour trouver Connor qui courait pieds et torse nus, ne portant rien d'autre qu'un pantalon de treillis.

— Bon Dieu.

Le dragon métamorphe scruta l'hélicoptère qui déboulait vers eux.

— Tu as un plan de secours pour ça ? demanda Cal en serrant les poings.

Connor hocha vivement la tête alors qu'il filait vers le nord.

— On a un plan pour tout. Et ça inclut...

Il se coupa dans son élan et scruta Cal, les narines dilatées. Merde. Cal était habillé, mais l'odeur de Cynthia était encore partout sur sa peau.

— Tu sens le sexe, lança-t-il vivement.

— Et toi aussi, répliqua Cal qui n'avait pas le temps pour les conneries de dragon.

Ses yeux brillèrent et ses canines s'allongèrent.

— Ouais, eh bien, il se trouve que Jenna est ma compagne.

— Et il se trouve que Cynthia est la mienne, aboya Cal alors que plusieurs autres arrivaient.

Silas, Tim, Dell et Chase s'immobilisèrent et le dévisagèrent. Cal leur rendit leur regard, le poil hérissé. Il en avait marre des hommes qui pouvaient parader avec leurs compagnes pour que tout le monde les voie. Il appréciait leur instinct de protection envers Cynthia, toutefois, quand allaient-ils accepter qu'elle n'avait pas besoin d'être protégée de lui ?

Il désigna l'horizon.

— L'ennemi est là-bas, bon sang. Concentrez-vous sur ça.

Pendant un moment incertain, l'air crépita et ils se contemplèrent les uns les autres.

— Je vous ai dit de vous concentrer. Si vous tenez à Cynthia, ou à vos propres peaux, vous vous concentrerez. Maintenant.

Chase, Tim et Dell examinèrent Connor, qui avait l'impression d'être sur le point d'exploser. Il avança d'un pas avec un air féroce et renfrogné. Silas ouvrit la bouche et marcha vers lui, cependant Connor baissa lentement les mains.

— Tu as raison.

Ce qui ne l'empêcha pas de le fusiller du regard, mais il recula quand même, avant de se tourner vers Silas.

— Plan Zulu ?

Le métamorphe dragon hocha la tête.

— Zulu, oui.

Et aussi simplement que ça, tout le monde se tourna et fila pour s'atteler à ce que le plan Zulu signifiait, quoi que ça veuille dire pour eux. Clairement, ils s'étaient entraînés pour ce scénario.

— Jenna et toi irez prêter main-forte à Cynthia, ordonna Silas à Connor. Kai, Cassandra et moi couvrirons nos arrières ici.

Pour la toute première fois, Cal souhaita être un dragon et pas un loup. Ou un griffon, ou un putain de pégase… tout ce qui le laisserait voler aux côtés de sa compagne.

— Et Tessa, tu veux dire, répondit Connor.

Silas secoua brièvement la tête.

— Pas ce soir. Pas pendant six à neuf mois, de ce que je sais.

Connor écarquilla les yeux, et Dell sourit.

— Merde alors. Kai et Tessa…

Cal agita les mains. Ce n'était pas le moment d'avoir la larme à l'œil pour le prochain couple de Koa Point qui attendait un enfant.

— En route, soldats.

Connor sursauta et se mit en marche. Dell eut l'air sur le point de faire de même quand Anjali courut vers lui avec Quinn.

Dell désigna Hailey.

— Rejoignez Boone et Nina, pour garder les enfants en sécurité.

Anjali hocha la tête, avant de regarder autour d'elle.

— Où est Joey ?

La clairière avait bourdonné d'activité ces dernières minutes, pourtant tout le monde se figea à ces paroles.

— Je l'ai renvoyé à la maison, indiqua Dell. Je croyais qu'il était avec toi.

Anjali blêmit.

— Je croyais qu'il était avec toi. Oh mon Dieu...

Tout le monde sembla prêt à ratisser la campagne pour retrouver le garçon, cependant Silas tapa dans ses mains pour attirer leur attention.

— Attendez. Anjali, retourne auprès de Boone et Nina. Protège Quinn. Hailey, Dell et Cal... Cherchez Joey. Dès que vous l'avez retrouvé, ramenez-le chez Boone, et filez à vos positions.

Cal aurait pu s'arracher les cheveux. Il avait son propre plan et il avait besoin de se mettre à son poste... et vite. Mais Silas avait raison. Ils devaient d'abord retrouver Joey.

— Tous les autres, en position, aboya le dragon.

Après avoir échangé un dernier regard inquiet, ils se dispersèrent tous.

— Joey ! appela Hailey en courant vers la maison de Dell.

— Joey ! cria la voix du lion métamorphe, brisée sous l'inquiétude.

— Je vais voir dans la grande maison.

Cal tourna à gauche. C'était logique que le petit soit allé là-bas en ayant entendu parler d'une urgence, non ?

Mais la maison était étrangement déserte, avec les rideaux flottants et les pièces vides de toute vie. Cal regarda autour de lui, ayant mal aux tripes. Quelques heures plus tôt, l'endroit avait bourdonné d'activité. Mais là, le vide faisait peser une impression inquiétante qu'il ne parvenait pas à chasser.

Dans un moment déchirant, il se demanda si les forces de Moira avaient pu se faufiler ici et enlever Joey. Mais il n'y avait aucune trace ou odeur étrangère, et l'hélicoptère n'avait même pas encore atterri.

Il tourna les talons et traversa le porche, réfléchissant. Toutes ces allées et venues avaient déjà bouffé dix bonnes minutes. Ce qui faisait beaucoup de temps pour qu'un enfant erre et se cache. Mais un enfant effrayé ne se cachait pas. Il courait dans les jupes de sa mère, non ?

Joey n'aurait pas peur, gronda son loup avec une étrange impression de fierté. Comme si c'était son propre fils ou quelque chose comme ça. Seigneur, son esprit était tordu.

Mais c'était vrai. Joey idolâtrait les hommes et les femmes de sa meute. Il souhaitait être un héros comme eux. Ce qui voulait dire...

Cal descendit les marches, se demandant ce que pouvait bien être ce plan Zulu, et quel rôle Joey aimerait y occuper. Soudain, il comprit.

Pas le plan Zulu ? interrogea son loup.

Il se tourna vers les collines de la montagne qui s'élevaient depuis les hauts flancs de la plantation, se rappelant ses propres paroles.

« Tu vois la saillie, là-bas ? Ce serait une position parfaite pour vos défenses, tu ne crois pas ? »

Il resta bouche bée. Il n'aurait pas quitté la plantation, si ? Il était certainement bien trop similaire à Barnaby pour faire une telle chose. Besogneux. Prudent. Ayant appris à la naissance à ne pas agir sans réfléchir.

Mais, bon sang. Il avait aussi les tendances entêtées de Cynthia, et Cal avait vu une ou deux fois une flamme briller dans les yeux de Joey.

Cal franchit les dernières marches en un bond rapide et il racla promptement le sol, sprintant jusqu'à la Triumph. Une minute plus tard, il faisait vrombir le moteur sur la route.

— Hé ! appela Tim en lui faisant signe au portail.

Apparemment, le plan Zulu requérait la présence d'un ours à l'entrée principale.

Cal désigna vivement le portail.

— Ça vaut ce que ça vaut, mais je pense savoir où est parti Joey.

Tim se décomposa.

— Il a quitté la plantation ?

Cal fit ronfler son moteur dans une indication peu subtile. C'était possible, oui. Le domaine était encerclé par des sections de murs et des clôtures, cependant Joey pouvait probablement trouver un endroit où se tortiller.

— Ouvre ce putain de portail.

Tim hésita un peu plus longtemps, puis obéit, et Cal fila dans la nuit.

∞∞∞∞

Techniquement, Cal n'avait pas besoin de la moto pour traquer le petit, cependant il irait plus vite ainsi. En particulier sur la pente montante et escarpée, au milieu de la nuit. Son esprit tournait aussi vite que le moteur de la Triumph. S'il avait tort au sujet de Joey...

Il repoussa cette pensée de son esprit. S'il se trompait, Joey était probablement déjà de retour chez Dell, s'affairant au refuge de la meute. Ce qui libérerait Cal pour gérer ses propres positions de combat. Quoi qu'il en soit, il se dirigeait donc dans la bonne direction.

Mais, Seigneur, que son cœur battait fort. Et merde, ses paumes suaient vraiment.

Il traversa la route principale sans croiser d'autre véhicule à cette heure de la nuit, et engagea la moto sur le sentier raide de l'autre côté. Suivant son instinct, il se dirigea vers le bout de cet embranchement, puis lâcha la bécane, courant avant même d'avoir touché le sol. Sa cache d'armes n'était qu'à quelques mètres de là et...

— Joey, souffla-t-il, se coupant dans son élan.

Il faisait sombre, cependant il ne pouvait pas rater le petit rouquin. Il était sur la pointe des pieds, s'étirant pour soulever une lance dans le cadre que Cal avait construit.

— Joey.

Le garçon se tourna, l'air plus sérieux que jamais.

— Je crois savoir comment ça marche. La lance va là-dedans, c'est ça ? Mais je ne peux pas la soulever...

Cal le dévisagea. Pensait-il vraiment pouvoir protéger son foyer d'une meute de mercenaire ?

La mâchoire fermement serrée du petit répondait claire-ment à cette question.

Cal se retint de crier. : « Tu es cinglé ? Tout le monde te cherche et se fait un sang d'encre ! »

Au lieu de ça, il parla aussi calmement que possible.

— Dell a besoin que tu rentres, Joey.

Ce dernier secoua la tête.

— Maman dit que tout le monde doit aider.

Un hélicoptère tonna au-dessus de leur tête et Cal plongea vers Joey, espérant qu'il ne les ait pas repérés. Il roula et maintint le garçon à plat sur le sol, posant un doigt sur sa bouche et lui intimant d'un regard de rester silencieux. Le petit hocha la tête et s'immobilisa.

Bon garçon, murmura le loup de Cal.

Cal leva les yeux au ciel. Il n'était pas certain de vouloir serrer le petit dans ses bras ou le tuer, mais il avait de plus gros problèmes pour l'instant : l'hélicoptère se posait non loin d'eux. Quand un moteur se fit entendre sur la route principale, il tourna la tête et vit au moins une dizaine d'autres hommes et animaux bondir d'un van avant de se disperser dans la végétation entourant le domaine de la plantation.

Bon Dieu, elle était là. L'attaque pour laquelle ils s'étaient tous préparés. D'une façon ou d'une autre, Moira était parvenue à introduire ses forces sur le territoire, ou du moins, à les organiser depuis la Grande Île. Silas avait des informateurs partout sur les îles, cependant si elle avait affrété un avion privé et avait agi rapidement, tout était possible.

C'est plus que possible, grommela son loup. *C'est en train de se produire.*

Son cœur tambourina dans sa poitrine, en partie d'euphorie parce que c'était la bataille pour laquelle il s'était préparé toute sa vie. Mais une autre partie était de la peur, parce que ce n'était pas censé se passer ainsi. Au lieu d'être à l'abri, Cynthia avait foncé au combat. Et au lieu d'être libre d'armer les positions défensives qu'il avait dressées, Cal avait un enfant à prendre en compte.

Reculant, il saisit Joey et roula dans un creux, espérant que le garçon ne pousse pas de cri. Mais il était un soldat et resta calme, même s'il tremblait dans ses bras.

— Ne bouge pas, murmura Cal.

Les buissons devant eux bruissèrent. Quelque chose de gros se déplaçait.

Joey hocha faiblement la tête, et Cal pouvait le sentir retenir son souffle.

Une patte énorme et de la taille d'une planche arriva dans son champ de vision, ainsi qu'une longueur de poils touffus. Un des tigres était en pleine traque, se mêlant au paysage.

Cal serra les dents. Si la brise vacillait ne serait-ce qu'un peu...

Mais elle n'en fit rien, grâce à Dieu, et le tigre disparut, déterminé à rejoindre la propriété en contrebas. Les lumières étaient toutes éteintes sur la plantation, mais Cal savait qu'il était encore là.

Le tigre semblait conscient de sa présence aussi, ce qui n'était pas bon.

Un instant plus tard, une autre ombre rayée se déplaça furtivement, et même les criquets cessèrent de striduler. Cal ne respira pas pendant une bonne minute, quand le métamorphe passa.

Les yeux de Joey étaient grands ouverts comme des soucoupes, et son visage était blême.

Ne sachant pas quoi faire d'autre, Cal lui tapota l'épaule.

— Ne t'inquiète pas. Dell et les autres seront prêts.

Quand Joey posa ses grands yeux verts sur lui, Cal déglutit difficilement.

— Tu es sûr ?

Cal fit la moue. Il l'espérait bien, putain. Il ajouta alors :

— Tiens bon. Je vais faire en sorte qu'ils le sachent.

Il observa la propriété, les paupières à demi-closes, se concentrant durement.

Dell... Silas...

C'était une chose de communiquer par l'esprit avec un autre métamorphe lorsqu'il était proche. Mais créer un lien mental à distance, avec des métamorphes qu'il venait de rencontrer et qui se préparaient tous au combat... c'était difficile. Il finit par tomber sur l'aura puissante de Silas et la traqua sur la droite.

Deux tigres venant des montagnes. Quatre autres métamorphes pas loin derrière.

Joey... grommela Silas d'une voix crispée d'inquiétude.

Il est avec moi. Dis-le aux autres. Et attention à...

Des bruits de pas retentirent dans l'obscurité à sa droite et deux ombres le surplombèrent. Cal jura dans sa barbe, puis se concentra à nouveau sur Silas.

Deux tigres, en plus de deux loups et deux dragons en mouvement.

Quatre dragons, corrigea Silas un instant plus tard quand deux autres ombres arrivèrent depuis le sud.

Cal se rappela le van, puis se tourna. Silas, Dell et les autres avaient été prévenus. Il devait bouger s'il comptait mettre en route son plan secret.

Gentiment, il poussa Joey vers les hauteurs.

— Allez. Tu vas m'aider.

Trois pas plus tard, ils atteignirent le remblai qu'il avait creusé des jours plus tôt, ainsi que l'équipement qu'il avait caché.

— Tu peux attraper ce bout ?

Joey l'avait instantanément suivi, mais dès que Cal retira le filet de camouflage recouvrant sa construction, le garçon resta bouche bée.

— Waouh.

Cal hocha mentalement la tête. Ouais. « Waouh » correspondait bien à cette arme.

— Ça s'appelle une baliste. C'est un peu comme un lance-pierres, mais en plus grand, expliqua-t-il tout en se décalant derrière le mécanisme de mise à feu.

Et plus mortel, grogna son loup.

— Une baliste ?

Joey avait l'air absolument captivé.

Cal se laissa admirer l'engin pendant une microseconde. Même s'il était assez simple, il était aussi infaillible. Tout ce qu'il avait à faire, c'était tourner le bras de lancement vers l'arrière, glisser la lance en position et... faire de la pâtée de dragons ennemis.

— Attrape ce morceau, tu veux ? demanda-t-il avec un geste.

Il n'avait pas besoin de l'aide de Joey, cependant ça garderait le garçon assez occupé pour qu'il ne panique pas.

Ensemble, ils mirent la lance de trois mètres en place et inclinèrent le mécanisme qui la déclencherait.

— Tu vois comment ça marche ? demanda-t-il en désignant les parties mobiles. Tu vises par là, et ensuite tu tires ça...

— Wouah, marmonna Joey. Je pensais que les loups se battaient avec leurs griffes et leurs crocs.

Cal fit la grimace. Il aurait bien aimé.

— Ça fonctionne avec les métamorphes à quatre pattes, mais pas contre les dragons. Alors, j'ai trouvé ça.

En fait, c'était l'idée de Barnaby, cependant ce serait trop long de tout lui expliquer maintenant.

J'aurais préféré me battre, gronda son loup.

Comme d'habitude, la bête brûlait d'affronter leur ennemi à quatre pattes. Mais Cal avait appris à ses dépens que seule l'intelligence, en plus de l'élément de surprise, permettrait à un loup de vaincre un dragon.

Il visa avec la longueur de la lance puis hocha brièvement la tête. Première arme, prête. Il était temps d'installer la deuxième baliste qu'il avait cachée sous les hautes herbes. Les gestes lui étaient tous familiers, cependant il y avait une chose qui ne l'était pas. Comment allait-il garder Joey en sécurité durant les combats ? Un autre métamorphe pouvait rôder dans les buissons à n'importe quel moment et...

Une grande ombre s'éleva quelque part derrière lui, lui glaçant le sang.

— À terre ! cracha-t-il en emportant Joey une seconde fois.

Les poils de sa nuque se hérissèrent alors que son nez repérait une odeur de dragon familière.

Kravik, grogna son loup.

Lentement, Cal tourna la tête, observant le dragon monter de plus en plus haut dans le ciel. Son sang tambourinait si fort qu'il craignait que Kravik l'entende.

Cet enfoiré, ici ? gronda son loup. *Maintenant ?*

Ils s'étaient accrochés à plusieurs reprises ces trois dernières années, cependant Kravik lui avait échappé à chaque fois et il n'avait jamais réussi à le tuer.

Son loup gronda alors qu'il levait les yeux vers l'obscurité, suivant la silhouette du dragon avec la nuit pour toile de fond.

Il était magnifique, ce connard, Cal pouvait le lui accorder. Il avait une peau noire ton sur ton qui scintillait sous la lune, et ses yeux brillaient dans la nuit d'un rouge dédaigneux qui pensait avoir tous les droits.

Cal déglutit l'amertume dans sa bouche. Il s'était dit que Kravik et son gang de dragons européens finiraient par se mêler aux conspirations de Moira, néanmoins il n'avait jamais anticipé que tout arriverait d'un coup maintenant. Pas quand la femme qu'il aimait avait décidé de mener sa propre bataille. Pas avec son fils qu'elle lui avait confié. Et pas avec ce qui semblait être un bataillon entier de métamorphes sur le point de défoncer les portes de Koa Point.

Et pourtant, c'était le cas. Kravik, le dragon noir massif, volait au-dessus de leurs têtes tout en observant le sol. Est-ce qu'il le cherchait ?

Un son grave et guttural attira ailleurs l'attention du dragon. Deux autres apparurent pour faire leur rapport. Les trois tournèrent en cercle, surveillant le combat qui avait lieu au loin.

Cal compta rapidement. Il y avait déjà quatre dragons qui volaient au-dessus du domaine et de la plantation, affrontant Silas, Kai et Cassandra. Un nombre incalculable d'autres métamorphes se faufilaient dans les ténèbres au sol, tombant sur une meute féroce déterminée à protéger leur foyer. Kravik et ses deux larbins restèrent en hauteur, en retrait pour le moment. Apparemment, ils attendaient que les premières lignes affaiblissent Silas et les autres avant de bouger pour l'assaut final. De son côté, Moira et ses gardes du corps devaient être au-dessus de la Grande Île, affrontant Cynthia, Connor et Jenna. Somme toute, il y en avait assez pour faire tourner la tête d'un loup.

Cela se résumait surtout à Moira et Kravik, cependant. Deux des dragons les plus maléfiques et impitoyables que le monde ait jamais connus. La seule vraie question, c'était de savoir qui était le pion de qui.

Cal enfonça les doigts dans le sol. Les détails ne comptaient pas. Il était venu à Maui en étant prêt à tuer quelques dragons, pas vrai ? Avoir Kravik sur place lui donnait l'opportunité de faire d'une pierre, deux coups.

Ou trois ou quatre... grogna son loup.

Il avait l'air d'avoir raison, à en juger la distance entre sa première baliste et l'endroit où il avait caché les lances plus tôt. Il tapota alors Joey sur l'épaule et fit un signe vers la droite.

— Il est temps de se mobiliser, petit. Tu es prêt ?

Ce n'était pas juste de lui en demander autant, toutefois Joey était un Brenner et un Baird. Et bordel, peut-être qu'il y avait vraiment quelque chose dans le sang des vieilles lignées des familles chics. Parce que ce gamin, même s'il était pâle et tremblant, hocha immédiatement la tête.

— Oui, monsieur. Et toi ?

Cal manqua de rire à la façon dont il imita les hommes des forces spéciales avec qui il passait tant de temps. Un instant plus tard, le sourire de Cal disparut, remplacé par un froncement sinistre alors que son loup jurait de faire pleuvoir le feu de l'enfer sur les dragons au-dessus de leurs têtes.

Chapitre 17

Cynthia plongea vers Moira tous crocs dehors, s'encourageant intérieurement.

Tue-la ! Tue Moira, une bonne fois pour toutes.

Mais cette dernière était étonnamment rapide et parvint à projeter Cynthia sur le côté. Elle eut à peine le temps de replier ses ailes avant de s'écraser par terre en roulant. Entendant un sifflement, elle roula à nouveau, juste à temps pour éviter l'explosion brûlante d'une bouche volcanique. Elle crapahuta et se redressa, s'élançant à nouveau dans les airs.

Moira fit de même, et ses gardes intervinrent, convergeant tous vers Cynthia au même moment. Des langues de feu piquèrent ses ailes, sa queue et ses oreilles. Elle tournoya dans le ciel, libérant un panache de flamme plus grand que tous ceux qu'elle avait déjà lancés.

Derrière !

Sa dragonne pulvérisa un cercle de feu.

Un instant plus tard, elle cligna des yeux devant les queues des six dragons qui battaient en retraite, étourdis par l'écho de son propre rugissement. Était-ce vraiment elle qui avait provoqué tout ça ?

Un peu que c'est toi, murmura sa dragonne en reprenant une réplique de Cassandra, la compagne de Silas.

Même Moira avait l'air légèrement abasourdie, cependant elle se ressaisit rapidement.

Eh bien, eh bien. Et moi qui ai toujours cru que tu étais une dame convenable.

Tu vas voir, grommela Cynthia.

183

Courbant les ailes, elle tourna en rond autour de Moira, cherchant une ouverture. Ses gardes se regroupèrent rapidement et commencèrent à revenir vers elles depuis l'autre côté. Tous ces mouvements étaient suffisants pour lui faire tourner la tête, en particulier avec le volcan qui crachait des gaz toxiques et la chaleur torride.

Bon sang.

Elle chercha une voie libre dans ce défi.

J'ai touché la corde sensible, chère cousine ? la taquina Moira.

Cynthia ne s'embêta pas à répondre. Au lieu de ça, elle fonça sur Moira, donnant des coups de dents vers sa longue queue marron. Mais un des dragons autour plongea vers elle, cherchant à mettre en pièces ses ailes avec ses serres aiguisées comme des rasoirs.

Vite ! jappa-t-elle pour elle-même.

Elle replia son aile droite tout en reversant la gauche et faisant un tonneau. Puis, avec un coup de queue, elle se tordit dans les airs et cracha du feu.

Son assaillant cria et battit des ailes, essayant de fuir, cependant Cynthia expira longuement et profondément, maintenant son feu jusqu'à repousser l'ennemi au sol. Le dragon s'écrasa, faisant trembler la terre, et un hurlement bestial s'échappa de la gorge de Cynthia. Un cri de victoire qui était plus la voix de ces ancêtres que la sienne.

Vous ne pourrez pas nous battre. Nous sommes le clan des Baird.

Une énergie jamais ressentie auparavant traversa ses veines et elle prit une profonde inspiration. Peut-être y avait-il des avantages à être la dernière de sa lignée.

Elle fusilla Moira du regard.

Je ne reculerai pas. Je te combattrai jusqu'au bout.

Sans réfléchir, elle prit de l'altitude, s'assurant de ne pas donner d'avantages à sa cousine. Elle avait beau être alimentée par le pouvoir de ses ancêtres, l'entraînement militaire de Connor lui avait appris quand attaquer et quand observer.

Observe, disait la petite voix dans son esprit.

Elle regarda autour d'elle. Un des hommes de main de Moira était étendu par terre, cependant les cinq autres tournaient encore avec le regard vif. Ils ne la sous-estimeraient pas, c'était certain.

Moira examina le corps amorphe du dragon en contrebas. Apparemment, elle avait également sous-estimé Cynthia. Mais, fidèle à elle-même, elle se contenta de rire.

Oh, tu vas rendre tout ça beaucoup plus amusant.

Cynthia cracha des flammes dans sa direction. Quel genre de personne trouvait la mort et la destruction amusantes ?

Moira, répondit sa dragonne intérieure dans un grognement.

Tu me rappelles Barnaby, soupira Moira. *À jouer les braves dragons altruistes.*

Cynthia rugit.

Barnaby ne jouait pas. Et moi non plus. Mais je ne m'attends pas à ce que tu t'y connaisses en bravoure.

Moira se tourna, traquant ses mouvements.

Que sais-tu de la bravoure ? Ou alors, tu confonds avec cette chose risible qu'est la fierté ? Barnaby était plus intéressé par l'idée de protéger son nom que te protéger toi.

Cynthia savait qu'il valait mieux ne pas répondre, mais à nouveau, elle devait gagner du temps, donc elle cracha une réplique dans l'esprit de sa cousine.

Il protégeait les gens qu'il aimait. L'amour, Moira. Un concept que tu ne comprendras jamais.

Une autre bouche explosa en dessous et même à quinze mètres de là, Cynthia pouvait sentir le souffle de l'air. Elle recula rapidement, ainsi que Moira, juste à temps pour éviter la colonne de vapeur brûlante qui s'éleva entre elles.

Oh, je sais tout de l'amour, murmura Moira avec suffisance. *J'aime l'amour. J'aime la vengeance.*

Cynthia n'avait jamais été du genre à se venger, mais, bordel… elle commençait à voir l'attrait. Dans un sens, son père avait eu raison de lui apprendre les dangers de ce chemin.

« La vengeance commence, mais ne s'arrête jamais », avait-il toujours dit. « Elle ne fait que te dévorer. »

L'amour était comme ça aussi, mais d'une bonne façon, se disait-elle. Comme celui qu'elle portait à Joey. Son amour pour Cal qui avait tenu toutes ces années. Celui pour les membres de sa meute, oui même eux, même Dell qui la rendait folle.

Elle se surprit à sourire, cependant elle changea rapidement en réfléchissant. Ils mourraient tous pour Joey ou elle. Était-elle prête à faire la même chose ?

Son cœur se tordit à la pensée de faire de son fils un orphelin. Il avait déjà tellement enduré. Mais même si les choses prenaient la pire tournure possible, il aurait les autres avec lui. Il aurait de l'amour... et des souvenirs.

Pendant quelques secondes, le chagrin la consuma. Puis elle montra les crocs et se concentra sur la dragonne qui avait orchestré tant d'attaques sur les gens que Cynthia aimait.

Sa cousine gloussa.

Oh, Cynthia. Tu es une princesse, pas une guerrière. N'essaie même pas.

Cynthia inspira, laissant sa colère bouillir en elle. « Princesse » correspondait peut-être à son éducation, cependant le destin avait depuis longtemps changé sa route. En ce qui concernait le fait d'être une guerrière... eh bien, elle ne sortait peut-être pas des forces spéciales, mais elle était une mère, ce qui lui donnait une tout autre sorte de pouvoir.

Moira a tant détruit, et elle continuera si on ne l'arrête pas, chuchotait une petite voix dans sa tête.

Cynthia cracha une longue langue de feu vers sa cousine.

Elle t'a fait croire que Cal était parti pour que tu lâches de ton côté, continua sa voix.

Elle battit des ailes, gagnant en altitude.

Elle veut te prendre ton enfant.

Elle rugit et plongea vers Moira.

Jamais.

Les gardes de Moira descendirent tous en piqué vers elle, mais Cynthia se concentra sur les braises qui brûlaient profondément dans son âme de dragon. Sa tension artérielle s'emballa alors qu'elle faisait appel à des filets de feu de chaque partie de son corps jusqu'à former une énorme boule tourbillonnante dans ses poumons. Ensuite, avec le plus grand souffle de sa vie, elle lâcha tout.

Moira cria et roula. Cynthia continua sans relâche, dynamitant Moira avec ses flammes. Mais les gardes étaient juste sur ses talons, sur le point de la piéger dans un pentagramme de feu, donc elle se tourna dans les airs et les visa, à la place.

Les quelques minutes suivantes passèrent dans un flou de rugissements déchirants et de battements d'ailes tonitruants. Cynthia avait la vague sensation d'une douleur dans son aile droite et de la piqûre de la sueur dans ses yeux. Du sang dégoulinait de ses serres et elle n'était pas sûre de son propriétaire. Elle s'en fichait aussi. Toujours furieuse, elle canalisa son pouvoir intérieur. Un pouvoir qui venait du cœur, de la force de vie de ces ancêtres, et d'une étrange sensation qu'elle pista jusqu'à... sa cheville ? Le picotement était intense. Ses perles s'étaient-elles entortillées ou avait-elle été brûlée là ? Dans l'empressement du combat, elle n'avait pas le temps de vérifier.

Les plongeons, roulés et virages qu'elle avait appris de Connor la faisaient échapper d'un cheveu à l'ennemi. Quand un dragon apparut, sorti de nulle part et crachant du feu vers ses ailes, elle roula hors de son chemin. Un autre s'écarta de ses serres pour seulement se retrouver dans sa ligne de feu, et il chuta vers le sol. Elle ne savait pas comment elle trouvait l'énergie de tous les combattre. Elle savait juste que ça avait un rapport avec la chaleur qui montait depuis sa cheville.

Quand elle baissa les yeux, elle fut surprise de voir un anneau brillant d'une lumière blanc bleuâtre venant de ses perles. Ce qui semblait important, cependant elle n'avait pas le temps de traiter l'information. Pas avec un autre dragon qui approchait sur le côté, crachant du feu.

Elle roula, tourna et rendit le feu jusqu'à ce que tout devienne flou autour d'elle. Dans les affres de ce combat aérien de fous, elle perdit la trace de Moira. Les bouches de gaz exposaient en contrebas, ajoutant à la confusion. Quelque part sur sa droite, Cynthia remarqua une longue ligne de feu... une rivière de lave ondoyant d'écarlate dans l'obscurité de la nuit.

Attention ! rugit une voix dans son esprit.

Elle se tourna juste à temps pour repousser un dragon qui arrivait sur elle, puis pivota pour affronter le suivant, ouvrant grand la gueule pour libérer un autre panache de flammes.

Arrête ! cria une voix familière.

Elle cligna des yeux devant les iris couleur noisette devant elle.

Connor ?

Waouh, bafouilla-t-il en reculant. *Oui, c'est moi. Et Jenna là-bas.*

Il fit un signe de tête en haut à droite.

Essaie de ne pas nous tuer, d'accord ? Juste les méchants.

Cynthia hocha la tête et roula pour faire face aux autres. Mais la phalange de dragons aux rangs serrés s'était divisée en deux groupes. Un des mercenaires de Moira filait la queue entre les pattes, pourchassé par Jenna. Deux autres étaient au sol, carbonisés et sans vie sur le terrain ravagé en bas. Un vola au-dessus de leurs têtes pour l'attaquer.

Je m'occupe de cet enfoiré, aboya Connor dans son esprit. *Occupe-toi de Moira.*

Cynthia s'écarta, fouillant intensément les ténèbres. Sans surprise, Moira se faufilait hors du champ de bataille, ses arrières protégés par le dernier de ses gardes. Cynthia battit des ailes, leur filant le train.

Ne la laisse pas s'enfuir, lança la voix.

Ce n'était pas celle de Connor ni de sa dragonne. Elle vacilla légèrement quand elle comprit de qui il s'agissait.

Barnaby, murmura-t-elle.

Une boule se forma dans sa gorge, bloquant l'afflux de feu. Elle continua à voler, consumée par le chagrin. Il y avait eu tant de pertes, tant de souffrances. Trop de douleur pour les gens qu'elle aimait.

Alors, mets-y un terme, chuchota l'esprit de Barnaby. *Venge-moi, et continue à vivre. Vis avec l'homme que tu mérites.*

Elle aurait pu se rouler en boule sur le sol et sangloter. Barnaby était un homme bon, pourtant elle ne l'avait jamais aimé comme il l'aurait mérité.

Tout ce qui compte, c'est toi. Et Joey. L'avenir, lui assura-t-il avant de baisser la voix dans un grognement. *Et Moira. Finis-en avec elle, une bonne fois pour toutes ! Tue-la !*

Cynthia prit une profonde inspiration, sortit les griffes et sprinta à la suite de Moira.

Le mercenaire qui la protégeait se tournait alors qu'elle approchait, mais elle l'écrasa sous un flux de flammes incessant. Il bascula dans les airs avant de chuter au sol. Cynthia ne s'arrêta pas pour le regarder s'écraser, cependant elle entendit le sifflement d'une bouche volcanique et le cri qui s'en suivit. Un instant plus tard, ses narines s'emplirent de la puanteur du cuir roussi. Un autre ennemi était mort.

Sale garce ! cria Moira en repartant vers l'endroit où elles étaient.

Cynthia ne perdit pas de temps à répondre. Battant durement des ailes, elle fonça après Moira.

Tu ne peux pas ! hurla cette dernière en se ruant sur le côté.

Marchant au désespoir, elle parvint à échapper aux trois attaques suivantes de Cynthia. Elle regardait partout, cherchant des renforts qui ne viendraient jamais.

Personne ne viendra pour elle, gronda la dragonne de Cynthia.

Le contraste était saisissant, parce que de son côté, elle avait toute une meute à ses côtés. Connor et Jenna avaient foncé jusqu'à la Grande Île pour aider, et le reste était sur Maui à protéger Joey. Cal était aussi là, et même l'esprit de Barnaby se battait à ses côtés.

Elle ferma brièvement les yeux, reconnaissante de la chance qu'elle avait. Tout cet amour. Toute cette loyauté. Elle se sentait presque désolée pour Moira.

Mais pas tant que ça, intervint sa dragonne, lui courant après.

La première flamme qu'elle cracha roussit la queue de sa cousine. La seconde la fit tourner à droite, et la troisième...

Moira se tordit dans un mouvement étonnamment rapide et donna un coup de croc vers le bout de l'aile de Cynthia. Cette dernière vira presque à droite, cependant un écho du passé résonna dans sa tête.

« Il y a un mouvement encore meilleur que ça », avait dit Connor une fois.

Sans réfléchir, elle replia son aile contre son corps et roula. Un instant plus tard, elle tomba directement sous Moira, ouvrit son aile et remonta, crachant du feu.

Non !

Moira se détourna, seulement pour exposer son aile gauche au panache de feu. Elle tomba en oscillant, manquant de justesse la rivière de lave. Cynthia suivit, atterrissant sur le sol irrégulier à quelques mètres d'elle. Elle haleta, émerveillée par le mouvement qu'elle venait d'exécuter.

Exécuter, murmura sa dragonne. *Un bon mot.*

Moira traîna son aile blessée, reculant avec précipitation. Elle écarquillait les yeux et sa queue fouettait l'air d'un côté et de l'autre.

Cynthia l'observa de près, cependant les seuls tours qui lui restaient étaient dans ses paroles.

Tu ne peux pas. Laisse-moi tranquille.

Cynthia montra les dents.

Comme moi, tu m'as laissée tranquille ?

Je me rattraperai ! cria Moira, son regard se posant sur la lave fondue qui coupait sa fuite.

Tu ne pourras jamais réparer les dégâts que tu as causés ! rugit Cynthia. *Ni ramener ceux que tu as tués ou effacer la douleur que tu as provoquée ! Jamais !*

Moira reprit forme humaine et tendit les bras pour la supplier. Ou du moins, le bras droit, parce que le gauche était carbonisé et ballant sur son flanc. Si elle pensait néanmoins qu'elle pouvait faire appel à sa pitié, elle allait être déçue.

— Tu ne peux pas. Tu ne peux pas me tuer.

On va voir ça, répondit Cynthia en se rapprochant.

— Mais je suis blessée, tu ne vois pas ? dit-elle docilement.

Des ailes battirent au-dessus de leurs têtes et Cynthia leva les yeux. C'était Connor, merci Seigneur, ainsi que Jenna qui étaient...

Attention ! cria celle-ci.

Cynthia recula en vitesse alors que Moira se transformait rapidement à nouveau en dragonne.

Meurs! hurla-t-elle, soufflant un panache de feu précis.

Cynthia recula, évitant tout juste une bouche volcanique. La rage monta alors en elle et la chaleur autour de sa cheville s'intensifia. Rugissant, elle contre-attaqua. Leurs flammes se percutèrent, les faisant toutes les deux chanceler. Un instant plus tard, chacune renouvela la force de son brasier. Cynthia se retrouva à avancer, forçant Moira à reculer sur le terrain escarpé. Lentement au début, puis plus vite, jusqu'à ce que sa cousine vacille au bord de la lave fondue.

Non! brailla Moira, battant désespérément des ailes.

Mais c'était trop tard, et un instant plus tard...

Cynthia se força à regarder alors que Moira tombait dans la lave. Elle poussa un cri infernal qui transperça l'air quand elle entra en contact avec la rivière fondue, et l'odeur écœurante de cuir brûlé emplit l'air. En quelques secondes, seule la pointe couverte de cendres d'un dragon était visible. Elle finit elle aussi par sombrer, hors de vue. La lave bouillonna, puis se calma et coula vers la mer.

Le pouls de Cynthia battait à tout rompre, et le seul son restant était le sifflement de la lave rouge incandescente qui devenait vapeur au contact de l'eau. C'était tout? Moira était-elle vraiment morte?

Cynthia s'affaissa, incapable de s'en réjouir. Elle venait de tuer un autre être vivant. Sa cousine, en plus. Lentement, elle remonta dans les airs, rejoignant Connor et Jenna alors qu'ils se pressaient aussi vers elle. Personne ne dit un mot. Ils glissèrent juste en cercles inquiets, étudiant la rivière de lave en contrebas. C'était certainement un autre de ses tours, pas vrai? Elle devait être quelque part, à se cacher parmi les rochers.

Connor parcourut le sol de plus près, avant de revenir avec un air sinistre.

Elle est bel et bien morte. Tu as réussi, Cynthia.

Pourtant, elle tourna encore, n'étant pas prête à l'accepter. Ne devrait-elle pas se sentir mal d'avoir tué sa propre cousine? Est-ce qu'il n'y aurait pas eu un autre moyen?

Mais les réponses étaient toutes négatives, et elle le savait. Lentement, elle s'écarta des champs de lave pour suivre Connor et Jenna, qui retournaient déjà vers Maui. Elle avait des cendres plein la bouche et sa gorge la brûlait. Son corps était tellement, tellement épuisé. Quand elle regarda derrière pour s'assurer que personne ne la suivait, ses yeux tombèrent sur un éclat de lumière à sa cheville. Au début, elle cligna des yeux sans comprendre. Ses perles ?

Elle se rappela les avoir attachées à sa cheville avant de se transformer, et à ce moment-là, elles avaient eu leur couleur normale de coquille d'œuf. Là, celle du milieu brillait d'un blanc bleuâtre, renvoyant de la chaleur à travers son corps par vagues. Une bonne chaleur qui lui donnait l'énergie de continuer alors qu'elle avait tous les droits de s'écrouler de fatigue.

Jenna se tourna vers elle.

Est-ce que ça va ? On peut…

Elle s'interrompit en voyant son collier.

Tes perles… souffla-t-elle. *Elles brillent.*

Cynthia hocha lentement la tête. Pas toutes, non. Mais celle du milieu, clairement.

Connor se retourna aussi et ses yeux s'illuminèrent. Quand il prit la parole, ce fut pour chuchoter dans son esprit.

Est-ce ce que je pense ?

Elle ricana presque. Comment ça ? C'étaient juste ses perles, non ?

Soudain, elle comprit que peut-être que le pouvoir qui l'avait alimentée durant tout le combat n'était pas seulement celui d'une mère enragée. Peut-être que ça avait été la perle. Mais quel genre pulsait d'énergie et de lumière, emplissant son propriétaire d'un pouvoir surnaturel ?

Une perle du désir.

C'était ce qu'avait dit Jenna une fois, en prenant dans ses mains une perle qu'elle avait découverte sur la plage de Koakea.

Hailey avait eu le même air de pur émerveillement lorsqu'elle avait trouvé la sienne, ainsi qu'Anjali et Sophie quand ça avait été leur moment.

Et maintenant, c'est le tien, murmura une voix profonde et terreuse dans son esprit.

Mais comment pouvait-elle vraiment posséder une perle du désir ? Elle cligna des yeux de fatigue. Peut-être qu'elle s'imaginait des choses.

Mais Connor et Jenna la scrutaient vraiment, et la perle brillait tellement qu'elle aurait pu jurer qu'elle étincelait pour elle.

Cynthia remonta sa jambe sous son corps, mettant les perles hors de vue. Pour l'instant, elle était incapable d'assimiler quoi que ce soit, sauf le fait qu'elle devait rentrer. Elle regarda au loin, craignant déjà le trajet.

Rentre chez toi, dit doucement Barnaby. *Auprès de Joey. De ton compagnon.*

Cynthia se força à pincer les lèvres pour ne pas pleurer.

Tu as toujours été tellement bon pour moi, murmura-t-elle, espérant qu'il s'agissait vraiment de l'esprit de Barnaby et pas juste une autre illusion de son pauvre esprit épuisé.

Tu ne mérites pas moins.

Il soupira et elle le sentit s'échapper au loin.

Maintenant, rentre. Repars de zéro. Trouve l'homme que le destin t'avait réservé tout ce temps.

Elle déglutit difficilement et battit des ailes, prenant le chemin du retour. Connor et Jenna l'encadrèrent, cependant ils ne cessaient d'avancer avant de revenir à ses côtés.

Euh… Je pense que je vais partir devant, murmura Connor.

Il regarda Jenna, conversant silencieusement avec elle.

Juste au cas où.

Pas de souci, répondit Jenna d'une voix crispée qui était loin de son ton enjoué habituel.

Cynthia se renfrogna alors que Connor filait. Au cas où quoi ?

Avec hésitation, elle chercha mentalement Cal et Joey, prête à annoncer la bonne nouvelle au sujet la mort de Moira.

Mais dès qu'elle se connecta spirituellement, elle poussa un cri inquiet. Cal se battait férocement, même si elle ne pouvait identifier son ennemi. Joey était accroupi non loin, la peur et la détermination tourbillonnant dans son esprit. Le feu traversait le ciel, et le sol tremblait.

— Cal... Joey...

Elle ne pouvait pas risquer de les distraire en les appelant directement, cependant elle souffla leurs noms d'une voix rauque dans le vent.

Jenna se tourna vers elle, et son regard disait tout. Le combat n'était pas terminé. Il ne faisait que commencer.

Chapitre 18

— À terre ! grommela Cal alors qu'un trio de dragons fonçait sur lui.

Joey plongea dans la poussière et Cal se coucha sur lui, les couvrant tous les deux d'une cape. Dans l'obscurité, protégé, il tendit l'oreille, à l'écoute du moindre son. L'air siffla alors que trois énormes dragons passaient en vitesse, rugissant et crachant du feu dans de longs panaches mortels. On entendit ensuite le fouettement des queues et le lourd battement des ailes signalant que les dragons étaient repartis, n'ayant pas réussi à localiser leur proie.

Cal compta trois respirations saccadées de Joey, puis repoussa la cape pour saisir la gâchette de sa baliste.

— Reste au sol, marmonna-t-il.

Joey, Dieu merci, suivit ses ordres. Il empoigna la cape, ses yeux innocents grands ouverts posés dessus.

Un instant plus tôt, alors que Cal l'avait coupée en deux, il avait été choqué d'apprendre que c'était Barnaby, son père, qui la lui avait donnée.

Cal bougea la baliste, suivant les dragons avec la pointe de la lance alors que le passé surgissait dans son esprit. Non seulement Barnaby lui avait offert cette cape ignifugée, qui avait fait partie de son brillant coffre à trésors, mais il lui avait aussi confié ses secrets. Comme où trouver le point le plus vulnérable dans la cuirasse d'un dragon.

— Oh, vous voulez dire, ici ? avait-il grommelé en réponse, prenant une épée en argent et la balançant directement contre la poitrine de Barnaby.

— Oui, juste là, avait dit ce dernier sans ciller.

Le duel de regards qui avait suivi avait été une bataille épique de volontés, tout aussi physique que les combats auxquels Cal avait participé. Il n'en était pas revenu de son culot. Ce dragon lui avait-il fait vraiment confiance, à lui, un loup solitaire avec toutes les raisons de mépriser l'homme qui lui avait volé sa compagne, pour ne pas plonger profondément cette arme dans son corps et le tuer ?

Oui. Oui, je vous fais confiance, avaient dit ses yeux.

Au final, Cal n'avait eu d'autre choix que de baisser son arme et céder. Il n'y aurait pas eu d'honneur à tuer Barnaby et aucune fin heureuse pour Cynthia et lui. Tout ce qu'il avait pu faire, c'était accepter la cape, ainsi que le défi de Barnaby de faire le bon choix.

Il suivit les mouvements des dragons avec dureté, se forçant à se concentrer. Tous les fils du destin se retrouvaient après douze longues années de solitude. Lui. Cynthia. Barnaby.

— Kravik, ajouta Cal, marmonnant dans sa barbe.

Cet enfoiré était responsable de tant de maux dans le monde. Des maux qu'il avait l'intention de répandre sur un nouveau continent après avoir été banni par la communauté métamorphe d'Europe. Cal avait haï Kravik bien avant tout ça, mais à présent, il le détestait encore plus pour l'avoir forcé à couper en deux cette cape, son bien le plus précieux.

— Enfoiré, grommela-t-il.

Le dragon malveillant n'avait pas pu l'entendre, cependant il avait dû sentir le défi dans ses paroles, car il tourna pour passer une deuxième fois, flanqué de ses hommes de main. Le trio vola au-dessus de la cuvette enclavée à flanc de montagne, au ras du sol. La cible parfaite pour une baliste, vraiment. Sauf pour un point.

Cal jura alors que le dragon sur la gauche passa devant Kravik, l'empêchant d'avoir le champ libre pour tirer. Pourtant, il pressa la détente, laissant la lance voler.

C'était merveilleux, cette force qui pouvait être générée avec quelques leviers et une torsion de ressorts. La lance en bois dur déchira l'air avant de transpercer les écailles du dragon. La bête hurla et fit une embardée, percutant son maître.

Cal aurait adoré regarder ce dragon s'écraser et connaître sa fin pendant que les deux autres chancelaient dans les airs, se demandant ce qui l'avait frappé. Au lieu de ça, il saisit Joey et courut, agitant délibérément un buisson. Il plongea ensuite derrière un rocher et les couvrit tous les deux juste à temps des morceaux de cape.

Zoom ! Une explosion de feu incinéra le buisson, mais il n'y avait personne. La chaleur les enveloppa, cependant Cal retint la cape, gardant un bras autour de Joey. Des crépitements emplirent l'air alors que la végétation brûlait, et il était devenu difficile de respirer. Mais tant qu'ils restaient à l'abri, ils étaient en sécurité.

Cal tendit l'oreille pour des bruits plus importants de bois carbonisé, mais il n'y avait rien. Ce qui signifiait que les dragons n'avaient pas remarqué la baliste sous son filet de camouflage.

Trois... Deux... Un...

Il compta, puis jeta un coup d'œil à Joey.

— Tu te souviens ce que je t'ai raconté, associé ?

Joey hocha rapidement la tête.

Cal vérifia pour s'assurer que les dragons ne les avaient pas encore repérés. Il regarda ensuite Joey une nouvelle fois, faisant en sorte d'afficher une assurance totale, même s'il était loin d'en avoir.

— Prêt, petit ?

— Prêt.

Sa voix était tremblante, mais son hochement était ferme. Bon sang, Cynthia avait élevé un bon garçon.

Cal vérifia le ciel une nouvelle fois, puis laissa la cape à Joey.

— OK. Vas-y.

Joey s'arrête une dernière fois.

— Tu promets de ne pas aller loin ?

— Promis. On bosse ensemble, pas vrai ? Maintenant, go !

Il poussa Joey vers une cachette plus haut sur la pente, puis fila vers sa cache de lance. Il avait gardé le plus petit bout de cape, mais ça lui allait. Il ferait tout pour détourner l'attention de Joey.

Cela fonctionna, et les deux dragons posèrent leurs deux yeux sur Cal. L'un poussa un rugissement guttural en se concentrant sur sa cible. L'air tourbillonna, puis souffla avant l'arrivée des dragons. Cal attendit le tout dernier moment avant de plonger et de se protéger de la cape.

Il se prépara juste à temps au contact des flammes, quelque chose qu'il avait appris à ses dépens. La chaleur du feu de dragon était un premier danger ; la force brute du souffle en était une autre, ressemblant à une vague massive. Il baissa donc le menton et s'accrocha au bout de tissu dont dépendait sa vie.

Un instant plus tard, la puissance perforante cessa et Cal roula et se releva. En quelques pas, il atteignit sa cache, prit une lance et se tourna.

— Par ici, enfoiré ! hurla-t-il.

Quand les deux dragons pivotèrent et vinrent vers lui, il dut lutter pour garder son calme. Tôt ou tard, ils comprendraient le principe de sa cape et la lui arracheraient. L'astuce était de les tuer en premier.

Il se décidait encore entre son prochain lancer ou plonger sous la cape quand Kravik mit fin à son élan en prenant un long virage vers le ciel. Dans un claquement, il ordonna à l'autre de faire pareil, et quelques secondes plus tard, Cal se retrouva à scruter les deux dragons. Ils courbèrent les ailes et battaient de la queue, le surplombant tout en le fusillant du regard.

— Eh bien, eh bien. Encore toi ! s'exclama Kravik.

Sa voix grave et éraillée était celle que les dragons utilisaient pour communiquer avec les autres. Il avait un accent marqué européen, mais indistinct.

Cal baissa légèrement sa lance pour hurler en retour.

— C'est drôle, j'allais dire la même chose. Dès que je sens une odeur de lâche sournois, je vois ta tronche.

— Intéressant.

Kravik étendit son long cou écaillé, ordonnant à l'autre dragon de rester en arrière.

Cal prit une profonde inspiration. Il avait croisé Kravik à plusieurs reprises durant la mission de chasse aux dragons que Barnaby lui avait confiée. Kravik n'avait aucun rapport avec l'attaque sur le père de Joey, cependant ce nouvel arrivant avait commencé à s'associer avec les dragons maléfiques qui avaient manqué de tuer Cynthia et son fils ce jour-là. Cal les avait retenus assez longtemps pour qu'ils s'échappent en tuant deux d'entre eux. Quand il était parti pourchasser le reste après coup, il avait découvert que Kravik s'impliquait de plus en plus dans des commerces louches. Par deux fois, il avait eu une petite occasion de tuer cet enfoiré, cependant le dragon était toujours parvenu à s'échapper, laissant Cal avec la moindre satisfaction d'éliminer les larbins de Kravik. Mais il n'avait jamais affronté le dragon en un contre un.

Maintenant, on peut, gronda son loup intérieur.

Il s'étendit de toute sa hauteur et attendit.

— Intéressant, en fait, songea Kravik. Tu dois être ce chasseur de dragon pénible dont je n'arrête pas d'entendre parler.

Cal savait que la pointe de fierté qu'il ressentait à ce commentaire était ridicule, mais tant pis.

Kravik renifla l'air, et un instant plus tard, son regard s'illumina.

— Tueur de dragons. Métamorphe loup. Intéressant, en effet.

Cal resserra les doigts sur sa lance, observant l'endroit où les écailles se croisaient sur la poitrine de Kravik, formant une encoche. Il allait lui montrer à quel point il était intéressant.

Il cria en réponse, utilisant son arme pour insister.

— Et tu dois être Kravik. Bâtard. Racaille en tous points. Pas surprenant qu'entre Moira et toi, ça colle.

Kravik éclata de rire.

— On n'est pas ensemble. Moira est une... alliée utile, pourrait-on dire. Mais j'ai meilleur goût que ça, crois-moi.

Quelque chose dans son gloussement poussa Cal à se crisper. Comment ça ?

Derrière Kravik, le deuxième dragon faisait des aller-retour, attendant le signal pour attaquer.

— Les métamorphes du Nouveau Monde sont tellement ignorants, lança Kravik en soupirant. Mon sang est bien trop noble pour être mêlé à quelqu'un comme Moira LeGrange. Sa cousine, en revanche...

Sa réponse lui glaça le sang. Kravik n'était pas juste avide de pouvoir. Il en avait après Cynthia aussi.

Son dégoût devait se voir, parce que Kravik explosa de son rire profond de dragon.

— Penses-tu vraiment que je voyagerais des milliers de kilomètres, que je supporterais Mme LeGrange, tout ça pour simplement obtenir un nouveau territoire ?

Il fit claquer son aile vers la plantation, avant de sourire.

— Sauf si on parle d'une propriété d'une autre sorte, comme la charmante Melle Baird. Ou devrais-je dire, ma future épouse ?

La main de Cal trembla. Hors de question. Personne ne lui prendrait Cynthia à nouveau.

— Elle ne sera jamais tienne.

Kravik ricana.

— Bien sûr que si. Elle est de sang royal. Elle est une des dernières de son espèce, tout comme moi. Nous formons l'union idéale.

Montrant les crocs, les jambes fléchies, Cal hurla en retour :

— Elle ne voudra jamais de toi !

Kravik rit.

— Elle n'aura pas le choix, imbécile. Comme si ça concernait un loup de bas étage comme toi...

Cal se hérissa. Oui, ça le concernait. Et bordel, il détestait les dragons.

La majorité, corrigea son loup.

Eh bien, Cynthia était une exception. Elle avait été spéciale dès le départ, voyant qui il était vraiment derrière ses manières grossières. Ouverte d'esprit et aventureuse, elle était tout ce que la plupart des dragons n'étaient pas.

Bien sûr qu'elle l'est, entonna son loup. *Elle est mienne.*

Tendant les muscles de ses bras, il visa avec la longueur de sa lance, mais Kravik était juste hors de portée. Si seulement il pouvait atteindre la baliste...

Les yeux de Kravik errèrent à nouveau vers la plantation.

— Et, en ce qui concerne son fils...

Cal resta parfaitement immobile.

Kravik reposa les yeux sur lui.

— Ah, ça y est, je me souviens de toi. Tu es ce mercenaire que Barnaby a engagé.

Le dragon noir se rapprocha et agita la queue.

— Pas vrai ? Eh bien, pauvre Cynthia. Ne se sentira-t-elle pas trahie quand elle découvrira que tu as tué son fils ?

Cal en resta bouche bée. Qu'est-ce qu'il racontait ? Il ne ferait jamais de mal à Joey.

Kravik griffa l'air de ses serres, perdu dans ses pensées.

— Oui, oui. Je le vois bien maintenant. Quelle triste histoire elle devra endurer. Imagine, le loup jaloux de son passé, qui l'a suivie partout pendant toutes ces années...

Suivie ? s'énerva Cal, les joues rouges.

— Prétendant l'aimer...

On ne prétend pas, siffla son loup. *Jamais.*

L'esprit de Cal partait dans tous les sens. Comment Kravik savait-il qu'il protégeait Cynthia en douce depuis tout ce temps ? Ses yeux se rivèrent au loin, et il jura.

Moira. Évidemment.

Kravik, de son côté, continua avec une vision qui semblait l'amuser.

— Voyons voir... Tu as regagné sa confiance, seulement pour la trahir de la façon la plus cruelle possible.

Il trancha l'air de ses serres, et il était bien trop facile d'y imaginer Joey.

Non ! voulait-il hurler. *Jamais.*

— Tuer sa seule progéniture, continua Kravik en soupirant. Oui, quelle triste histoire. Une qui pourrait pousser Melle Baird à chercher une épaule compatissante. Tu sais, une fois que tout ce qu'elle a aimé aura disparu. Son fils. Ses amis. L'homme qu'elle pensait aimer.

Cal agita la lance vers Kravik.

— Elle m'aime. Elle m'a toujours aimé, et m'aimera toujours.

Kravik haussa les épaules.

— Quoi qu'il en soit, elle sera mienne. La seule héritière de tout l'empire Baird, sous mon contrôle. Son sang royal, prêt à se mêler au mien.

Cal tremblait de rage. Il s'était toujours imaginé protéger Cynthia des ennemis dragons, toutefois le plan de Kravik allait plus loin, et ça le rendait malade.

Putain de dragons. Ils pensent qu'ils peuvent prendre tout ce qu'ils veulent, grogna son loup.

— Ah, je crois qu'elle arrive, murmura Kravik vers une ombre au loin.

Cal secoua la tête devant tout son plan qui menaçait de se dissoudre devant ses yeux. Il avait besoin de garde Kravik près de lui pour pouvoir le tuer. S'il filait maintenant…

Un bruissement se fit entendre à gauche, et il ne put s'empêcher de jeter un coup d'œil. Dès qu'il le fit, il jura. Seigneur, non.

Joey, siffla-t-il dans l'esprit du garçon. *Non. Reste à terre. Cache-toi.*

Mais Joey fonça pour actionner le mécanisme de mise à feu de la baliste, faisant grincer le cadre sous la pression. Kravik ne le remarqua pas, cependant quand la lance se mit en place dans un cliquetis bruyant…

Le dragon se tourna, et ses narines se dilatèrent.

— Eh bien, eh bien.

Joey activa la manivelle, si déterminé que sa langue sortait entre ses lèvres. Une telle vision aurait dû réchauffer le cœur de Cal, cependant tout ce qu'il voulait, c'était crier.

Non, Joey ! Non…

Kravik plissa les yeux, et il fit signe au dragon à ses côtés. Ensemble, ils s'approchèrent, scrutant Cal. Il ne pouvait pas les entendre communiquer entre eux, cependant il pouvait le voir dans les yeux de Kravik.

Tue le loup d'abord. On attrapera le garçon après.

Cal recula un pied pour se préparer à leur assaut. Mais la roche sous ses pieds céda et il glissa. Il n'eut pas d'autre choix que de baisser la lame et plonger sous la cape.

Une demi-seconde plus tard, les flammes battirent la cape avec la force d'une lance à incendie. Il ne pouvait rien faire d'autre que le supporter alors que les deux dragons le martelaient de flammes. Quand il chercha de l'air, ses poumons le brûlèrent. Juste lorsqu'il pensait ne plus pouvoir tenir, les dragons le dépassèrent et la pression cessa.

Cal se redressa, chancelant sous un brouillard douloureux. Sa peau n'était pas brûlée, mais son corps avait souffert.

Lance, se dit-il. *Une lance.*

Le bâton carbonisé laissé sur le passage des dragons ne ressemblait plus vraiment à une lance, donc il marcha vers sa cache pour une autre, un pas douloureux à la fois.

Une voix aiguë tapota avec urgence à la limite de son esprit. *Vite.*

C'était Joey. Forcément. Cal trouva la force de faire fonctionner ses articulations à nouveau. Il prit une nouvelle lance et se tourna. Kravik et l'autre dragon faisaient un looping arrière. L'arc de leur virage était gracieux, voire même calme. Mais dès qu'ils refirent face à Cal, leurs ailes battirent plus vite, et leurs crocs d'ivoire apparurent. Quatre points rouges se ruèrent dans la nuit, deux paires impitoyables d'yeux de dragon.

Cal campa sur ses positions, les jambes écartées. On y était. Et bordel, les chances étaient faibles. Même s'il tuait un dragon, l'autre allait certainement l'avoir, et c'en serait fini. Mais cet effort pouvait faire gagner assez de temps aux autres pour qu'ils reviennent protéger Joey.

Cal se surprit à sourire dans le vide. C'était amusant de voir que les objectifs d'un homme pouvaient changer. Douze ans plus tôt, son seul but avait été de tuer Barnaby. Ensuite il avait changé pour protéger Cynthia. Et oui, il avait même entretenu l'espoir de la récupérer un jour. Mais là, tout ce dont il se souciait, c'était Joey. Il était le trésor le plus précieux de Cynthia. Son avenir. Tout.

La brise joua avec les cheveux de Cal dans l'accalmie avant l'attaque du dragon, et quelque chose en lui vrilla. La colère réprimée et la jalousie s'éteignirent, laissant place à...

Il se renfrogna. Quelle était cette impression, exactement ?

Soudain, il comprit. Le destin lui souriait pour la première fois. Une sensation si étrangère qu'il ne savait pas comment réagir.

Concentre-toi, siffla son loup. *Pour le bien du petit, concentre-toi.*

Il leva la lance, calculant rapidement. D'une façon ou d'une autre, il devait abattre un dragon, éviter le second et mettre la main sur une autre lance.

Un craquement retentit, attirant son attention sur la baliste et le garçon avec de grands yeux pleins d'espoir.

Prêt, monsieur, crissa une voix dans son esprit.

Cal n'avait d'autre choix que d'acquiescer, d'espérer contre tout espoir. Peut-être que Joey pouvait vraiment empaler un des dragons. Et si Cal se chargeait de l'autre... Eh bien, bordel. Peut-être y avait-il une pointe d'espoir, après tout.

— Ici, marmonna Cal en se tournant vers Kravik. Viens par là.

Les yeux du dragon brillaient d'une lueur de rouge encore plus vive. Ouais, eh bien. Les siens luisaient aussi. Il le savait à la chaleur qu'il ressentait.

— Juste là, chuchota-t-il, se focalisant sur Kravik, qui ouvrait grand la gueule.

Une pointe rouge orangé rayonnait dans sa gorge, indiquant qu'il était sur le point de cracher du feu.

Cal compta les demi-secondes qui s'éternisaient, aussi lentes que des heures. De l'air soufflé par la propulsion du dragon arriva en premier, pressant sa chemise contre sa peau. Il s'appuya sur sa jambe vers l'arrière et empoigna fermement la lance.

Meurs ! disait les mâchoires grandes ouvertes de Kravik alors que Cal arrivait à zéro. *Meurs !*

— Non, c'est toi qui vas mourir, grommela-t-il.

Prenant une inspiration, il fit son lancer.

La force le fit chanceler, puis lever les yeux. La mort devait l'observer de près, parce que tout bougea au ralenti. Sa lance fila vers Kravik, droite et franche. Au même moment, une fine ligne de feu s'étendit de la gueule du dragon. Quelque chose siffla sur la droite, mais il n'avait d'yeux que pour la lance et les flammes, suivant des chemins parallèles... l'arme fonçant vers le poitrail du dragon alors que le feu filait vers la tête de Cal.

Non, une seconde. Le feu visait là où sa tête s'était trouvée avant qu'il ne chancelle, donc Kravik dut lever le menton pour rediriger son attaque. Trop tard pour incinérer la lance dans les airs... mais pas trop tard pour le tuer lui ?

Cal roula sur le côté, priant pour un miracle. Mais même s'il avait échappé à ses flammes, les chances de saisir une nouvelle lance à temps pour tuer l'autre dragon étaient minces. Il volait à côté de Kravik, prêt à l'achever.

Mais tout à coup, le deuxième dragon cria et fit une embardée.

Joey ! acclama le loup de Cal, remarquant la lance enfoncée entre les côtes de la bête.

Le petit l'avait fait ! Il avait touché le second dragon, le faisant virer vers Kravik. La flamme de ce dernier s'interrompit tandis qu'il se tordait de colère, distrait assez longtemps pour...

Kravik hurla alors que la lance de Cal s'enfonçait dans les écailles sombres de sa poitrine, et ses yeux luisirent de douleur. Un instant plus tard, son comparse s'écrasa sur lui, et ils vacillèrent tous les deux vers le sol.

Le cœur de Cal bondit d'espoir. Ils avaient réussi... Joey et lui, ensemble !

Sauf pour une chose. Kravik était mortellement blessé, mais à présent, les deux dragons fonçaient directement sur lui. Il poussa un cri et plongea sur la droite, mais c'était trop tard.

La douleur déchira son corps et un flash apparut devant ses yeux alors qu'une force incomparable le percutait aussi puissamment qu'un train à pleine vitesse. Le monde bascula, et tout devint un flou de corps s'entrechoquant, de poussière et de rochers solides.

Puis tout se tut... totalement calme, et le seul son qu'il entendait était celui de sa respiration difficile. Cal se retrouva sur le dos, essayant de chasser les étoiles dansant devant ses yeux. Un poids impressionnant lui comprimait la poitrine, et peu importait les coups de pied ou de griffes qu'il lançait, il n'arrivait pas à se libérer. Il était écrasé sous le corps de l'autre dragon.

S'il avait eu assez d'air dans les poumons, il aurait hurlé au destin. Seigneur. Ne pouvait-il pas le laisser un peu tranquille ? Les deux dragons étaient morts, à en juger par le silence qui s'installait. Mais, bordel. Il se dit qu'il ne lui restait plus très longtemps à lui non plus.

Il essaya encore, poussant de toutes ses forces, cependant la bête était énorme et son corps refusait de bouger. Cal baissa la tête contre le sol et ferma les yeux.

Il pensait être prêt à mourir. Maintenant qu'il était réellement sur le pas de la porte de la mort... c'était douloureux. Plus même dans son cœur que dans son corps.

Cynthia, pleura son loup.

Il ne la toucherait plus jamais... ne la tiendrait plus jamais dans ses bras, ni ne l'embrasserait. Il n'aurait jamais droit à sa seconde chance.

Bien sûr, il aurait dû se douter que ça se finirait ainsi. Et pourtant, il avait été si proche et à la fois si loin de la seule récompense qu'il avait toujours convoitée. Cynthia.

Eh bien, puisque c'était comme ça, il mourrait en héros. Il avait au moins ça, pas vrai ?

Pourtant, l'amertume persistait. Il aurait bien aimé donner un autre coup au destin. Juste un, une fois.

— Cynthia, murmura-t-il alors qu'un diaporama se jouait dans son esprit.

Il vit ses yeux lui sourire alors qu'ils dansaient. Ses cheveux foutter au vent alors qu'il fonçait sur une route de campagne sur sa Triumph. Ses doigts, noués aux siens.

Quelqu'un tira ses épaules et murmura :

— Cal ?

C'était Joey, et Cal dut faire appel à toute l'énergie qui lui restait pour ouvrir les yeux. Le garçon était appuyé contre le cadavre du dragon, poussant de toutes ses forces, cependant la terre faisait glisser ses pieds.

— Salut, Joey, murmura Cal quand le garçon tomba à ses genoux, épuisé. Tout va bien.

— Tout ne va pas bien, insista-t-il.

Cal n'était pas prêt à voir son cœur se briser une autre fois, donc il repoussa cette sensation douloureuse.

— Nan, ça va, dit-il d'une voix qui était plus un halètement.

Mais, merde. Le petit pleurait, et il ne le supportait pas.

— Chuuut, tenta-t-il.

Mais Joey ne voulait pas écouter. Pleurant encore, il se leva et chancela.

— Je vais chercher Dell.

Cal tendit le bras pour l'arrêter, cependant le petit était trop loin.

— Joey !

Impossible de savoir si des métamorphes de Moira ne rôdaient pas encore dans le coin.

Les bruits de pas de Joey craquèrent dans le paysage avant de disparaître au loin. Cal écouta, totalement tendu. Mais tout était silencieux, et quand il ferma les yeux, la paix l'emplit petit à petit dans les endroits douloureux de son corps et de son âme.

Le sol sous lui était froid, et le corps tanné du dragon lui donnait des démangeaisons. Mais plus il songeait à Cynthia, moins tout ça comptait. Quelque chose lui disait que Joey irait bien, donc il garda ses pensées concentrées sur Cynthia et savoura chaque souvenir. Leur danse au *Lucky Devil*. Le calme qu'il avait ressenti en la tenant contre lui. Son soupir heureux après l'amour...

Il ignorait totalement combien de temps il était resté étendu là, mais on aurait dit des heures. La nuit semblait s'éclaircir, et les étoiles disparaître. Ou peut-être que c'était sa vision qui le lâchait comme ses poumons.

— Cal... appela quelqu'un.

Il sourit faiblement. Le fonctionnement de l'esprit était amusant. Voilà que maintenant, il imaginait Cynthia.

Des mains se pressèrent sur ses épaules et il ouvrit les yeux.

— Cynthia...

Il releva les lèvres. C'était vraiment elle, plus belle que jamais, même si un peu bouleversée. Derrière elle, les premiers rayons de lumière coloraient le ciel, repoussant la nuit.

— Oh, Cal, murmura-t-elle.

Il sourit. Pour toute la douleur endurée, pour toutes ces années gâchées, pour tous les regrets... c'était bon de la voir. D'être enfin son héros.

— Cal...

Elle toucha ses épaules. Il ferma les yeux, la contactant mentalement quand il n'eut plus la force de parler.

Tout va bien. Tu vas bien. C'est tout ce qui compte.

Elle ne semblait pas le comprendre, néanmoins il n'avait pas l'énergie de lui expliquer. Pourquoi essayer d'arracher quelques mots quand il pouvait se concentrer sur la chaleur de ses mains et sur ce merveilleux parfum de rose et de saule ? Pourquoi bouger, quand il avait des visions si agréables qui dansaient dans sa tête ?

Lentement, ses sens commencèrent à se déconnecter et la voix de Cynthia devint plus faible. Il n'avait plus la force de lutter contre la mort, et ce n'était pas grave. À chaque souffle perdu, Cal se résignait à rester étendu calmement dans ses bras, et doucement, confortablement, il se laissa emporter.

Chapitre 19

— Cal...

Cynthia l'appelait avec tant d'urgence qu'il papillonna des yeux. Il la sentit vaguement secouer son épaule, mais ne réagit pas. Ne comprenait-elle pas ? Ce n'était pas grave s'il mourait, parce qu'elle allait bien. En plus, il était fatigué. Vraiment, vraiment fatigué, et se laisser emporter était tellement plus facile que se traîner vers un monde empli de douleur.

— Cal...

Sa main serra la sienne et il pressa du peu qu'il pouvait, lui disant que tout irait bien. Il l'aimait. Et en ce qui concernait la mort... Eh bien, il avait beau ne pas avoir vécu honorablement, cependant, il partirait ainsi. Alors, pourquoi ne pouvait-elle juste pas le laisser s'en aller ?

— Aide-moi à pousser, dit-elle à quelqu'un d'autre.

La douleur traversa son corps alors que le poids lourd était dégagé de lui, et il gémit. Il ne sentit ensuite plus rien et Cynthia le toucha à nouveau.

C'est agréable, dit son loup.

Elle parlait aussi, bon sang. Elle refusait de le laisser partir.

— Cal, reste avec moi.

Ne pouvait-elle pas voir qu'il était trop tard ?

— Allez, mec... le pressa un autre.

Dell ?

Cal se sentit plonger dans l'entêtement. Personne ne lui disait quoi faire, et certainement pas ce stupide lion.

— Cal, s'il te plaît, le supplia Cynthia.

Les larmes dans sa voix lui faisaient mal, mais c'était sans aucun doute mieux ainsi. Elle pouvait se rappeler tous les bons moments au lieu des mauvais.

Écoute-la, dit une voix profonde et terreuse. *Tu n'as pas besoin de mourir pour prouver ta valeur.*

Si ses côtes ne hurlaient pas de douleur, il aurait pu rire. Était-ce le destin qui le soutenait enfin ?

Elle a besoin de toi.

— Pitié... l'implora Cynthia.

Quelque chose de chaud et humide dégoulina sur son visage, et il paniqua, pensant qu'il s'agissait de sang. Était-elle blessée ? Mais ce n'était pas du sang, juste des larmes. Ses larmes.

— Mon amour... murmura-t-elle.

Son cœur se gonfla à presque cinq fois sa taille normale. Seigneur, que c'était agréable d'entendre ça. Ce qui voulait dire que c'était probablement le meilleur moment pour mourir. Il se détendit, laissant la lumière vive et chaude le gagner comme un rayon laser.

Cynthia empoigna son épaule, et un instant plus tard, sa voix changea.

— Non. Non. Tu n'as pas intérêt.

Cal se crispa et le rayon laser s'interrompit. Lui donnait-elle vraiment un ordre ?

— Oui, je te donne un ordre ! hurla-t-elle.

— Euh, Cynthia, chuchota le lion, essayant de la calmer.

Mais elle se mit à tirer la main de Cal, insistant.

— Je ne te le pardonnerai jamais si tu meurs.

Cal se renfrogna. Ce n'était pas juste. Les héros étaient censés être des héros, même dans la mort.

Mais Joey intervint alors, et cela devint encore plus difficile de s'échapper en paix.

— Tu as promis, dit le petit dans un murmure larmoyant. Tu as promis...

Cal voulait dire qu'il n'avait rien prétendu de tel, mais putain. Il l'avait fait, pas vrai, quand Joey l'avait supplié. « Tu promets de ne pas aller loin ? »

« Promis. On bosse ensemble, pas vrai ? Maintenant, go ! »

— Regarde-moi, Cal, ordonna Cynthia, prenant ses joues en coupe.

Il n'allait pas le faire, parce qu'il savait que ce serait encore plus dur, autant pour lui que pour elle. Mais le destin, l'enfoiré, s'en mêla aussi.

Regarde-la.

Il le fit donc, même si ses paupières ne voulaient pas bouger. Au début, il ne distingua que le lever du soleil, et il était éblouissant. Des marbrures d'orange et de rose jaillissaient des montagnes, le ciel entier lui offrant un dernier spectacle. Puis, il se concentra petit à petit sur le visage de Cynthia, qui était encore plus éblouissant. La profondeur noire de ses yeux, bordés de larmes, qui pourtant brûlaient de feu.

Brûlaient d'amour, comprit-il.

Une boule se forma dans sa gorge. Si c'était la dernière fois qu'il la voyait... Eh bien, bon sang, cette pensée le percuta bien plus brutalement que la notion d'un dernier lever de soleil ou dernier quoi que ce soit d'autre.

— Ne me quitte pas. Pitié, murmura-t-elle.

Soudain elle l'embrassa, sur les lèvres, devant tout le monde, ou du moins, ceux qui étaient là. Joey, Dell et quelques autres que Cal sentit s'immobiliser totalement. Non pas qu'il leur prêtait grande attention avec ce baiser qui renvoyait des pointes d'énergie à travers son corps. Son parfum de rose et de saule l'étourdissait. Il inspira profondément, puis se renfrogna. Son odeur était teintée de fumée, de cendre et de quelque chose d'autre...

Dell. Il ouvrit vivement les yeux dès qu'il identifia l'origine, prêt à mettre le lion métamorphe en pièces. Puis, ses yeux repérèrent la chemise drapée sur les épaules de Cynthia, et il gronda. Une grande chemise d'homme recouvrait son corps, même si pas totalement.

Juste alors qu'il cherchait la force pour se relever et attaque Dell, la vérité le frappa, et il s'affaissa. Dell n'avait pas fricoté avec Cynthia, il l'avait simplement protégée de sa chemise quand elle avait repris forme humaine. Sans cette chemise, elle était totalement nue... sauf s'il comptait le collier de perles qu'elle serrait dans sa main.

— Waouh, dit-il en plissant les yeux sous la lumière vive.

— Cynth… murmura Dell d'émerveillement lorsqu'il les vit aussi.

La perle du milieu brillait vivement, comme si quelqu'un avait allumé une ampoule à l'intérieur. Plus il la regardait, plus la lumière chaude et ivoire semblait luire.

Cynthia ne semblait pas le remarquer, cependant. Elle gardait les yeux sur lui et ses mains se raffermirent sur ses épaules.

— Cal. Reste avec moi. S'il te plaît…

Ses paupières se baissèrent à nouveau. Seigneur, qu'il était fatigué. Fatigué de beaucoup de choses, mais surtout, de résister. Si Cynthia voulait qu'il vive, eh bien, peut-être qu'il pourrait essayer une dernière fois.

Il se concentra alors sur l'éclat de la perle au lieu de celle qui l'appelait vers la mort. Il avalait un peu plus d'air à chaque inspiration, même si ça faisait mal. Et même si ses yeux se fermaient à nouveau, il écoutait Cynthia.

— Reste avec moi…

Il recourba un tout petit peu les lèvres. Était-ce un rêve?

∞∞∞∞

Quand Cal ouvrit les yeux, il était dans une maison, et les couleurs de l'aube filtraient à travers la fenêtre. Ou peut-être était-ce le crépuscule? Il n'était pas sûr, et pendant un moment, il dériva encore… et encore. Il dériva, reprenant et reperdant conscience pendant ce qui aurait pu être des jours ou des heures. Parfois, il y avait des gens dans la chambre, en train de chuchoter entre eux ou de lui parler. Parfois, il n'y avait que Cynthia avec lui, et c'étaient les meilleurs moments. Si bien qu'il se demandait s'il rêvait à nouveau.

Mais, non. Ce n'était pas un rêve. En rêve, la douleur était vive et terrifiante, alors que l'élancement dans son corps était sourd, comme si un éléphant avait fait des claquettes sur sa poitrine. Ses côtes hurlaient, même si le pire ça avait été quand deux types étaient venus le soulever. Ses poumons avaient gémi à chaque respiration, et chaque battement de son cœur lui faisait mal.

D'un autre côté, Cynthia était là, et ça compensait. Elle le touchait. L'embrassait. Lui chuchotait, lui donnant une chose sur laquelle se concentrer autre que la douleur.

Comme l'avenir. Une vie ensemble. Toutes les choses qu'il avait souhaitées, en plus d'autres qu'il n'avait jamais considérées auparavant. Comme le bruit des pages se tournant lentement et la douce voix d'un jeune garçon lisant à voix haute.

— Grenouille a sorti Crapaud hors du lit...

C'était Joey, installé sur le bord du lit où il se trouvait, lui lisant l'histoire d'une grenouille amie avec un crapaud.

— Ensuite, Grenouille dit à Crapaud : « Le soir, on va s'asseoir juste là sur la terrasse pour compter les étoiles... »

Cal n'avait aucune idée de ce qu'il se passait avec cette grenouille et ce crapaud, cependant c'était agréable d'écouter, sachant que quelqu'un se souciait de lui.

Il dériva, se réveillant et s'endormant au milieu de l'histoire, ainsi que quelques autres, plus quelques levers et couchers de soleil. Jusqu'à ce qu'un jour, il se réveille pour de bon. Du moins, pendant quelques heures à la fois. Des heures qu'il devait passer avec Cynthia, qui tenait fermement sa main alors qu'elle passait en revue tout ce qui était arrivé. Le bon comme le mauvais. Au sujet de Moira et du combat sur la Grande Île. Quand elle était revenue en vitesse pour le trouver au bord de la mort. De Joey, qui avait été si courageux...

Sa voix s'étrangla à cet instant, et il la tint pendant un petit moment. Puis elle se releva, se moucha et commença à lister ses blessures. Le temps qu'elle arrive aux « côtes brisées » et à « l'atélectasie pulmonaire », il la fit taire.

— Une bonne chose que les métamorphes guérissent vite.

Elle se renfrogna de désapprobation. Oui, il savait qu'il en avait réchappé de peu. Mais maintenant, le pire était derrière eux, et il était prêt à aller de l'avant, pas à reculer.

— Est-ce que tous les autres vont bien ? demanda-t-il, retenant son souffle.

Si elle affichait un visage abattu, il saurait qu'un de ses amis était tombé au combat. Dans une meute aussi proche que la leur, il n'y avait rien de plus terrible que ce genre de perte.

Mais elle hocha rapidement la tête, Dieu merci.

— Anjali et Nina ont gardé les enfants en sécurité, et les autres se sont assurés qu'aucun assaillant ne se rapproche trop. Silas et Kai ont tué les dragons qu'ils combattaient, et Joey et toi...

Sa voix se brisa, et Cal en eut mal au ventre. Oui, Joey et lui avaient tué les trois dragons qui attendaient pour lancer leur attaque-surprise. Mais un garçon si jeune ne devrait pas participer à tant de violence, même si ça faisait de lui un vrai héros.

— Comment va-t-il ? demanda-t-il doucement.

Cynthia serra la main sur la sienne, mais son regard brillait.

— Il est moins concentré sur ce qu'il s'est passé que sur comment ça s'est passé, merci Seigneur. Tu l'as vraiment impressionné avec cette bastil... balis...

— Baliste, dit une voix profonde depuis la porte.

Cal regarda derrière elle et repéra Silas, appuyé contre l'encadrement.

Cal marqua un temps d'arrêt. Silas était un de ces dragons métamorphe au sang bleu aux manières parfaites. Il ressemblait beaucoup à Cynthia et leur genre ne s'affalait pas nonchalamment comme ça. Bon sang, ils souriaient déjà à peine. Ils tournaient en rond d'un pas lourd, s'énervaient et crachaient du feu. Pourtant, Silas était debout là, l'air plus heureux et détendu que n'importe quel dragon.

— À cause de toi, Joey a mis à sac ma bibliothèque à la recherche de livres sur les guerres de la Rome antique, tu sais.

Cal l'examina, attendant la suite. Mais visiblement, c'était tout. Et, waouh. Si c'était la pire accusation que pouvait lui lancer un dragon, il l'accepterait.

Cynthia, de son côté, se redressa et aboya :

— Les guerres de la Rome antique ?

Cal grimaça, se préparant à ce qu'elle pique une colère sur le fait d'exposer Joey à ce genre de choses. Mais une seconde plus tard, elle soupira.

— Peut-être que je peux le détourner vers les aqueducs.

— Les guerres de la Rome antique. Je n'y aurais jamais pensé, dit Silas en levant un sourcil vers Cal. Quelque chose que tu as appris de... Comment, exactement ?

Cal haussa les épaules.

— Tu n'es pas le seul dragon avec une bibliothèque conséquente.

Cynthia resta bouche bée.

— Barnaby ? Mais... Mais...

Cal déglutit. Un jour, il lui raconterait comment son défunt mari et lui avaient travaillé ensemble. Mais pour l'instant...

— La baliste était son idée. Il m'a prêté quelques livres quand j'ai compris que tuer des dragons avec mes simples crocs n'allait pas fonctionner.

Il se rendit compte trop tard qu'il était en train de frotter les cicatrices de brûlure sur ses bras. Il s'arrêta brutalement, cependant Cynthia, ainsi que Silas, le remarquèrent quand même. Les deux le regardèrent d'une tout autre façon. Oui, il avait vraiment abattu son premier dragon sous forme de loup et survécu pour en parler. Mais non, il ne voulait pas vraiment en parler.

Par chance, Joey arriva en courant juste à ce moment, agitant un livre.

— J'ai trouvé ! J'ai trouvé !

Il se précipita vers eux, se laissa tomber sur le lit à côté de Cal et commença à parcourir les pages.

— Quelque part par là...

Cal se figea et regarda du coin de l'œil. Joey semblait n'avoir aucun problème avec le fait qu'il y avait un homme dans le lit de sa mère, et Silas ne broncha pas non plus. Même Cynthia avait l'air d'accepter que son fils se pelotonne contre Cal.

Ses poumons le faisaient encore souffrir, toutefois Cal prit quand même une profonde inspiration, se demandant ce que Barnaby dirait de tout ça. Mais quand il imaginait le vieux dragon, il le voyait debout dans son bureau avec un verre de brandy, n'étant pas le moins du monde en colère.

Cynthia vous aime. Elle vous aimera toujours, chuchota la voix de Barnaby dans son esprit. *Et en ce qui concerne Joey...*

Il poussa un profond et triste soupir, et Cal sentit un chagrin insondable.

Je ne peux plus être là pour lui. Mais vous, oui. Vous le devez.

Joey parlait et lui montrait des choses, cependant le regard de Cal dériva vers le carré de ciel visible par la porte du balcon.

Il aimerait revenir en arrière et pouvoir dire à Barnaby qu'il était tellement plus que ce qu'il avait cru au début.

Le Barnaby de son esprit, qu'il soit un fantôme ou encore un souvenir, sourit et sirota son brandy, avant de le lever pour un toast.

Eh bien, vous savez comment sont les dragons. Nobles en tous points.

Cal secoua la tête. Pas tous les dragons. Juste certains.

Il inclina ensuite sa tête, songeant à Barnaby une minute ou deux. Un jour, il faudrait qu'il se trouve un brandy et boive à sa santé. Mais pour l'instant...

Il reporta son attention sur le présent. Sur Cynthia, blottie contre lui comme si elle ne le laisserait jamais partir. Sur Joey, qui semblait d'accord avec l'idée d'avoir un autre père de substitution dans sa vie. Sur Silas, qui l'observait avec calme, nonchalance et acceptation.

Il ferma les yeux. Les blessures, il savait gérer. Mais les énormes coups de chance, pas tellement.

La chance n'a aucun rapport, murmura Cynthia dans son esprit.

Elle referma un bras sur ses épaules et se redressa, plus fière. Fière de lui.

Cal gonfla un peu les joues, se laissant ressentir un peu de cette fierté.

— Oh, regarde, lança Joey en montrant une image. Une baliste sur roulettes. Cool

— *Carroballista*, murmura Silas.

Cal leva les yeux au ciel. Est-ce que tous les sang bleu apprenaient ce genre de trucs à l'école de dragon ?

— Tu peux m'aider à en construire une ?

Cal leva les mains, avant de grimacer sous le geste.

— Peut-être un jour.

Cynthia, il fallait lui accorder ça, ne protesta pas. Elle l'aida juste à se réinstaller sur les oreillers et arrangea les draps.

— Je crois que Cal a besoin de se reposer maintenant, Joey.

Il voulait protester que ce n'était pas vrai, cependant… peut-être que si.

Silas tendit la main au garçon.

— Connor m'a dit de te dire qu'il était prêt pour d'autres leçons de vol.

Joey écarquilla les yeux, et il fila dehors après un câlin rapide à sa mère.

— Salut, maman ! Je dois y aller !

Cal leva les sourcils.

— Des leçons de vol ? articula-t-il silencieusement.

Elle soupira.

— Il parle de cerf-volant, Dieu merci. Mais un jour…

Les marches grincèrent alors que le petit partait avec Silas, les laissant seuls.

— Un jour ? lança Cal en essayant, en vain, de prendre un ton nonchalant. Tu penses pouvoir me garder dans le coin si longtemps ?

Cynthia balança les bras autour de lui.

— Je ne te laisserai plus jamais partir, loup.

Elle renifla, et son étreinte fut assez ferme pour lui faire mal, mais il s'en fichait. Elle recula ensuite vivement et le regarda, tout à coup inquiète.

— Du moins, si tu es d'accord.

— Je ne vous laisserai plus jamais partir non plus, m'dame.

Son sourire était comme le soleil se déversant entre deux nuages, et de la malice s'insinua dans sa voix.

— Ah bon ? Tu penses pouvoir gérer une dragonne à fleur de peau comme compagne ?

Il rit.

— Je sais que oui.

Elle prit une expression plus sérieuse.

— Et Joey ? Et toute une meute de métamorphes exaspérants ?

— Exaspérants ? Tu sais que tu les aimes.

Cynthia se mordit la lèvre et elle hocha la tête.

— Oui. Mais pas comme je t'aime toi, se précipita-t-elle d'ajouter. Mais, oui. C'est vrai. Ils sont comme une famille pour moi. Je me sens plus proche d'eux que celle dans laquelle j'ai grandi.

Il se retint de signaler que ce ne devait pas être très difficile, considérant que Moira était sa cousine. Malgré tout, oui, il comprenait.

Cynthia se baissa pour une autre étreinte. Ferme et agréable, où elle nicha son visage sous son oreille et posa ses bras sur ses épaules. Son corps était chaud et doux à tous les bons endroits.

Son loup intérieur commença à bourdonner, lui donnant toutes sortes de mauvaises idées.

À chaque respiration profonde, sa poitrine se pressait contre son torse, et lentement, il devint conscient de toutes les autres parties du corps. Il glissa ses bras autour de sa taille et tourna légèrement la tête, posant ses lèvres sur son cou.

— Hmm, soupira-t-elle, lui donnant plus d'espace.

La tirer un peu suffit à la pousser à se rapprocher. Cal laissa ses mains remonter plus haut, chatouillant le dessous de ses seins. Sa respiration devint plus lourde, tout comme la sienne, mais cette fois, ce n'était pas de douleur. Ce n'était qu'un pic de chaleur et de désir.

Il allait la tirer pour qu'elle le chevauche quand elle cligna des yeux et recula.

— Oh, mon Dieu. Je suis vraiment désolée. Tu as besoin de te reposer.

Il l'attira à lui.

— J'ai besoin de ma compagne.

— Mais... mais...

Ses protestations devinrent des grognements silencieux quand il glissa une de ses mains dans le bas de son dos et l'autre sur sa poitrine.

— Mais... ? le défia-t-elle.

Elle commença à tanguer contre son entrejambe.

— J'ai déjà oublié. Oh...

Elle inclina la tête en arrière et entrouvrit les lèvres, s'abandonnant à son toucher.

Il embrassa sa clavicule, ouvrant les boutons de son chemisier.

— Trop de vêtements.

Elle l'aida avec le chemisier et le pantalon, puis repoussa le drap avec un sourire malicieux.

— Et toi, tu es nu, comme c'est pratique.

Il sourit.

— Je pense que ça fait partie de ton plan diabolique. Je suis innocent, je le jure.

Elle rit franchement.

— Il n'y a rien d'innocent chez toi, loup. Maintenant, sans ces blessures. . .

— Quand on veut, on peut. Tu vois ?

Il l'attira à nouveau sur lui. Dès que son entrejambe se pressa contre son membre, il sursauta, ce qui réveilla toutes sortes d'élancements et de douleurs, néanmoins ce qui comptait, c'était qu'il puisse se lier à sa compagne.

— Tu es sûr de ne pas vouloir attendre ? murmura-t-elle, se décrispant.

Il secoua la tête. Il avait patienté douze longues années. C'en était trop.

— Je ne veux plus attendre, ma compagne.

Ses yeux brillaient et il capta la série d'images qui apparurent dans son esprit. Dans chacune, elle haletait et se balançait contre lui. Elle mordillait son cou alors qu'il ruait vers elle de sa position assise. Mordant plus fort et. . .

Son souffle se coupa alors qu'il comprenait ce qu'elle avait à l'esprit. La morsure d'union. Il avait rêvé de la marquer avec la sienne pendant des années, et ce n'était pas la première fois qu'il la surprenait en train de songer à le revendiquer en retour. En général, l'homme le faisait en premier, mais étant donné les circonstances. . .

Il empoigna ses hanches et recula. Quand il reprit la parole, sa voix était rauque de désir.

— J'aime bien ce plan.

— Pas vrai ?

Elle se balança sur ses genoux, laissant leurs corps s'aligner.

Au moment où son membre rencontra exactement son point sensible, elle siffla. Soudain, ayant l'air plus déterminée que jamais, elle s'abaissa, l'accueillant profondément.

Cal inspira, savourant la douce brûlure. Il fit ensuite monter et descendre ses hanches, l'amadouant. Les yeux de Cynthia devinrent vitreux alors qu'elle recommençait à onduler. Ses longs cheveux soyeux flottaient sur ses épaules nues, et ses seins ballotter. Cal nota mentalement toutes les choses qu'il ferait à sa compagne quand il serait totalement guéri.

Il faut faire d'elle notre compagne d'abord, fit remarquer son loup. *Pour de vrai. Et pour toujours.*

Cal serra les dents et s'enfonça plus profondément dans son antre humide et étroit.

Cynthia, appela son loup rêveusement.

La seule femme qu'il ait jamais aimée. La seule femme qu'il aimerait jamais, même s'il vivait une éternité.

— Oh! cria-t-elle.

Il rua plus fort, gardant ses hanches collées contre les siennes.

— Oui...

Elle basculait la tête en arrière et son pouls battait dans son cou, le tentant. Pourtant, un instant plus tard, elle se plia vers l'avant et l'embrassa fort sur la bouche. Vraiment fort, gémissant de désir. D'une main, elle renversa la tête de Cal en arrière, se pencha et...

Le pouls du loup s'emballa alors que ses dents effleuraient sa peau. Seigneur, que c'était bon.

Elle bougea un peu trop à gauche, puis recula, cherchant le bon endroit où mordre.

— Juste là, gronda-t-il instinctivement quand elle s'aligna avec le sillon juste à côté de sa pomme d'Adam. Juste là.

Juste là, cria-t-elle dans son esprit, balançant ses hanches plus fort.

Trois coups de plus, c'était tout ce dont il avait besoin pour exploser en elle, jouissant dans un grognement étouffé. Un grognement interrompu par le glissement vif de deux pointes dans la chair de son cou. Son esprit se vida devant ce pur plaisir, et quand elle expira...

Il hurla, gravement et bruyamment. Un cri d'extase sous l'élan de chaleur dans ses veines. Les flammes de dragon étaient quelque chose à éviter, du moins, il l'avait fait pendant la dernière décennie. Maintenant, une petite langue de feu traversait tout son corps, revendiquant chaque centimètre carré de son être. Et bon sang, c'était bon. Merveilleux. Au-delà de ses rêves les plus fous et cochons.

Mien, pleura Cynthia alors que son corps convulsait. *Tu es mien.*

Il ignora combien de temps elle s'accrocha à cette morsure. À un moment donné, elle le libéra lentement, gardant ses lèvres scellées sur les marques de morsure, s'assurant qu'il guérisse avant qu'une seule goutte de sang s'échappe. Elle s'affaissa ensuite sur lui, totalement lessivée. Cal s'étendit, la berçant contre lui, murmurant des mots incohérents. Son côté humain et son côté loup essayaient tous les deux de trouver des mots à cette sensation agréable, pourtant tout ce qui en sortit ce furent des bredouillements d'animal et d'humain.

Une larme coula des yeux de Cynthia, puis une autre, et elle eut beau les chasser, elles ne s'arrêtèrent pas.

Cal essuya leurs corps couverts de sueur, puis attira Cynthia jusqu'à ce qu'elle soit couchée et pelotonnée contre lui.

— Je sais ce que tu ressens, murmura-t-il, la laissant pleurer.

Il fallait laisser sortir certaines choses. Comme la tristesse d'un long et dur passé et la joie d'un futur rayonnant.

Il embrassa son épaule et se concentra sur ce futur.

— Crois-moi, je sais.

Chapitre 20

— Tu es sûr d'être prêt ? demanda Cynthia.

Sa dragonne bourdonna alors que Cal émergeait de la douche dans un nuage de fumée, enroulé dans une serviette. Seigneur, qu'il était ciselé. Grand. Beau, de cette façon très « guerrier épuisé ». Et qui pouvait l'en blâmer ? Ces dix dernières années avaient été infernales pour eux, et les six derniers jours avaient apporté leur lot de sensations fortes.

Était-ce réellement terminé ? Allait-il vraiment bien ?

— Je vais bien, lui assura-t-il pour la vingtième fois.

Il frotta une autre serviette sur son torse, et elle ne put s'empêcher de regarder. Chaque muscle, et chaque cicatrice sur son corps racontait l'histoire de sa dévotion inébranlable. Pourrait-elle lui rendre la pareille pour ce qu'il avait fait ?

— Oui, tu peux, dit-il en lui tendant la serviette.

Elle cligna un peu des yeux, puis sursauta. Oups. Elle devrait faire plus attention à dissimuler ses pensées à son compagnon.

— Tu peux me sécher le dos ? Je suis encore un peu trop raide par-là.

— Comme si ça compensait.

Il embrassa ses doigts.

— Seuls le présent et l'avenir comptent à présent. Laissons le passé au passé.

Il se tourna avant qu'elle puisse répondre et elle frotta doucement sa peau, s'émerveillant de chaque centimètre de son compagnon. Elle l'avait presque perdu pour la seconde fois, et ne parvenait pas à chasser la peur que le destin revienne et...

Cal se tourna et la transperça d'un regard sévère.

— Bon, répète après moi. La vie n'est qu'une succession de « peut-être »...

Elle fit la grimace.

— C'est censé me réconforter ?

Il continua sans s'arrêter.

— Mais si tu as la foi, tout se passera bien.

Elle l'étreignit. Probablement trop fort, cependant il semblait s'en ficher. Une minute plus tard, il s'écarta doucement.

— Crois-moi, je serais heureux de continuer, mais nous devons en finir avec cette réunion.

Elle prit une profonde inspiration. Ah oui, la réunion. La raison pour laquelle il s'était tiré du lit.

— Ça pourrait attendre encore un jour, tu sais.

— Je suis prêt. Enfin, assez prêt. Mais ça ne me dérangerait pas si tu m'aidais avec ces vêtements.

Elle l'aida à enfiler sa chemise et son pantalon, puis lissa ses mains sur sa robe blanche avant de s'examiner dans le miroir à pied. Cal l'étreignit par-derrière.

— Waouh. Regarde-toi, souffla-t-il à son oreille.

Elle afficha un si large sourire que ses joues lui faisaient mal.

— Regarde-nous.

Elle se retint de dire « Regarde-toi » parce qu'il pourrait en être mal à l'aise. Mais, waouh. Il avait l'air superbe dans cette chemise blanche propre et ce pantalon noir. En vérité, il sentait très bon également, avec cet arôme d'après-rasage qui s'attardait, mêlé à son parfum de bois de santal naturel.

Il fit la moue.

— Pas sûr de m'habituer à avoir l'air si... respectable.

Elle rit.

— Peut-être juste de temps en temps. Ta moto est toujours dans la grange, tu sais, et ton jean est là.

Il n'y avait aucune raison de changer quoi que ce soit à son compagnon. Elle l'aimait exactement comme il l'était.

Il sourit.

— Attends un peu. Quand la réunion sera finie, je pourrais bien t'emmener faire un tour.

C'était ridicule, mais l'idée l'emballa. Comme si elle avait de nouveau vingt ans et qu'un bel inconnu énigmatique lui demandait de sortir avec elle pour la première fois.

— Promis ?

— Promis.

Son grondement grave et ferme insinuait des promesses qui allaient bien au-delà d'un simple tour en moto.

Je promets tout, murmura son loup. *Toute une vie.*

Elle inclina la tête contre la sienne, puis se tourna vers la porte et prit une profonde inspiration.

— Prêt ?

Il hocha fermement la tête.

— Prêt.

Il avait l'air de l'être : fier, déterminé, confiant. Pourtant, son poing serré montrait la volonté que ça lui demandait. Après tout, il allait affronter toute la meute, un groupe rempli de mâles alpha surprotecteurs. C'était comme rencontrer son beau-père... cinq fois.

Elle tripota son collier de perles et le guida dans les escaliers.

— Attends une minute.

Elle se coupa dans son élan sur la terrasse. Pourquoi la table n'était-elle pas mise ? Où était tout le monde ?

Un couvercle de casserole se fit entendre dans la cuisine où Dell s'affairait, alors que Chase et Joey s'agitaient partout, récupérant les assiettes et les bols.

— Salut, maman ! appela le garçon. Salut, Cal.

Cynthia sourit.

— Bonjour, poussin.

Cal lui ébouriffa les cheveux.

— Salut, Joey.

— Oh, vous voilà. *Enfin,* commenta Dell en levant les yeux au ciel. Prenez ça, vous voulez bien ?

Cynthia prit le plateau qu'il montrait.

— Où sont tous les autres ?

— Ils attendent.

Elle regarda autour d'elle.

Dell poussa un soupir exagéré.

— Suivez juste Joey. Vous verrez.

— Vous savez combien d'assiettes j'ai mises ? demanda Joey alors qu'il les menait en bas des marches, à travers le jardin et jusqu'à la grange.

Cynthia regarda Cal, puis la grange. Pourquoi diable les conduisait-il là-bas ?

— Combien, poussin ?

Il tourna au coin et lança joyeusement.

— Vingt-deux couverts ! Un nouveau record.

Dès que Cynthia vit de quoi il parlait, elle resta bouche bée et s'arrêta. Cal manqua de lui rentrer devant, cependant Chase les évita tous les deux et passa les portes grandes ouvertes de la grange comme si rien d'extraordinaire ne se produisait.

— Oh, salut, Cynthia ! s'exclama Anjali en faisant saluer son bébé. Dis bonjour, Quinn.

— Bonjour, murmura-t-elle, la dévisageant.

Elle aurait pu jurer qu'il restait encore quelques mois avant décembre, pourtant les décorations étaient très festives. L'intérieur de la grange était parsemé de guirlandes lumineuses, et les longues rangées de tables étaient couvertes de plats fumants... tellement qu'elle pouvait à peine voir l'imprimé hawaïen des nappes dessous.

— Ce n'est pas Noël, mais c'est une occasion spéciale.

Le regard d'Anjali s'anima alors qu'elle les examinait tous les deux.

— En effet, intervint Silas avec une flûte de champagne dans la main.

Il fit la bise à Cynthia puis serra la main de Cal.

— Ravi de vous revoir.

— Ravie de te revoir, parvint-elle à répondre, toujours abasourdie.

Tout le monde était là... vraiment tout le monde. Tout le groupe de la plantation de Koakea, en plus de leurs voisins de Koa Point : les métamorphes dragons, loups, tigres, lions et ours qui étaient leurs plus proches amis, et tout le monde souriait comme des imbéciles.

Elle empoigna la main de Cal. Ces amis ne faisaient pas que lui sourire à elle. Ils souriaient *pour* elle, célébrant la fin heureuse qu'elle n'avait jamais pensé avoir.

— Allez, Cynth, lança Dell en arrivant derrière elle avec un panier rempli de pain frais au lait de coco. Ne reste pas plantée là.

— Et que devrais-je faire, monsieur O'Roarke ?

Il posa les pains et se tourna vers elle avec un sourire.

— Tu devrais me laisser te féliciter, déjà. Vous féliciter tous les deux.

Elle le regarda, sans voix, alors qu'il serrait la main de Cal et allait prendre la sienne pour faire de même. Il finit par marmonner : « N'importe quoi » et la serra dans ses bras à la place. Une étreinte brève et fraternelle qui la prit totalement par surprise et qui la congratulait d'avoir enfin réussi. Il recula ensuite et lui fit un clin d'œil.

— Aussi, vous devriez vous asseoir, qu'on puisse enfin manger.

— Très bien, tout le monde, lança Connor en désignant la table.

Cynthia eut besoin de toute sa force pour chasser les larmes qui lui montaient aux yeux. Joey la guida vers la chaise en tête de la longue table, et tout le monde avança pour prendre place.

Elle vit que Tim dissimulait un boitement et Jenna arborait une brûlure sur son bras. L'épaule droite de Silas lui parut raide, et Anjali tenait Quinn plus près d'elle que jamais. Cynthia aurait pu pleurer. Pendant une semaine, elle n'avait pensé qu'à Cal, alors que les autres pansaient leurs propres blessures. Elle ne voulait pas imaginer à quoi avait ressemblé le combat depuis le sol. En plus des dragons en maraude, Moira avait envoyé plus de vingt mercenaires pour attaquer la plantation. Le sol était marqué de plusieurs longues lignes abîmées où le feu de dragon avait carbonisé la terre, et d'innombrables carrés de poussière avaient été retournés dans les affres du combat entre métamorphes.

Mais tout le monde allait bien, Dieu merci. Fatigués, mais heureux. Et pleins d'espoir aussi. Comme Tessa, qui affichait son petit ventre pour la première fois, et Kai, son compagnon, qui ne cessait de s'affairer autour d'elle. Keiko, la chatte d'à côté, s'enroulait entre les jambes de Silas et ronronnait bruyamment. Presque comme si elle promettait que le bébé de Tessa était juste une des merveilles que l'avenir leur réservait.

Cynthia s'assit lentement, enregistrant la scène. Cal s'assit sur sa gauche, et Joey à sa droite. Suivirent Dell, Anjali, Silas... et puis, tout le monde. La table semblait s'allonger encore et encore, et un parfum de jasmin et de citronnelle s'élevait du festin posé devant eux. Les portes de chaque côté de la grange avaient été laissées grandes ouvertes, encadrant le paysage majestueux de Maui. Les lumières suspendues au plafond pour la fête complétaient le coucher de soleil incandescent qui se dessinait dans le ciel dehors.

— C'est beau, dit-elle en luttant pour trouver des mots à ses émotions.

— Oui, confirma Del en souriant devant le plat qu'il avait préparé.

— Parfait, ajouta Hailey en admirant les bougies que les autres et elle avaient posées.

Du moins, Cynthia supposa que c'était elles.

— Magnifique, murmura Cal en regardant sa compagne.

Elle se mordit la lèvre. Pour toutes les fois où la vie avait semblé sans espoir ou déprimante, il y en avait d'autres où la beauté pure était partout. Là, elle pouvait trouver des dizaines, non, des centaines de choses à fêter.

Connor regarda Cynthia.

— On mange d'abord et on discute après ?

Elle hocha la tête. Étant donné qu'elle pouvait à peine former une phrase, c'était pour le mieux.

Dell commença à faire passer les plats et il ne fallut pas longtemps pour que la grange s'anime de discussions, de rires et du tintement léger des couverts. Le jambon laqué à l'ananas était tellement délicieux que Cynthia se retrouva à lécher sa fourchette. Les roulés chauds badigeonnés de beurre de noix de macadamia étaient divinement bons, ainsi que la salade verte *kula*, les crevettes à l'ail et les autres plats. Dell avait sorti le grand jeu, et Tessa avait ramené ses meilleures recettes de Koa Point. Mais même si c'était bon, Cynthia passa la majorité du repas à regarder autour d'elle. Il n'y avait pas si longtemps, la plupart de ces hommes et femmes avaient été de parfaits inconnus. Maintenant, ils étaient des amis proches.

Plus que des amis, décida sa dragonne. *Une famille.*

Sa mère aurait ricané, parce que Silas était le seul qui venait d'une noble lignée. La plupart avaient eu une enfance ordinaire ou même désavantagée. Certains n'étaient même pas des métamorphes purs, « juste » des humains changés par leurs compagnons. En plus, ils représentaient tellement d'espèces... des ours, des loups, des lions, des dragons, des tigres. Elle pouvait difficilement imaginer un groupe plus hétéroclite. Pourtant ils étaient là, à dîner et rire ensemble. À vivre dans une même communauté, prenant soin les uns des autres.

Pendant un instant, elle souhaita avoir un appareil photo, avant de chasser cette idée. Aucun objectif ne pouvait capter ce moment, et encore moins ses émotions.

— Un dessert, quelqu'un ? proposa Dell.

Des dizaines de mains se levèrent, cependant Connor secoua la tête et regarda Cynthia.

— Et si on le gardait pour plus tard ?

Elle prit une profonde inspiration et hocha la tête. Les plats avaient été débarrassés et la majorité des verres étaient vides. C'était le bon moment de discuter de l'inévitable.

— Donc, commença doucement Connor sans terminer sa phrase.

Il jeta un regard à Cynthia puis à Cal. Elle se racla la gorge et prit la suite.

— Il y a certaines choses dont nous devons parler.

Tout le monde l'observait en silence, lui donnant le temps de trouver les bons mots.

— Il y a certaines choses que je voulais vous dire, lâcha-t-elle enfin. À commencer par mon nom, je suppose.

— Je le savais ! s'exclama Dell. Ton vrai prénom est Esmeralda !

Tout le monde rit sauf Anjali, qui lui tapa gentiment le bras.

Cynthia rit aussi. On pouvait compter sur Dell pour détendre la situation.

— Non, je veux parler du nom de famille, Brown. Mon vrai nom est Baird. Cynthia Baird.

Officiellement, c'était Cynthia Berwyn Elizabeth Victoria Rhydderick Baird Brenner, cependant pas besoin d'évoquer ce nom à coucher dehors.

Tout le monde eut l'air abasourdi, sauf Dell, Cal et Silas, qui savaient déjà.

— Baird, comme dans *les* Baird ? demanda Connor.

— Oui, ces Baird-là, acquiesça-t-elle avant de prendre une profonde inspiration. De ce que je me souviens, ma famille m'a appris que nous étions spéciaux à cause de notre lignée. Notre richesse. Nos traditions. Pas pour nos réussites, notre courage ou notre loyauté.

Elle dévisagea Connor, puis les autres autour de la table.

— Mais vous m'avez appris qu'ils avaient tort. La fierté devrait découler de nos accomplissements, pas des faits de nos ancêtres. Vous m'avez appris que ça ne compte pas où ou comment est né un héros. Ce qui importe, c'est le cœur. L'effort. Le sacrifice.

Elle contempla Cal jusqu'à être aux bords des larmes. Puis elle se tourna vers Joey et tenta une blague.

— Il va nous falloir modifier tes cours à domicile, poussin.

— Plus d'orthographe ? demanda-t-il avec espoir.

Tout le monde rit et elle passa la main dans ses beaux cheveux roux.

— Je parlais de l'Histoire.

— Mais j'aime bien l'Histoire. Il y a des balistes et plein d'autres trucs cool.

D'autres gloussements, même si Boone, le métamorphe loup de Koa Point et père de jumeaux, eut l'air plus pensif alors qu'il tapotait le bébé dormant contre son épaule.

— Je n'aurais jamais songé à affronter un dragon sous forme humaine, je dois l'avouer.

Chase, un des autres loups, acquiesça.

Cal leva les mains.

— Ce n'était pas mon idée.

Connor ricana.

— Non, juste l'exécution. Sans jeu de mots.

Cynthia avala la boule dans sa gorge, pensant à Barnaby.

— En effet, les héros viennent de partout, intervint Silas en levant un verre vers Joey. Ils sont de toutes les formes, de toutes les espèces.

Il fit un signe de tête à Cal.

— Et même, parfois, des anciennes lignées.

Il leva son verre vers Cynthia, puis désigna toute la table, montrant chacun d'entre eux.

— À nos héros, d'où qu'ils viennent.

Tout le monde trinqua, et Cynthia ne put s'empêcher d'admirer tous les gens rassemblés. Chacun de ses amis métamorphe avait vaincu des ennemis sans pitié par le passé. Mais cette fois, ils avaient travaillé ensemble pour triompher du plus grand adversaire d'entre tous.

— Hé, elle brille à nouveau, lança Cal en montrant son collier.

Sa voix n'était qu'un murmure, pourtant tout le monde se tut, scrutant sa perle.

Chapitre 21

Cynthia ne pouvait pas voir ses perles, toutefois elle pouvait les sentir... ou du moins, celle du milieu. Dans un mouvement familier, elle repoussa ses cheveux et défit le fermoir pour prendre le bijou dans ses mains.

— La mienne brille aussi, murmura Anjali en tendant l'unique perle attachée à son collier.

— La mienne également, ajouta Jenna.

Sophie et Hailey dirent la même chose, chacune dévoilant une perle d'une autre couleur.

— Très bien, Cynth, lança Dell en levant les mains de fausse exaspération. Quelles autres surprises as-tu en réserve ?

— Crois-moi, c'était une surprise pour moi aussi.

— Une des perles du désir ? demanda Silas à voix basse.

Elle déglutit, touchant celle du milieu.

— Je ne m'en étais jamais doutée. Mais oui, je suppose.

— C'est forcément ça. Regarde, dit Jenna en désignant les autres.

Chaque perle luisait comme si elle avait une ampoule à l'intérieur, et de légers rayons de lumière s'entrecroisaient sur la table, connectant les perles.

— Une perle de quoi ? s'exclama Cal, les yeux grands ouverts.

— Une des perles du désir, expliqua Anjali. Je n'arrive pas à croire que tu avais la dernière sur toi depuis tout ce temps.

— Moi non plus, lui assura-t-elle. Elle n'a jamais fait ça auparavant.

— J'ai senti la mienne de nombreuses fois, mais elle ne m'a jamais renvoyé autant de pouvoir que maintenant, renchérit

Jenna en touchant sa perle. Comme si elle savait que chaque chose était à sa place.

Hailey hocha sombrement la tête, ainsi que les autres. Cynthia prit une profonde inspiration, songeant à tout ce à quoi elle avait échappé de justesse. Elle n'aurait jamais pu retenir les gardes de Moira aussi longtemps sans le pouvoir de la perle. Elle la tint plus haut, fascinée par les sillons de lumières qui connectaient sa perle aux autres. Elle ne s'était jamais sentie aussi proche des autres femmes, comme si elles étaient sœurs, ni si reconnaissante de faire partie d'une meute si particulière.

— C'est comme dans la légende, ajouta Anjali avec précipitation. Nanalani, la fille du roi requin métamorphe, a appelé l'esprit de la mer pour placer un sort sur ses perles et connaître l'amour.

— Le désir, bébé. Le mot, c'est « désir », plaisanta Dell.

— L'amour, insista-t-elle.

— La passion, dit Tim en souriant à Hailey.

— L'envie, murmura Chase en attirant Sophie contre lui.

— Le véritable amour, affirma Cynthia en regardant Cal, ayant l'impression que son cœur risquait d'exploser de joie.

Elle contempla les autres, et une nouvelle pensée jaillit dans son esprit. Peut-être qu'elle n'avait pas souhaité uniquement avoir Cal à ses côtés ; peut-être avait-elle cherché un sentiment d'appartenance. Le désir d'avoir des amis et une famille sans condition.

Tu as tout ça... et plus encore, chuchota sa dragonne. *Un joli foyer en sécurité. Une meute à qui appartenir, et pas seulement à diriger.*

C'était merveilleux de voir le nombre de trésors qui pouvaient tomber à la fois sur une même femme.

— Le véritable amour, approuva Anjali en jetant un regard sévère à Dell. Nanalani a fini par rendre les perles à la mer où elles attendaient d'être réveillées à nouveau pour inspirer de grands actes d'amour.

Elle noua ses doigts à ceux de Dell, inclina la tête contre le bébé, et soupira.

— Tout comme dans la légende.

— La question est de savoir ce qui l'a réveillée maintenant, songea Silas.

Anjali gloussa.

— Ce n'est pas évident ? Après tout, c'est une perle du *désir*...

Elle échangea alors des regards entendus avec les autres femmes. La majorité des hommes, en revanche, eurent l'air de sécher.

Cynthia devint écarlate et jeta un coup d'œil à Cal, qui affichait un air totalement neutre.

— Je ne comprends pas, dit Dell.

Anjali leva les yeux au ciel.

— Ce ne serait pas logique qu'une perle du désir se réveille quand son propriétaire ressent... eh bien, du désir ?

Elle jeta un regard faussement désolé à Cynthia.

— Je veux dire, quand elle obtient une seconde chance de trouver le grand amour ?

Cynthia resta bouche bée.

— Comment l'as-tu su ?

Elle examina chaque autre femme en retour. Comment le savaient-elles ? Elle y réfléchit, certaine de n'avoir jamais mentionné Cal.

Anjali afficha un sourire.

— Disons que c'était une intuition.

Dell se frotta les mains.

— Eh bien, eh bien, Cynth. Je vois qu'on a déjà quelques kilomètres au compteur.

— Tu n'as pas intérêt.

— Comment ça, des kilomètres ? demanda Joey.

— Euh... euh... hésita Dell.

Cynthia aurait pu immensément apprécier ce moment si elle ne s'inquiétait pas de ce qu'il pouvait répondre.

— M. O'Roarke me taquine parce que je suis amoureuse, expliqua-t-elle avant qu'il ne raconte n'importe quoi.

Pas tombé amoureuse. Je le suis déjà, dit-elle dans l'esprit de Cal.

Disons que tu es retombée amoureuse, répondit-il.

— Oh, dit Joey en regardant sa mère, puis Cal.

Cynthia retint son souffle. Que dirait-il ? Un instant plus tard, il haussa les épaules et se tourna vers Dell.

— On va bientôt avoir le dessert ?

Elle le dévisagea. Son fils pouvait-il vraiment accepter si facilement un nouvel homme dans sa vie ?

Dell se leva avec un grand sourire.

— Bon plan. Viens m'aider à le ramener de la cuisine, tu veux bien ?

Joey se leva aussi, ainsi que Sophie.

— Je vais chercher le café.

Anjali sourit en les regardant partir, puis désigna les perles de Cynthia.

— D'où tiens-tu ce collier de perles ?

— C'était un cadeau de ma mère.

Elle toucha la surface lisse et chaude de celle du milieu, se demandant si sa mère avait su de quoi il s'agissait vraiment. Elle en doutait.

— Et où l'a-t-elle récupéré ? continua Anjali. Est-elle déjà venue à Hawaï, où les perles trouvent leur pouvoir ?

Cynthia fit la moue, repensant à la légende de Nanalani, qui avait insufflé sa magie dans les perles.

— Non. Elle n'est jamais venue ici. Ma mère les a aussi eues de sa mère. Et je ne sais pas d'où ma grand-mère les tenait.

Elle y réfléchit, imaginant la boîte à bijoux en ivoire que sa grand-mère avait gardé dans sa chambre.

— Mon grand-père prenait quelque chose dans son trésor de temps en temps pour lui en faire cadeau.

Elle grimaça, se rendant compte de quoi ça avait l'air.

Sans surprise, Cal ricana.

— Son trésor, hein ? Mon grand-père avait une casse.

Tim rit.

— On ne sait jamais où on va découvrir un vrai trésor, tu sais.

Il regarda en direction d'Hailey, les yeux brillants d'amour.

— J'ai trouvé le mien dans un centre commercial.

— Dans un avion, murmura Connor en regardant Jenna.

— Et moi dans un smoothie truck, lança Chase, aussi grisé que le jour où il avait rencontré Sophie.

Cynthia ne put s'empêcher d'être un peu rêveuse elle-même, avant de chuchoter :

— Sur le bord de la route en pleine nuit.

Cal frotta son pouce sur sa main, et pendant un moment, le monde entier disparut jusqu'à ce qu'il ne reste qu'eux deux, se contemplant exactement comme ils l'avaient fait des années plus tôt sur une route de campagne tranquille des Adirondacks. Elle pouvait presque entendre les feuilles bruisser et sentir l'air frais de l'automne.

Mais quelqu'un cria alors de bonheur, la tirant de sa rêverie.

— Sans déconner. Tu as ramassé ce type au bord de la route ? rit Dell en se dandinant derrière avec une pile d'assiettes à dessert. Est-ce que sa moto était en panne ? Raconte, Cynth.

Elle sourit.

— C'était moi qui étais en panne avec ma voiture. C'est lui qui m'a ramassée.

Ramassée... puis couchée... et revendiquée, murmura Cal dans son esprit, la rendant toute chaude et prête à nouveau.

Par chance, Dell partit chercher la suite dans la maison, et Hailey se pencha, désignant la perle de Cynthia.

— C'est amusant, j'ai toujours cru qu'elle était blanche, mais elle a une teinte bleutée maintenant.

Cynthia hocha la tête.

— Elle est comme ça depuis un petit moment.

— Depuis que Cal est arrivé ? demanda Anjali.

— Non, quelques semaines avant ça.

Elle regarda son compagnon qui étudiait la perle.

— C'était à peu près au moment où j'ai quitté la côte est pour venir te retrouver, songea-t-il.

Elle le dévisagea puis observa la perle, qui semblait clignoter comme pour dire qu'elle le savait déjà.

— Que signifie le bleu dans une perle ? demanda Jenna.

Cynthia ouvrit la bouche pour expliquer, quand la signification la frappa ; la frappa vraiment. Les mots restèrent sur le bout de sa langue. Quand Cal lui serra la main pour vérifier que tout allait bien, elle se ressaisit.

— Ma mère m'a dit que le bleu signifiait qu'on trouverait l'amour, murmura-t-elle.

Cal releva les lèvres.

— Tu l'as trouvé il y a longtemps.

Le chagrin de ces dernières années menaça de remonter brièvement, donc c'était une bonne chose que Dell, Joey et Sophie reviennent.

— Un café, quelqu'un? demanda cette dernière.

L'arôme riche flotta dans la pièce, et tout le monde leva la main.

— En plus, nous avons du tiramisu à la mangue et un gâteau renversé à l'ananas, ajouta Dell.

— J'ai aidé à les faire, annonça Joey.

Tous firent des « oh » et « ah », cependant Dell chassa les éloges pour désigner quelque chose de l'autre côté des portes grandes ouvertes.

— Surtout, regardez ça.

Tout le monde se tourna, mais personne ne vit rien. Personne sauf Cynthia, dont les yeux furent attirés par la moto de Cal, gardée dans le coin. Son écharpe rose était toujours attachée au guidon, un rappel brut du passé. Seigneur, elle avait été si jeune quand elle la lui avait donnée. Mais même si elle avait été au courant pour les batailles qu'il leur faudrait mener, elle n'aurait rien changé. Pas maintenant que toute sa douleur et tristesse avaient conduit à une joie durable.

Elle doutait néanmoins que ce soit ce dont parlait Dell, donc elle regarda derrière la Triumph pour chercher.

— Quoi donc? demanda Connor.

Dell le fit taire.

— Écoute.

Tout le monde tendit l'oreille un instant, cependant il n'y avait rien... rien qui sortait de l'ordinaire, du moins.

Dell afficha un sourire.

— Ouais... Rien du tout. C'est pas beau? Pas d'ennemi traversant le ciel. Pas de bruits d'intrus. Juste la paix. La vraie.

Tout le monde écouta d'une toute nouvelle façon, et Tim hocha gravement la tête.

— Waouh. Tu as raison. Une paix comme jamais auparavant.

— Et le meilleur, c'est que ça va durer, ajouta-t-il.

— Eh bien, il nous faut malgré tout continuer à garder l'œil ouvert, déclara Connor tout en paraissant quand même un peu rêveur.

Cynthia regarda autour d'elle, totalement préparée à sentir un frisson de mauvais augure lui parcourir l'échine. Mais Dell avait raison. Le monde semblait en paix comme jamais auparavant.

— On ne peut jamais être vraiment sûr, insista Cal en frottant d'un air absent ses côtes blessées. Toutefois, maintenant que Moira n'est plus là...

Silas fit la grimace.

— Et Kravik, reprit-il en secouant la tête. Tout ce temps, nous étions concentrés sur elle. Je n'ai jamais imaginé qu'il la rejoindrait pour lancer une attaque totale.

— C'était qui exactement, ce type ? demanda Connor.

Le visage du dragon s'assombrit.

— Il était à la tête d'un clan dont j'entends parler depuis un petit moment. Des vieilles familles, mais pas les bonnes, si tu vois ce que je veux dire. Ils ont quitté l'Europe, ou alors on les en a chassés, il y a environ un an. Ils cherchent à établir un nouvel empire métamorphe.

Ses yeux se rivèrent sur Cal.

— On vous doit plus qu'on ne pourra jamais vous rembourser.

Cynthia vit Cal croiser le regard de Silas. Son visage ne dévoilait rien, néanmoins elle pouvait discerner de la fierté dans les yeux de son compagnon.

— La prophétie, murmura-t-elle sans réfléchir.

— Quelle prophétie ? demanda Hailey.

Cal grimaça et elle aussi. Elle n'avait pas eu l'intention de partager son secret, même s'il avait toujours refusé d'y croire.

Mais Silas parla avant qu'ils le puissent.

— Une prophétie au sujet d'un guerrier qui viendrait de nulle part pour accomplir de grandes choses, raconta-t-il sans détourner les yeux de Cal. Un guerrier qui neutraliserait un mal écrasant et qui augurerait une nouvelle ère de paix dans le monde métamorphe.

Cal haussa les épaules.

— Oh, tu sais. Les vieux contes de bonnes femmes.

— Je ne crois pas, monsieur Zydler, insista Silas. Je ne crois pas.

Pendant un moment, personne ne dit rien, et le cœur de Cynthia gonfla. Cal avait toujours été un outsider, mais au fond de lui, il était un puissant alpha. Le genre d'homme né pour vivre parmi les métamorphes les plus accomplis, et pas qui parcourait le monde seul. Elle regarda autour d'elle, pressant sa main. Oui, il s'adapterait parfaitement ici. Elle chercha ensuite ses yeux… serait-il d'accord ?

Cal se racla la gorge et regarda aussi autour de lui.

— Le fait est que ce boulot de chasseur de dragons me fatigue un peu.

Silas leva un sourcil.

— Ah bon ?

Cal hocha la tête.

— Oui. Honnêtement, je pensais à me poser.

Son ton était nonchalant, toutefois sa main se resserrait autour de celle de Cynthia.

— Et je me suis dit que Maui me correspondrait bien. Pendant un petit moment, du moins.

Silas se tourna vers les autres.

— Des objections ?

Tout le monde afficha de grands sourires, et Connor parla pour tous.

— Aucune. Tant que tu resteras dans ses petits papiers.

Cal rit et montra Cynthia du pouce.

— Pas de problème. Tant que toi, tu restes dans ses petits papiers.

— Je ne sais pas, dit Tim en passant une main sur sa barbe. C'est quand même pratique d'avoir un chasseur de dragons dans le coin.

Le hochement de tête qu'il lança à Cal montrait un vrai respect.

— Et le reste du clan de Kravik ?

Silas secoua fermement la tête.

— Mes contacts sur le continent m'ont rapporté que ses associés battent rapidement en retraite vers l'Europe.

— Tant mieux, grommela Connor. Qu'ils y restent. J'espère juste qu'il y a assez de métamorphes fiables là-bas pour les garder sous contrôle.

Un sourire mystérieux se dessina sur les lèvres de Silas.

— De ce que j'ai entendu...

Il s'interrompit, gardant ce secret pour une autre fois.

— Mais ne changeons pas de sujet.

Il prit son verre et le leva vers Cynthia, souriant.

— J'ai une proposition à vous faire, madame Baird.

Elle leva les yeux, ayant penché la tête pour rattacher son collier autour du cou.

— Oui, monsieur Llewellyn ?

— Puisque nous avons accueilli plusieurs nouveaux membres dans notre groupe récemment...

Silas désigna de son verre Cal, puis Sophie et les autres.

— Je pense qu'il est temps de réorganiser les choses ici.

Cynthia se tint parfaitement immobile, craignant le pire.

— Il y a la question d'une certaine propriété que je possède sur Maui, continua Silas. Une plantation que j'aime beaucoup. Mais mon oncle m'ayant laissé tellement de domaines...

Jenna écarquilla les yeux.

— Non, Silas. Tu ne peux pas vendre cet endroit.

Son sourire s'élargit alors que tout le monde paraissait choqué.

— Bien évidemment que je peux. Même si je ne le vendrais qu'à quelqu'un qui en prendrait plus grand soin que moi. Madame Baird, qu'en pensez-vous ?

Cynthia le dévisagea. Lui proposait-il de lui racheter Koakea ? Mais comment ? L'endroit valait des millions, et elle n'avait pas un centime.

Soudain, sa dragonne intérieure comprit.

Moira étant neutralisée, Joey est en sécurité. Tu n'as plus à cacher ton identité.

Elle plaqua une main sur sa bouche.

— Mon héritage.

Elle pouvait sortir de l'ombre et réclamer tout son héritage...

Silas sourit.

— Et celui de Barnaby. Et de Moira. Après tout, vous êtes la dernière de ces deux lignées.

Tout le monde la contempla. Dell la tapa dans le dos.

— Bordel de merde, Cynth. Tu es blindée ?

Elle cligna quelques fois des yeux.

— Je suppose qu'on peut dire ça.

Un brouhaha retentit alors que tout le monde réagissait à la nouvelle, cependant elle pouvait à peine bouger. Elle finit par attirer Joey sur ses genoux, les étreignant tous les deux, Cal et lui.

— Un héritage, c'est bien beau, murmura-t-elle. Mais en toute honnêteté, j'ai toutes les richesses dont j'ai besoin.

Cal enroula ses bras autour d'elle et l'embrassa sur la tête.

— C'est ce que j'aime chez toi. Enfin, une des nombreuses choses.

Cynthia ferma les yeux et écouta le battement régulier de son cœur alors que ses doigts jouaient avec les cheveux doux de Joey. Elle avait de la chance. Tellement. Et un gros héritage était la dernière chose de la liste. Pourtant, l'idée était grisante, parce que ça signifiait qu'elle pourrait rester à Koakea pour toujours. Non seulement ça, mais elle pourrait s'occuper de sa nouvelle meute comme elle l'avait toujours voulu. Elle finit par se ressaisir et lever son verre en réponse.

— Monsieur Llewellyn, j'accepte votre proposition. Mais seulement si tous les autres sont d'accord.

Connor ricana.

— C'est ton argent, tu sais.

Elle secoua la tête.

— C'est notre meute. Alors, qu'en pensez-vous ? L'acte de propriété peut être au nom de quelqu'un d'autre, mais rien d'autre ne changera. Enfin, presque.

Elle sourit, se blottissant contre Cal.

— Ça me va, annonça Connor.

Dell l'acclama. Tim et Chase se tapèrent dans la main. Anjali et Sophie s'étreignirent, puis se précipitèrent pour faire de même avec Cynthia.

— Je n'arrive pas à y croire.

— C'est merveilleux.

— Oui, c'est génial, ajouta Dell. J'ai droit à une augmentation, Cynth ?

Elle le fusilla de son regard le plus noir, mais il éclata de rire.

— D'accord, d'accord, céda-t-il. Je me contenterai du dessert. Quelqu'un d'autre ?

Cynthia rit avec les autres, mais ne leva pas la main. Se caler contre le torse de Cal lui avait donné toutes sortes de mauvaises idées de dragon, et tout à coup, elle brûlait d'envie pour son compagnon. Les yeux de Cal luisaient d'une première pointe de désir également, et quand Joey descendit de ses genoux pour accepter une assiette de tiramisu...

— J'adorerais prendre une part, mais... euh...

Elle batailla avec sa serviette.

Cal se leva, posant une main sur son flanc.

— J'aimerais aussi, mais mes côtes me tuent.

Cynthia ricana presque quand il la fit se lever avec sa puissance habituelle, dure comme la pierre. Les yeux de Dell brillèrent sous une bonne vanne... qu'il se retint de dire, Dieu merci.

— Tu dois être épuisé, désapprouva Anjali en faisant signe à Cal de partir. Cynthia, tu ferais mieux de l'accompagner, au cas où il aurait besoin d'un coup de main.

Cynthia se leva, et Cal passa un bras dans son dos, hors de vue des autres.

— J'ai clairement besoin d'un coup de main.

Elle le suivit, essayant de ne pas rougir.

— Eh bien, puisque tu insistes...

— Ne t'inquiète pas. On ramènera Joey dans une heure, lança Hailey.

— Ou deux, ajouta Anjali avec un clin d'œil.

Cynthia se tourna, restant proche de Cal et sentant sa chaleur corporelle monter. Oui, une heure ou deux, ce serait bien.

— Merci pour le dîner, dit Cal.

Aussi pressée qu'elle soit de se retrouver seule avec son compagnon, Cynthia s'arrêta devant les portes de la grange et se retourna. Tout le monde dissimulait son sourire, sachant exactement ce que Cal et elle complotaient. Mais il lui restait encore une chose à dire.

— Merci.

Elle empoigna l'encadrement d'une main et Cal de l'autre.

— Pour tout.

Leurs sourires s'agrandirent et Connor parla au nom de tous.

— De rien. Maintenant, file d'ici et va t'occuper de ton compagnon.

Oh, elle en avait clairement l'intention.

Sans aucun doute, déclara sa dragonne dans un murmure sensuel, emmenant son homme dans la nuit. L'air frais ne faisait rien pour calmer leur passion, et les étoiles lumineuses, joyeuses et innombrables semblaient toutes l'encourager. Cal et elle arrivaient tout juste au coin qu'ils se percutèrent dans un gros baiser affamé. Ses mains parcoururent son corps alors que la perle chauffait contre sa peau. Il passa les doigts dans ses cheveux, la tenant comme s'il n'avait aucunement l'intention de la laisser partir.

C'est parce que je ne le ferai jamais, murmura-t-il à son esprit. *Plus jamais.*

Chapitre 22

Trois semaines plus tard...

— Comme ça ? demanda Joey en essuyant une clef avec un chiffon plein de graisse.

— Oui. Comme ça, approuva Cal en se penchant pour admirer leur travail.

Ayant négligé sa Triumph depuis bien trop longtemps, il l'avait enfin lustrée avec l'aide de Joey.

Il sourit devant le chrome scintillant. Cette moto avait été la seule constante dans sa vie depuis qu'il avait dix-neuf ans, et elle avait vu tellement d'étapes et de changements en lui. Au début, elle avait été son billet vers la liberté, et il avait fait vrombir son moteur dans de nombreuses villes à travers toute la côte est, en général à un cheveu des ennuis. Pendant tout ce temps, il avait juré de ne jamais, jamais prendre d'auto-stoppeur. Et soudain, lors d'une nuit fatidique, il avait rencontré Cynthia et connu le vrai bonheur pendant un moment. Le vrai chagrin aussi, peu de temps après. Mais à présent...

Il ferma les yeux et inspira profondément, assimilant plus que le doux parfum de fleurs tropicales dans l'air frais teinté de sel. Cynthia n'était pas loin, et son odeur naturelle fonctionnait comme un baume sur lui, en particulier maintenant qu'elle portait une pointe de son odeur à lui.

Compagne, gronda son loup de satisfaction. *Ma compagne est finalement mienne.*

Au loin, l'océan roulait lentement sur la plage, ajouta à la sensation de calme. Même sa Thruxton, qui était une œuvre d'art d'ingénierie qui inspirait la vitesse et la puissance semblait contente de décompresser un moment. L'écharpe élimée suspendue au guidon était la seule partie qui ne brillait pas sous le soleil, mais ce n'était pas grave, en particulier parce que ce n'était plus le seul rappel de Cynthia.

Ils avaient passé presque chaque heure de ces dernières semaines ensemble, à manger, dormir et travailler côte à côte. Ils avaient comblé la nuit précédente, comme la majorité de leurs nuits jusque là, de sexe torride, puissant et extrêmement silencieux, avec Joey qui dormait dans la pièce à côté. Puis ils s'étaient endormis eux aussi, et Cal avait pu tenir sa compagne dans ses bras toute la nuit, agréablement et fermement contre lui, comme si elle était le prix ultime pour un guerrier qui avait finalement trouvé son chemin jusque chez lui.

À un moment dans la matinée, Cynthia s'était réveillée avec son sixième sens bien à elle, et ils avaient mollement enfilé des vêtements, juste à temps pour que Joey se traîne dans le lit pour se lover contre Cynthia. Ce qui était aussi agréable. Rester paresseusement là pour une heure était génial... et pas seulement pour le contraste avec les matinées plus misérables qu'il avait eues dans sa vie, loin de son grand amour. Il savourait la tranquillité. Le calme. La sensation inhabituelle de paix, dedans comme dehors.

La paix. Un mot qu'il n'avait jamais vraiment compris jusqu'à présent.

— Elle m'a l'air bien, dit Joey.

Cal regarda son reflet dans le chrome.

Elle m'a l'air heureuse, plaisanta-t-il presque.

Au lieu de ça, il se contenta d'un :

— Oui, c'est vrai.

— Tu penses que maman aimera ?

Cal éclata de rire et lui ébouriffa les cheveux.

— Je pense qu'elle va adorer.

Le petit rouquin regarda autour de lui et murmura :

— Tu penses qu'elle me laissera remonter dessus ?

Cal afficha un grand sourire. La veille, Dell, Connor et les autres l'avaient aidé à convaincre Cynthia de le laisser monter avec lui. Le trajet le plus court et le plus lent du monde en faisant quelques fois le tour de la plantation. Il n'avait jamais vu le petit aussi surexcité.

— Je suis sûr qu'elle nous laissera recommencer. On est partenaires, après tout.

Joey sourit et essuya une nouvelle fois le silencieux de la moto avec le chiffon.

— Partenaires.

Cal hocha la tête. Ce terme fonctionnait pour eux, parce que Joey avait déjà eu un père super et Cal l'aiderait à chérir les souvenirs pour le restant de ses jours. En plus, il n'était pas certain d'être prêt à se faire appeler « papa ». Alors que « partenaire », d'un autre côté, les aidait tous les deux à faire la transition dans leur nouveau rôle.

Des bruits de gravier leur signalèrent que quelqu'un arrivait au coin de la grange.

— Waouh, elle est superbe, lança Cynthia.

Cal se tourna, souriant avant même de l'avoir vue. Il oublia instantanément ce qu'il avait eu l'intention de répondre cependant, parce que la voir le renversait à chaque fois.

Superbe, oui, siffla presque son loup.

Le soleil rétroéclairait ses longs cheveux noirs, lui donnant une lueur éthérée. Son sourire était doux et émerveillé, comme si elle était témoin d'un rêve qui devenait réalité.

Cal déglutit. Ça ne devrait pas être possible d'être encore plus amoureux qu'il ne l'était déjà, et pourtant. Cynthia semblait ressentir la même chose. Plus heureuse, plus calme et plus belle que jamais. Était-ce dans sa tête ou y avait-il quelque chose de sensiblement différent chez elle ? Il n'arrivait pas à trouver quoi, comme une sorte de léger éclat.

Il se racla la gorge et désigna Joey.

— C'est surtout grâce à lui.

Joey rayonna et Cynthia sourit. Son regard s'attarda sur l'écharpe, puis sur Cal, et il se réchauffa.

— Elle m'a toujours l'air aussi vieille, lâcha Dell en passant.

Cal ricana.

— On dit « vintage », mec.

— Un peu comme toi ? se moqua-t-il.

Cynthia tapota l'épaule de Cal.

— Plus comme du vin. Maintenant, si tu veux bien nous excuser...

Dell comprit le message et repartit nonchalamment. Cynthia désigna la colline derrière elle.

— Vous êtes prêts ?

— Oui. On t'attendait, répondit Cal.

En quelques minutes, Joey et lui se nettoyèrent et rejoignirent Cynthia, qui désignait un sentier disparaissant derrière une caféière.

Joey prit la main.

— Où on va, maman ?

— À un endroit que je veux vous montrer à tous les deux.

Il y avait une pointe taquine dans sa voix, cependant Cal était trop occupé à admirer les petites cicatrices sur son cou pour faire attention à ses paroles. Une semaine après lui avoir donné la morsure d'union, il lui avait rendu la faveur à l'apogée d'une nuit torride. Une vague de feu avait balayé son corps alors que l'essence de sa dragonne s'était mêlée à son sang de loup.

Cynthia se tourna pour le regarder, les joues rouges.

Tu veux bien arrêter ?

Il sourit. Était-ce sa faute si le désir le martelait sous ce souvenir ?

Cynthia essayait de rester bien droite, cependant elle échouait misérablement.

Comme si tu n'y pensais pas non plus, la défia-t-il.

Constamment, avoua-t-elle. *Mais pour l'instant...*

Elle désigna son fils du coude.

Cal prit quelques profondes inspirations. C'était le plus difficile quand on était unis : le besoin constant de se lier à la femme qu'on aimait. Mais se promener était agréable aussi, et Cynthia était clairement enthousiasmée par ce qui les attendait. Il repoussa donc le désir au fond de son esprit et laissa la curiosité passer devant.

— Qu'est-ce qu'il y a exactement, là-haut ?

— Tu verras, dit-elle, évasive.

Le sentier serpentait d'un côté et de l'autre, montant et descendant en suivant le périmètre de la plantation. Ils contournèrent la caféière puis descendirent vers la crevasse formée par la rivière. Cal renifla, captant le parfum des frangipaniers, du gingembre et du lion... après tout, Dell et Anjali vivaient juste au coin. Ils remontèrent ensuite de l'autre côté, évitant les branches sur le chemin. Devant eux, les feuillages s'affinèrent, et Cal ne put s'empêcher de penser que la vue d'en haut devait être incroyable. Cynthia atteignit le sommet de la montée suivante et regarda en arrière.

— Le sentier a besoin d'être un peu déblayé, mais...

Elle gravit le terrain dégagé devant eux. Alors que le regard de Cal traversait le paysage vert luxuriant, son loup soupira.

Tant d'espace.

La pente était un petit coin de paradis en soi, inclinée de façon à être invisible depuis le reste de la plantation. La brise marine soufflait sur la zone, faisant danser les hautes herbes et attirant son regard d'un petit détail à l'autre. Il y avait un affleurement rocheux sur un côté, l'endroit parfait pour qu'un loup hurle à la lune ou pour qu'un dragon décolle. Un noyau de six arbres à l'autre bout formait un petit verger, et après, au milieu d'une zone...

Cal resta immobile, scrutant la parfaite petite maison. Un cottage blanc terne bâti à l'époque où les gens avaient encore le temps de graver des mansardes en style gingerbread et d'encadrer des vitraux. La fenêtre à côté de la porte d'entrée était une grande étendue de verre entourée de petits panneaux de jaune, bleu et rouge, alors que la fenêtre du nord avait le milieu jaune avec des panneaux multicolores sur les quatre côtés.

— C'est joli, murmura-t-il.

Les yeux de Cynthia s'emplirent d'espoir.

— Oui.

Un voile recouvrait ses pensées, cependant Cal devina son cheminement comme étant « Joli au point de vouloir y vivre ».

Joey sautilla devant eux.

— Oh! Je connais cette maison. Tim m'a laissé vérifier le toit avec lui. J'ai même pu ramper dessous.

Cal n'avait pas trop fait attention aux déplacements de l'ours métamorphe, néanmoins maintenant qu'il y réfléchissait, il pouvait se rappeler l'avoir vu disparaître vers cette zone plusieurs fois.

— On va voir de plus près ? proposa Cynthia d'un ton nonchalant.

Cal hocha la tête et suivit, se demandant pourquoi la clôture en piquets blancs ne l'emplissait pas du désir urgent de tourner les talons et filer. Les clôtures comme ça, c'était pour les hommes qui voulaient se poser. Ceux qui étaient heureux de passer le week-end à réparer la maison au lieu d'écumer les routes sur leurs motos. Les types qui pouvaient même aller jusqu'à penser qu'ils fonderaient une famille un jour.

Son loup agita la queue quelques fois.

Notre propre petite tanière.

Ce n'était pas exactement le mot, pas avec une terrasse baignée de soleil ou de grandes fenêtres joyeuses. Mais ça correspondait au côté bien au chaud.

— La meilleure pièce est dans le fond, lança Joey en ouvrant la porte d'entrée et se précipitant à l'intérieur.

— Attends, poussin... appela Cynthia avant de s'interrompre.

Cal pouvait sentir sa lutte interne. Qui gagnerait ? La mère surprotectrice qui avait traversé tant de choses, ou la puissante dragonne avec assez de foi dans le monde pour offrir un peu d'espace à son fils ?

Franchement, Cal ne put s'empêcher de se crisper un peu lui-même. Mais il se souvint alors de ce que les autres disaient toujours à Cynthia.

« Détends-toi... Laisse le gamin être un gamin... »

C'était dur de se détendre quand quelque chose d'aussi précieux qu'un enfant était en jeu, cependant Dell, Connor et les autres avaient raison. Il n'y avait pas l'ombre d'un dragon ennemi dans les airs ni l'odeur de métamorphes inconnus qui rôderaient pour une nouvelle attaque.

— Peu importe, dit-elle en laissant son fils galoper.

Cal la suivit sur les marches grinçantes. La porte à moustiquaire couina alors qu'ils ouvraient et entraient dans la maison, tandis que Joey courait d'une pièce à l'autre.

— C'est la plus grande pièce, et il y a une énorme toile d'araignée. Et là il y a un placard qui fait une super cachette de pirate.

Joey continua, désignant chaque élément d'intérêt pour un enfant.

Cal examina l'endroit avec un œil différent. Le papier peint se décollait et les installations de la salle de bain devaient avoir plus d'un siècle. Mais, waouh. Il y avait du potentiel.

— Qu'est-ce que tu en penses ? murmura Cynthia en tendant sa main.

Cal regarda autour de lui.

— Je crois qu'il faudrait six bons mois de travail pour en faire un endroit vivable. Mais oui. C'est joli.

— Six mois, c'est plus que suffisant, marmonna Cynthia.

Il se demanda rapidement sur quelle échéance elle se basait, cependant la vue devant attira son attention. Tout cet océan, pratiquement sur le pas de sa porte. Tout cet espace. Et en même temps, le reste de la meute n'était pas beaucoup plus loin que ça de la maison principale. Dell et Anjali vivaient au bord de la rivière, et Connor et Jenna à flanc de la falaise qui formait un côté du paysage. Pourtant, le cottage donnait une impression d'intimité que la maison de la plantation ne pourrait jamais offrir, pas avec la cuisine et la salle commune au rez-de-chaussée, que tout le monde partageait.

Il regarda Cynthia. Pensait-elle la même chose que lui ?

— C'est plutôt idéal.

Il était difficile de parler nonchalamment alors que son loup s'émerveillait de plus en plus de cet endroit. S'il ne faisait pas attention à ses pensées, la bête allait commencer à courir en cercle, pourchassant sa propre queue.

Notre propre domaine. Notre propre jardin. Notre propre foyer.

— Idéal pour... ? demanda Cynthia.

Ses mots restèrent en suspens, et il la sentit retenir sa respiration. Était-il vraiment prêt pour une telle vie ?

Putain, ouais, aboya son loup.

Il n'eut même pas besoin de réfléchir.

— Idéal pour nous.

Cynthia le surprit avec une étreinte puissante et larmoyante. Le genre qui parlait d'espoirs profonds et sans limites, et non pas de craintes sombres inexprimées.

— C'est parfait, dit-elle en regardant autour d'eux. Il y a beaucoup d'espace pour nous tous.

« Nous tous » le fit sourire. Trois personnes, ce n'était pas grand-chose, vraiment. Malgré tout, elle avait raison. Cette grande chambre serait parfaite pour Cynthia et lui. Celle du fond irait à Joey et...

Son regard dériva vers la troisième, et son cœur battit plus fort.

— Beaucoup d'espace pour nous tous, répéta Cynthia en glissant une main sur son ventre pour le tapoter.

Au début, il hocha distraitement la tête, mais soudain les engrenages de son cerveau se mirent enfin en route.

« Nous tous », « Six mois, c'est plus que suffisant »... Le geste tendre envers son abdomen.

Il resta bouche bée.

— Nous tous ?

Elle hocha la tête.

— Nous tous. Toi, moi, Joey...

Elle prit sa main et la guida vers son ventre.

— Et elle.

Cal ravala un profond soupir. Il avait attribué ce nouvel éclat chez elle au fait qu'elle était fraîchement unie. Et c'était le cas, en partie. Mais quand il fit plus attention à son odeur, il découvrit quelque chose de totalement différent enroulé autour, comme une plante grimpante avec de petites fleurs blanches. Quelque chose de doux, fragile et fondamentalement innocent.

Un bébé ? Si tôt ?

Son loup intérieur sourit fièrement, marmonnant quelque chose au sujet du sang viril des canins.

Il adorait l'idée, toutefois il restait interloqué. La majorité des métamorphes, mêmes les compagnons prédestinés, mettaient beaucoup de temps à concevoir. Cynthia et lui n'étaient ensemble que depuis quelques semaines.

Les yeux de Cynthia eurent une lueur douce-amère alors que son dragon prenait la parole.

Depuis quelques années, plutôt.

Une pointe de tristesse le traversa, cependant une vague de bonheur le submergea immédiatement. Il souleva Cynthia, la faisant tourner de joie.

Joey les rejoignit en tapant des mains d'excitation, sans savoir pourquoi ils étaient si heureux.

— Moi aussi ! Moi aussi !

Cal reposa Cynthia juste pour faire tourner le garçon ensuite, riant aux éclats. Il les prit tous les deux dans ses bras, calant sa joue contre celle de Cynthia, et inspira son odeur. Des rayons de lumière filtraient par les fenêtres, à la fois jaunes, verts et rouges. Il y avait même un rayon bleu, brillant depuis une autre petite pièce sur la droite.

— Peut-être même qu'il y a de la place pour plus qu'un seul bébé, chuchota Cynthia, à la fois avec humour et sérieux.

Cal sourit et l'embrassa d'un baiser long et profond.

— M'dame, la vie n'est qu'une succession de peut-être. Et je dis ça de la meilleure manière possible.

Aperçu: *Les Veilleuses du feu : Paris*

Paris, ville de lumière... de métamorphes et de passions interdites.

Natalie, une humaine ordinaire, réalise enfin son rêve en arrivant à Paris, qui l'attire irrémédiablement depuis toujours. Mais à peine arrivée, elle découvre que sous ses façades élégantes, la ville est en fait le théâtre de dangereux conflits entre des forces paranormales rivales.

Poursuivie par un vampire assoiffé de sang, elle est sauvée de justesse par Tristan, un ancien militaire et dragon au passé troublé, engagé par les Gardiens de Paris pour protéger et veiller sur la ville.

Assigné à la protection de Natalie, Tristan se bat contre l'attirance interdite qu'il ressent pour elle, d'autant qu'elle cache en elle un héritage royal mystérieux qui pourrait bouleverser l'équilibre du monde paranormal. Cèderont-ils à un désir qui menace non seulement leur devoir, mais aussi l'avenir de la ville ?

Par Anna Lowe

Aloha Shifters : Les Perles du désir

Dragon rebelle (Tome 1)

Ours rebelle (Tome 2)

Lion rebelle (Tome 3)

Loup rebelle (Tome 4)

Cœur rebelle (Tome 5)

Alpha rebelle (Tome 6)

Aloha Shifters : Les Joyaux du cœur

L'appel du dragon (Tome 1)

L'appel du loup (Tome 2)

L'appel de l'ours (Tome 3)

L'appel du tigre (Tome 4)

L'amour du dragon (Tome 5)

L'appel du renard (Tome 6)

Les Veilleuses du feu : Milliardaires et Gardiens

Les Veilleuses du feu : Paris (Tome 1)

Les Veilleuses du feu : Londres (Tome 2)

Les Veilleuses du feu : Rome (Tome 3)

Les Veilleuses du feu : Portugal (Tome 4)

Les Veilleuses du feu : Irlande (Tome 5)

Les Veilleuses du feu : Écosse (Tome 6)

Les Veilleuses du feu : Venise (Tome 7)

Les Veilleuses du feu : Grèce (Tome 8)

Les Veilleuses du feu : Suisse (Tome 9)

Les Loups de Twin Moon Ranch

Desert Hunt (Tome 1)

Desert Moon (Tome 2)

Desert Blood (Tome 3)

Desert Fate (Tome 4)

Desert Yule (Tome 5)

Desert Heart (Tome 6)

Desert Rose (Tome 7)

Desert Roots (Tome 8)

Sasquatch Surprise (Tome 9)

Blue Moon Saloon

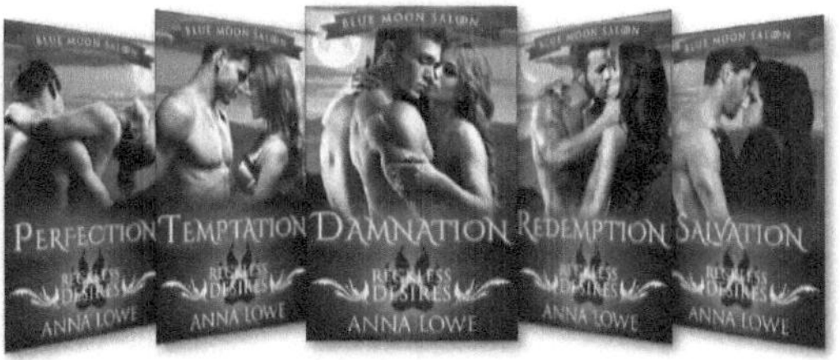

Perfection (Tome 0)

Damnation (Tome 1)

Temptation (Tome 2)

Redemption (Tome 3)

Salvation (Tome 4)

Deception (Tome 5)

Celebration (Tome 6)

Shifters in Vegas

Paranormal romance with a zany twist

Gambling on Trouble

Gambling on Her Dragon

Gambling on Her Bear

Gambling on Her Panther

Serendipity Adventure Romance

Off the Charts

Uncharted

Entangled

Windswept

Adrift

Travel Romance

Veiled Fantasies

Island Fantasies

www.annalowe.fr

À propos d'Anna Lowe

Anna Lowe, auteure de best-sellers aux classements USA Today et Amazon, adore rappeler que les héroïnes sont des héros au féminin et faire naître des histoires d'amour passionnées dans des décors enchanteurs. Elle aime les chiens, le sport et les voyages – où elle puise ses inspirations. Si elle n'est pas concentrée sur son ordinateur, à travailler sur sa toute dernière histoire, vous la trouverez en randonnée dans les montagnes ou à vélo sur les routes de campagne. Et sa journée se terminera toujours par un carré de chocolat noir et une bonne lecture.

Visitez **www.annalowe.fr**.

www.ingramcontent.com/pod-product-compliance
Lightning Source LLC
Chambersburg PA
CBHW030804200726
48285CB00014B/620